「参ったなあ、
そういうことか」
「黒ファルや」
ラズベリーベル
転生者の一人。
カメル神教の聖女として
教皇に利用されていたが、
セカンドに助けられた。
セカンド
（佐藤七郎）
ネトゲそっくりの異世界に転生し、
再び「世界一位」を目指し奔走中。
オールラウンダータイプ。
一閃座《剣術》の防衛戦を阻むのは
まさかのラズベリーベル!?
元・世界1位のサブキャラ育成日記8
～廃プレイヤー、異世界を攻略中！～

グロリア
杖術の現「千手将」タイトル保持者。知的好奇心が強く、かなりの読書家。
シルビア・ヴァージニア
騎士爵家の次女。魔弓術師タイプ。
タイトル戦、開幕!!!

ラデン
ダークエルフで槍術の現
「四鎗聖」タイトル保持者。
サラマンダラ
ヴォーグに使役されている
火の大精霊。
ヴォーグ
召喚術師の前「霊王」
タイトル保持者。
努力家で、負けず嫌い。
しのぎを削る夏季

「……やるなあ、グロリア」
「追撃する」
セカンドVSグロリア
勝利の女神が
微笑むのは……!?

元・世界1位のサブキャラ育成日記
～廃プレイヤー、異世界を攻略中！～

沢村治太郎
Haruta ro Sawamura

ILL. まろ

8

moto sekai ichii no
sabukyara ikusei nikki

口絵・本文イラスト
まろ

装丁
coil

contents

moto sekai ichii no
sabukyara ikusei nikki

プロローグ　小魚か雑魚《ざこ》

世界一位。片時も忘れたことはない、俺の叶《かな》えた夢の続き。

頂に立ち、それで終わりではない。返り咲くということは、君臨し続けるということ。俺は再び世界一位となり、今度こそ、その栄光を手放すような真似《まね》はしないと心に誓ったのだ。

旅はまだ始まったばかり。前世では得られなかった気の置けない仲間たちと共に、俺は世界一位への道を着々と歩んでいる。

冬季タイトル戦では、一閃座《いっせんざ》・叡将《えいしょう》・霊王《れいおう》の三冠を獲得した。まだまだ世界一位には程遠いが、スタートダッシュとしては申し分ない成果だ。

しかし、一つだけ懸念があった。この世界のタイトル戦出場者の水準についてである。そう、極論ではあるが、小魚をいくら食べたところで、腹は膨れないのだ。

雑魚を倒して獲得した世界一位など、本当の世界一位とは言えない。俺はそう思っている。世界一位となるには、どうしても強敵の存在が必要不可欠なのだ。

育てなければならない。俺が老いて朽ち果てる前に、急いで育成しなければならない。

そして、俺に誇らせてほしい。一体どれほどの強敵たちを破り、俺は世界一位に君臨しているのかということを。皆の何処《どこ》がどう強くて、素敵で、素晴らしいのかを、語らせてほしい。

密《ひそ》かな、俺の計画だ。ワクワクドキドキの、毎日の楽しみだ。
さあ、では、手始めに八冠を獲得して、皆を挑発してみようか――。

第一章　苦より努力

「作戦会議ィーッ！」

「！！！」

ラズとミロクを連れてリビングに戻るや否や、俺は高らかに号令した。

エコが目をカッと見開き、耳をピンと立てて俺を凝視する。いつものように叫ばないのは、口いっぱいに昼メシをもぐもぐしているからだ。

「なんだ藪《やぶ》から棒に。というかその男は誰《だれ》だ？」

シルビアが怪訝《けげん》な表情で問いかけてくる。

「み、ミロク様。弥勒《みろく》流家元、刀八ノ国《とうはちのくに》至高の侍……とでも申せばよいだろうか」

俺の代わりにアカネコが何故《なぜ》かビビリながら答えた。どうも畏敬《いけい》の念があるらしい。しかし、それでは答えになっていない。

「言ってしもたら、魔物や。今はセンパイがテイムしとる」

「んなっ、何を申す⁉」

ラズの説明を聞き、アカネコは驚きの声をあげた。

そうか。そういえばミロクが魔物だと説明していなかった。そりゃ驚くわ。

「魔物、ですか」

その隣で、ユカリが警戒レベルを一段階上げる。ああ、なるほど。

「心配するな、あんこのように血気盛んじゃあない」

「血気盛んで片付けていい問題じゃなかったぞ……」

シルビアが呆《あき》れ顔《がお》で溜《た》め息《いき》をついた。まあ確かに初対面で殺されかけちゃこうもなるか。

「アカネコ、お前も今のうちに慣れておけ。俺が忙しい間は、ミロクに抜刀術の稽古《けいこ》をつけてもらうんだからな」

「なんだと⁉」

あれ、てっきり喜ぶかと思ったんだが、アカネコは絶望したような表情を浮かべている。

「どうした。嫌なのか？」

「嫌というわけではないが……しかし、勝てる光景が微塵《みじん》も浮かばぬ」

「……へぇ」

驚いた。こいつ、勝つつもりでいたのか。いいね、その無意識。やっぱり見込んだ通りだ。

ただ、一つ気に入らないことがある。

「俺には勝てるつもりでいたのか？」

ミロクには勝機がないが、俺には勝機がある。アカネコの言い草は、そんな風に聞こえたのだ。

「正直、まだ可能性があるのはそちらの方かと――」

「――アカネコ」

予想は当たっていた。じゃあ文句の一つでも言ってやろうと、そう思っていたところで、誰かが口をはさんだ。シルビアだ。彼女は珍しく厳しい顔をして、アカネコに語りかける。

「一切、期待するな。手が届くなどと思い上がるな。お前は知らないことが多過ぎる。まずは知ることだ。でないと、必要以上に苦しむことになるぞ」

説得力抜群だった。アカネコは何も言い返せず黙り込む。

至って真面目《まじめ》な場面なのだが、俺はつい笑ってしまった。

「な、何故笑うのだ？」

「いや、シルビアも成長したなと思って」

「……馬鹿者っ」

シルビアは俄《にわか》に顔を赤くして、味噌汁《みそしる》を飲むフリをしてお椀《わん》で表情を隠す。

「ねー。ねーっ。さくせんはー？」

おっと。あまりにも横道に逸《そ》れた話をし過ぎて、エコ様がご立腹だ。そろそろ本題に移ろう。俺は咳払《せきばら》いを一つ、口を開いた。

「作戦その一、体術合宿開催！」

「体術、合宿？　それはどのような」

ユカリのもっともな疑問。内容はただ単に言葉の通りである。

「体術スキルを覚えたいやつ全員、俺と一緒に合宿だ。歩兵～龍王《りゅうおう》まで全《すべ》て覚えさせてやる」

「!?」

全員が驚いたのがわかった。いや、そんなに驚くようなことか？

「ちなみにシルビアとアカネコは強制参加」

「うむ」

「な、何故、私も覚えなければならぬ？」

シルビアは当然と頷《うなず》き、アカネコは困惑した様子。ちなみにレンコにも参加してもらう予定だ。

「体術スキルを上げて伸びるＳＴＲ・ＤＥＸ・ＡＧＩは、全て抜刀術に適している。ゆえに効率が良い。育てておいて損はないぞ」

「さ、左様か」

自分の専門としているスキル以外をこれといって育てようとしない。この世界のやつらの悪い癖だな。己が強くなればなるほど弱い魔物では経験値を稼ぎ難《にく》くなるから、死んだら終わりという状況を考えると仕方ないのかもしれないが。

「作戦その二、槍術《そうじゅつ》・杖術《じょうじゅつ》・糸操術を覚えたいやつ募集！」

「……まさか、ご主人様」

ユカリが気付いたようだ。

「ああ。使用人でも誰でもいい。とにかく覚えたいやつは、体術と同じで俺が覚えさせてやるから一緒に来い」

「何か条件は御座いますか？」

「そうだな。最低限、乙等級ダンジョンの魔物の相手をできるくらいのステータスは欲しいな」

「では、現状ですと序列上位の者ばかりとなります」

「わかった、それでいい。ユカリの方で声をかけておいてくれ」

「かしこまりました」

序列上位の使用人が数人集まりそうだ。よきかなよきかな。

「作戦その三、斧《おの》術覚えるぞエコ！」

「わぁーい！」

「ＳＴＲガン上げだぜ！　やったな！」

「やっふー‼」

いいなそれ。やっふー！　よーし、この流れでやっふーな作戦も発表だ！

「作戦その四、地獄の特訓！」

「………………」

おお、なんか急に静かになったぞ。

「シルビア、エコ。楽しみにしておくように」

「やっぱりか畜生！」

「う、うん」

名指しすると、シルビアは頭を抱えながら、エコは青い顔をしながら返事をした。かわいそうに。

でも二人が本気で鬼穿将《きせんしょう》と金剛《こんごう》を獲《と》りたいのなら、そうも言っていられない。

まあ地獄と断言するのは少々おかしな言い方だったかもな。正確には生き地獄だ。

「作戦その五、刀の修理と装備の作製！」

「私ですね。しかし、修理ですか？」

「そうだ。これはユカリにしか頼めない。だがかなり難しいと思う」

「……ええ、承知しました。腕が鳴るというものです」

頼もしいな。

「で、夏季タイトル戦へ至る、と」

「ちょい待ちぃ！　え、うちは？　なんかないんか？」

「これといって特にない。やりたいようにやれ」

「ド、ドライやなぁ……」

いやいや、信用の表れと言ってほしいね。お前は放っておいても勝手に強くなるだろうさ。カラメリア依存症の治療薬開発さえ終われば、すぐさまタイトル戦へと出てくるに違いない。

ああ、楽しみだ。どれくらい先になるだろうか。一閃座戦で大剣を振り回していた頃《ころ》のお前をもう一度見たくて堪《たま》らないぞ、俺は。

「さあ、会議は終わりだ。ユカリ、すぐ使用人に声をかけて体術合宿の参加者を募ってくれ」

「かしこまりました、ご主人様」


……で、集まった面々がこれと。

「よろしくお願いします、セカンド様」

「お願いいたしますわぁん、セカンド様」

「おう、よろしく頼むぜご主人様」

執事のキュベロに、園丁頭のリリィ、メイドのエル。加えて、シルビアにアカネコ、それとレンコ。いやあ、なんだろう、実に濃い。

「ああ、よろしく」

俺が返事をすると、三人から「はい！」と威勢の良い声が返ってきた。

目の前にずらりと並ぶ皆は、若干二名を除いてやる気に満ち満ちている。その二名とは、アカネコとレンコ。アカネコは「よもや私が抜刀術以外を……」と未《いま》だ実感できていない様子で、レンコは「なんであたいが今更」みたいな顔をしている。

アカネコは措《お》いておくとして、レンコはこれ、もしや今から何をするのかわからずに連れてこられたんじゃないか？　大方、普通に呼んでも義賊R６《リームスマ・シックス》の活動で忙しくて来ないから、こいつの大好きなラズの名前を使って「ラズベリーベル様がお呼びですよ」なんて騙《だま》して誘ったんだろうな。レンコのこの機嫌の悪さ、きっとそうに違いない。

「じゃあ行くぞー」

あんこを《魔召喚》し、次々と転移&召喚してもらう。

行き先は丙等級ダンジョン「トレオ」、メヴィオン内で最も短いダンジョンとして有名な場所。

何故ここにしたのか、理由は単純である。【体術】スキルの習得条件によく合致した魔物が出現するからだ。ジャンジャン狩って、バリバリ習得条件を満たす。まさに合宿。あいつら全員、この合宿中に歩兵～龍王までを習得だ。あとはガンガン経験値を稼いで、全てを九段まで上げれば、立派に闘神位《とうしんい》戦出場者である。待ち遠しいな。

さあ、ちゃっちゃと覚えちまおうか。

「はいこれ予定表」

トレオダンジョンに到着し次第、俺は全員に体術合宿一泊二日のしおりを配布した。俺の殴り書きをユカリが清書してくれたものだ。

「えっ……これってよぉ、まさか……!?」

エルが驚きの声をあげる。俺はニッと笑って頷いた。しおりには歩兵～龍王まで全ての【体術】スキルの習得方法がこと細かに書かれている。ユカリの字は綺麗《きれい》だからメチャ見やすいだろ？

「ダンジョンには、俺・キュベロ・リリィ・エルのグループと、レンコ・シルビア・アカネコのグループに分かれて入る。これなら多分、誰も死ぬことはない」

レンコとシルビアは《変身》を持っているし、アカネコは【抜刀術】があるから、丙等級如《ごと》きなら心配無用だろう。まだ練度のいまいちな使用人たちは、俺が面倒を見ればいい。

「やることは全部しおりに書いてあるから説明は省く。わからないことがあったら聞いてくれ」

「一ついいか」

「いいぞ、シルビア・ヴァージニア」

「何、この、なんだ……休まず千体、とか、十連続コンボ、とか」

「言葉通りの意味だ」

「一泊二日だよな？」

「ああ。宿はもう取ってあるぞ」

「……間に合うのかこれ？」

「間に合う。以上」

　質疑応答を終了する。

　シルビアはまだしおりを全《すべ》て読めていないらしい。今の質問の答えは、しおりの六ページ「トレオダンジョンの特徴」というコラムに書いてある情報から推察することができる。

　丙等級ダンジョン「トレオ」――ここは、メヴィオンの中で最も魔物が数湧きするダンジョンだ。別名、無双ダンジョン。一定条件を満たせば、さながら無双ゲームのように魔物をバッタバッタと薙《な》ぎ倒《たお》せる痛快アクションダンジョンと化すのだ。その条件とは、二人以上でダンジョンに入り、およそ同タイミングで二十体以上の魔物を倒すこと。こうすることで湧きの有人飽和数が一気に倍に膨れ上がり、雲霞《うんか》の如く魔物が湧いて出てくる状態となる。

　トレオダンジョンに出現する魔物は、オオツチアリやアースマンティスなど土属性の虫系が主で、群れを成して動くやつらがほとんど。火属性魔術に滅法弱いが、今回の場合は【体術】の習得条件を満たすため【体術】縛りで狩りを行うので、あまり関係はないだろう。

「じゃあ十五分後にアタックだ」

　俺の号令に皆が返事をして、しばし準備時間となる。

ちなみに今夜のお宿は、かつて政争の最中に第一宮廷魔術師団と泊まったことのある高級旅館だ。トレオダンジョンからは相当に距離が離れているが、あんこがいるので大した問題ではない。前回がなかなか良かったのでもう一度と思い、あんことメイドに頼んで予約を取ってきてもらったのだが、今回は直前だったこともあり、残念ながら貸し切りにはできなかった。それでも一番良い部屋はたまたま空いていたらしいので、滑り込みで予約を入れることができたと言っていた。

「セカンド様、アタシたち、準備完了ですわよん」

「こちらももう構わないぞ、セカンド殿」

全員、準備が整ったようである。

「では出発」

いやあ、楽しみだ。さくさくっと習得して、さっさと旅館で卓球とトランプをしたいぜ！

◇◇◇

執事キュベロは、まさしく夢のような時間を過ごしていた。セカンド・ファーステストによって体術の指導をしてもらえるという経験は、彼にとって一生の宝物となり得るのだ。

それは、キュベロだけではない。リリィも、エルも、同じような考えであった。ユカリによる洗脳にも似た教育と、依存にも似た豊かな環境での生活、しかし奇跡のように素敵なこのファーステストという場所で暮らす彼ら彼女らは、セカンドのことを尊敬してやまない。まるで神仏に対するように拝み崇《あが》める者さえ少なくない。そんなセカンドから、直々にスキルについて指導されるなど、想像を絶する幸福に違いなかった。

　ゆえに、頑張らないわけがない。三人の使用人は、セカンドからの指導、その一言一句を聞き逃さず、一挙手一投足さえ見逃さず、極限に集中して合宿へと挑んでいた。

「次か、その次には、出られるかもな」

　夕方、キュベロの様子を見ていたセカンドが、ぽつりとそう口にする。夏季タイトル戦、ないし、冬季タイトル戦。キュベロは、そこに出場できるかもしれないという意味だ。

　キュベロはその言葉を聞いて、脳の奥がじんと痺《しび》れ、思わず目頭が熱くなり、鼻奥がツンとなった。ついに、ファーステストの使用人として、あの栄光の舞台に立てる時が来るのだ。そのお墨付きを、他ならぬセカンド・ファーステスト三冠王からもらったのだ。

　目を潤ませたキュベロは、ゆっくりと瞼《まぶた》を閉じ、しみじみと考える。人生、何が起こるかわからない――と。そして、心の中でこう唱えた。ここまで育んでくれた全てに、ここまで生かしてくれた全てに、ここまで連れてきてくれた全てに、そして、親分に、弟分に、R6の家族たちに、心からの感謝を。私は、私の愛するご主人様によって、世界へと羽ばたく翼をいただきました。どうか、私がそちらへと向かうまでの間、地獄から私の勇姿を見守っていてください――。

◇◇◇

「初日終了時点で、全員が歩兵体術から龍王《りゆうおう》体術までを習得できた。ブラボー、素晴らしい！」

夜、旅館の宴会場にて、俺は皆を前に手を叩《たた》いて褒め称《たた》えた。

今日中に覚えきれなかった者のために明日の日程も確保していたのだが、その必要はなかったようだ。日帰りでも十分にこと足りる合宿となったな。

「よって、明日は休暇とする！」

俺が宣言すると、皆はそこそこ喜んだ。何故《なぜ》そこそこなのか、なんとなくわかる。皆〝仕事人間〟なのだろう。この感じだと多分、明日は皆でダンジョンでも行くんじゃないかな。

ちなみに俺は予定を一日繰り上げて、【槍術《そうじゆつ》】の習得に向かう。確か、希望者を募ったところ一人だけいたとユカリが言っていた。なので明日は、そいつと丸一日魔物狩りだ。

「じゃあ食べよう」

手短に必要事項を伝え終えたら、お楽しみのバンゴハンタイム。ここの旅館の牡蠣飯《かきめし》がまた美味《うま》いんだこれが。雰囲気も相まって味もひとしお増すというもの。ファーステストの料理人のレベルも段々と上がってきたとはいえ、流石《さすが》にプロには敵《かな》わないからな。

さあ、お手手を合わせて、いただきま——

「がーっはっはっは！」

――というところで、隣の部屋から大きな笑い声が聞こえてきた。

ここは宴会場を襖《ふすま》で仕切っているため、これといった防音ができていない。そのせいで、さっきからちょくちょく隣の団体客の大声が聞こえてくる。前回と違って貸し切りではないのだ。

うるさいなあ、とは思っていたが、まあよくあることかと我慢していた。しかし、この馬鹿笑いは流石にイラつくなあ……。

「私が注意して参りましょうか？」

「いや、いい。宴会の場は無礼講と言うしな」

キュベロが気を利かせて申し出てくれるが、一旦《いったん》は断る。

もう一回我慢しよう。俺はそう心に決めて、「いただきます」と一言、牡蠣飯の頂上に鎮座ましましているプリップリの牡蠣を箸《はし》で摘《つま》み、そーっと口に運んで――

「わーっはっはっはっはっはっは！」

――ぽろり、と落っことした。

「…………」

ぎりりと、俺の奥歯が無意識のうちに音を鳴らす。

「わ、私が行ってくるから！　セカンド殿はここで大人しくしていろ！　大人しくしていろ‼」

シルビアが同じことを二回も言いながら立ち上がる。そうか、そうだな。俺が乗り込んだら、大パニック間違いなしだ。危ない危ない、少し冷静さを欠いていたな……。

「ほーれ！　くれてやる！　もう一枚だ！　脱げ脱げ！」

直後、オッサンの酔っ払い声と同時に、仕切りの襖に「ドン！」と何かが投げつけられ当たったような音が響く。

「俺もくれてやる！　一万ＣＬだ！」

「いいぞ、脱げ脱げーッ！　金ならあるぞー！」

次いで、ガッシャーンだのチャリーンだのジャラララーだの、もはや騒音と呼ぶよりない喧《やかま》しい音が、大声と振動とともに宴会場へと響き渡った。

「…………………」

ブチン……と、俺の頭の中の何かが切れる音がした。

「セカンド殿ぉ！　後生だから！　後生だからぁっ！」

「せ、セカンド様！　何卒《なにとぞ》！　何卒お静めを！」

「ええい放せッ！　黙っていられるかぁッ‼」

シルビアとキュベロが俺の足に抱き着いて必死に止めようとするが、俺はもう止まんねぇからよ
……二人を引きずったまま隣に突撃バンゴハンだ。

「何をしているのです！　皆も止めなさい！」

「あぁん！　セカンド様ぁん！　逞《たくま》しい、せ・な・か」

「うお、あああっ！　あたしっ、ご、ご主人様の、手にッ、触れッ……‼」

「失礼！　左手、取らせていただくっ！」

キュベロの一声で、リリィとエルとアカネコまで加勢してきた。

馬鹿め！　本気で俺を止めたきゃあ、スキルを使うべきだったな……！

「な、何ぃ⁉」

五人を全身にくっつけたまま動き出した俺を見て、シルビアが驚きの声をあげた。

「凄《すご》い絵面だね……」

一人傍観していたレンコが呆《あき》れ顔《がお》で呟《つぶや》く。

確かに。特に体の大きいリリィを背負っている点がインパクトでかいだろう。

「──オルァ‼」

俺は仕切りの前までズンズンと突き進むと、襖を頭突きで吹き飛ばした。

「　」

急激に静かになった酔っ払いのオジサンたちが、茫然《ぼうぜん》とした顔でこっちを向く。

その傍《そば》には、半裸のねーちゃんたちもいた。そこらじゅうに金が散乱している。どうやらコンパニオンを呼んで金にものを言わせてストリップでもやっていたらしい。

そして端っこには、困り果てた表情の仲居さん。できる限りの注意はしていたみたいだな。やはりここは良い旅館だ。

「え……アッ⁉」

三秒経《た》って、気付かれた。背広を着崩した上座のオジサンが「セカンド・ファーステストが何故ここに⁉」という驚愕《きょうがく》の表情を浮かべる。

「きゃっ⁉」「うそっ！」「セカンド三冠⁉」「なんで⁉」

ねーちゃんたちも、腕で胸を隠しながら驚く。なんでって、お前らがうるさいからだよッ。

「一番偉いやつは誰だ」

俺は努めて冷淡に口にした。すると、上座のオジサンが恐る恐るという風に手を挙げる。

「名乗れ」

「こ、こちらはチリマ・オームーン伯爵に御座います」

何故か隣の男が答えた。

「お前に聞いてねえ。お前だ」

「は、初めましてセカンド閣下。チリマ・オームーンと申します。閣下におかれましては、まさかこのような場所でお目にかかれるとは――」

指を差して催促し、チリマが若干怯《おび》えながら挨拶《あいさつ》をしようと言葉を続けたところで……。

「そうか、わかった」

俺はさらりと踵《きびす》を返した。

ウィンフィルドに習ったやり方である。こういう手合いは、名前だけ聞く。それが一番効くのだとか。実にあいつらしい手法だな。

「襖、壊して悪かったな」

仲居さんに謝って、その場で修繕費と迷惑料を手渡し、自分の席に戻った。

その後、隣のご一行はまるでお通夜のような雰囲気で次々とその場を後にしていく。

こうして平和な晩メシの時間が戻ったとさ。めでてぇな、おい。

ちなみに翌早朝、ファーステスト邸にオームーン伯爵家から物凄《ものすご》く丁重な謝罪文と菓子折りが届いた。どうやら効果は抜群だったみたいだ。

「ご主人様、本日はよろしくお願いいたしますわっ」

朝九時、リビングで【槍術】習得のための日帰り魔物狩りツアーの参加者を待っていると、そこに現れたのはエレガントなウェーブを描くふわふわ金髪お嬢様メイドのシャンパーニだった。よく見ると化粧はバッチリ、髪のセットも完璧《かんぺき》、メイド服も煌《きら》びやかなアレンジが施されており、ほのかに花の香りがする。気合十分だな！

「おお、よろしく……あれ？」

挨拶途中、ふと思い出す。

「お前、剣術じゃなかったか？」

「覚えていてくださったんですの⁉　感激ですわーっ！」

俺が指摘すると、シャンパーニは胸の前で手を合わせて嬉《うれ》しそうな顔でぴょんと小さく跳ねた。

「わたくし、突きの動作が得意ですの。けれどレイピアですとリーチが足りずに困ることもしばしばで、この機会に思い切って槍術へ転向しようと考えましたのよ」

「そうか。それは良い判断だ」

長所を伸ばそうと、自分で考え、自分で方針を決める。自分の育成をよく考えている証拠だ。向上心の塊だな。俺が褒めてやると、シャンパーニは「嬉しいですわーっ」とまた喜びながら跳ねる。

可愛《かわい》いなこいつ。

「さて、今日の目的地はスライムの森だ」

「スライムの森、ですの？」

あんこに頼んで転移・召喚してもらった先は、王都郊外にあるスライムの森。初心者御用達《ごようたし》の狩場である。シャンパーニは「どうして今更そんな所に？」と単純に疑問に思っているようだ。

「この森、実は奥が深い。二つの意味でな」

「なるほど！　形式的にも、性質的にも、ということですわね？」

「ん？　うん。そういうことだ」

その言い回し、なんか頭良さそうだな。

シャンパーニの言葉通り、この森は奥へ奥へと深く続いている。その先には初心者ではとても太《た》刀《ち》打《う》ちできないような魔物が出現することもあるため、決して侮れない場所だ。

つまり、浅い所では初心者向けの顔を、奥の方では中～上級者向けの顔を見せてくれる、深みのある森なのである。出現する魔物の強さがおおよそ一定のダンジョンよりも、目的に合わせて弱い魔物から強い魔物まで様々なリクエストに応《こた》えられるのがこのスライムの森の利点。今回の【槍術】スキル集中習得に最も適した場所と言える。

「じゃあ早速、桂馬《けいま》槍術から始めよう」

歩兵と香車《きょうしゃ》は既に王立大図書館のスキル本で覚えてきたから、あとは桂馬～龍王まで今日一日で全《すべ》て覚える。大丈夫、【槍術】スキルの習得はそう難しくない。俺的に。

「合点承知、ですわっ！」

シャンパーニの気合たっぷりの返事で、俺たちのスライム狩りの一日が幕を開けた。

「――よし、いよいよ飛車槍術だな。これは二手に分かれる必要がある」

早いもんで、数時間も集中してサクサク習得条件をこなせば、もうお次は飛車の習得だ。

「二手にですの？」

「ああ。とにかく数をこなさないとならん。金将槍術の反撃を使って、浅瀬でスライムを二百匹狩りまくれ」

「金将の反撃ですわね、わかりましたわ」

《飛車槍術》の習得条件は「《金将槍術》の反撃効果を用いて二百体連続で魔物を倒す」こと。二百体連続というのがミソだ。間に一回でも別の攻撃や被攻撃が挟まったら、それまでの回数はリセットされる。ただ、反撃効果を持つスキル《金将槍術》の発動条件は「発動時間中に攻撃を受ける」ことなので、それほど難しくない。《金将槍術》16級でも準備時間2・6秒の発動時間3・2秒。スライムの攻撃の予備動作に合わせて準備を開始すれば、余裕も余裕である。

「競争するか」

「望むところですわっ！」

なので、退屈な習得作業に、ちょっぴりのスパイスを。

「レッツゴー！」

「ですわー！」

……それから数分後、俺はあることに気付く。スライムの森の中に、やたらと人が多いのだ。

ふと思い当たり、森に来た人たちの正体を確かめようと、その背後からこっそり接近する。

あー、やっぱり。予想的中。来訪者の正体は、王立魔術学校の生徒たちだった。

彼らは年に何回か、このスライムの森で野営の訓練をするのだ。俺も留学生時代に一度だけ暇過ぎて暇過ぎてどうしようもなかったので参加したことがあるから、この行事のことを知っていた。

それがたまたま俺たちの習得の日程と被《かぶ》ってしまったらしい。

さて、どうしたもんか。初心者とも言える彼らは、野営訓練の過程で行われる索敵訓練の際にも、森の奥へと入ってくることはないだろう。俺たちの残すところは龍馬《りゆうま》と龍王《りゆうおう》の習得。これらは森の奥で行う予定なので何も問題はないのだが、現在行っている飛車の習得は浅瀬で行うのが最も適している。となれば、王立魔術学校の生徒たちと出くわす可能性が極めて高い。

……大混乱は避けられない、か。訓練の邪魔をしてしまいそうだ。

ならばプランを変えよう。《飛車槍術《そうじゆつ》》がなくても習得できる《龍馬槍術》の習得を一先《ひとま》ず優先して、今日は早々に帰宅、《飛車槍術》と《龍王槍術》の習得を後日へ回すことにすればいい。

「シャンパーニは……あっちか」

俺は彼女と合流すべく、人の気配を避けながら森の中を進んだ。

「あれぇ⁉　パニーじゃん！」

「え、嘘《うそ》！　ホントだ、パニーだ！」

「うわー、変わんないね。ってかメイド服？　なんで？」

「あ、貴女《あなた》たちはっ……」

シャンパーニの姿を見つけ、声をかけようと近付いたところで——俺より先に声をかける三人組の女子生徒が現れた。俺は即座に木の陰へと身を隠し、彼女たちの様子を窺《うかが》う。女子生徒たちはシャンパーニへと馴《な》れ馴れしく話しかけ、すぐさまその周りを取り囲んだ。

「……久しぶりですわね。こんな所で、何をしているんですの？」

「ウケるー。それこっちのセリフなんですけど」

「うちら今、交換留学生やってんだよねー。ほら、うちら特待生だったじゃん？　あのヴィンストン学園で。ま、選ばれちゃったんだよね」

「その王立魔術学校の、野営訓練の、索敵？　的なカンジよ。で、周りに危険がないか確認中にぃ、パニーに出会っちゃった、みたいな」

どうやら四人は、同級生的な関係のようである。

しかし、それにしてはシャンパーニの表情が曇っている気が……。

「ぷっ……ふふっ！　それにしてもメイドって！」

「パニー、笑えるわぁ。サイコーだねマジで」

「あははっ！　落ちるところまで落ちちゃったかぁー」

……なるほど、理解した。そういうやつらか。

「ね、今度ティーボのお父様に報告しようよ。ファーナ家のお嬢様がメイドやってましたって！　きっと大笑いするよ！」

「もー、やめてよ。うちもついこないだ伯爵家に陞爵《しょうしゃく》したばっかなんだし、もうあんまり悪いことできないから」

「あんまりってことは、ちょっとはやってんじゃん！　流石オームーン家！」

ギャハハハ、と下品に笑う。しかし彼女たちの所作には、良いトコのお嬢さんなんだろうなぁと思わせる優雅な動きが含まれていた。その口調からはとても想像できないが、彼女たちもある面ではきちんとしたお嬢様なのだろう。特にあのティーボという女、なんと伯爵家のご令嬢らしい。

オームーン。その名前、つい今朝方に聞いた覚えがあるぞ。ユカリが朝メシのＢＧＭ代わりに聞かせてくれたお役立ちオームーン伯爵家情報だ。ティーボ・オームーンは、そう、昨日《きのう》の酔っ払いチリマ・オームーン伯爵の娘。ははーん、道理でねぇ……。

「あー、スッとした。あのニセモノパニーが今どんな風になってるのか、うち気になってたんだよねー」

「とっくに没落してるくせに、誰《だれ》よりもお嬢様してたからねぇ？　猫被っちゃってさぁ。今思い出してもイラつくわー」

「良かったね、パニー？　メイドなんかになれてさ！　やったじゃん。憧《あこが》れのお嬢様のお傍にいられるよ！　なんちゃって」

うわぁ……凄いな、こりゃあ。エコのいじめも酷《ひど》いもんだったが、こっちも負けず劣らずだ。

「あれー？　でも、おっかしいなぁ。確かうち、パニーを奴隷に落とすようにって、お父様に頼んだはずなんだけど」

「……っ‼」

「わー、怖ぁーい。睨《にら》まないでよ……気持ち悪い」

「貴族でもないくせに、いつまでもヴィンストン学園に居座ってたからそうなるんじゃん」

「品位を落とさないでよね。あの学園は、貴族の令嬢のための場所なの。貴女みたいなニセモノが来るような場所じゃないのよ」

「あ、わかった！　パニーって、買われたんでしょ！　だからメイドなんだぁ。奴隷のメイド！」

「えっ、えっ！　じゃあもしかして、そっちのご奉仕とかもしちゃってるカンジ⁉」

「やぁー、キモーい！　でもお似合いかも！」

嘲《あざけ》るように笑う三人に対し、シャンパーニはぎゅっと拳《こぶし》を握りしめながら、声を張った。

「わたくしは……わたくしはっ、そんな風に、使っていただいてはおりませんわ！　ご主人様は、そんな方では御座いませんっ！」

一瞬の静寂――直後、三人は腹を抱えて笑った。

「ご主人様だってぇー！」

「使っていただくとか、もう完全に奴隷視点じゃぁん！」

「あーウケる……ねえパニー、貴女わかってる？　奴隷のメイドって、お嬢様から最も遠い存在よ？　ちょっとは考えてごらん？　パニーは、今後一生、お嬢様にはなれないんだよ？　ね、絶望しない？　ふふふふっ！」

シャンパーニがお嬢様に憧れていることを知っていて、この女は、それを潰《つぶ》してやろうと権力を振りかざしたのか。ハッキリしたな、こいつは黒だ。どす黒い女だ。

　そして、対するシャンパーニは、「お前がそうさせたんだ」とは、言わない。シャンパーニは、至って、優雅に……そう、まさにお嬢様然と、ゆっくりと口を開いた。

「わたくしは、わたくしの夢を、片時たりとも忘れたことなどありませんの。ファーナ子爵家の娘として誇りを持ち、たとえ何があろうと、この心だけは売らないとそう誓ったのですわ。貴女方が何をなさろうと、わたくしは絶対に折れません。わたくしは、この生涯を終えるまで、わたくしであり続ける。これがわたくしの道ですわ」

――思わず、俺は目を奪われた。夢を見る彼女は、道を語る彼女は、とても美しかったのだ。

　こんなに美しい意志と信念をその身に宿した女性を、称賛せずしてなんとするのか。

　誰に何を言われようとも、如何様《いかよう》な邪魔をされようとも、決して挫《くじ》けず、折れず、ブレず、ただ己の夢だけを真《ま》っ直《す》ぐに見据えて歩き続ける。馬鹿だ。そんなもの、辛《つら》いに決まってる。心から絶え間なく血が滴るだろう。何度も何度も足を止めたくなるだろう。それでも歩みを止めないお前は馬鹿だ。馬鹿で、阿呆《あほう》で、間抜けで、どうしようもないくらい、最高にカッコイイだろうが！

「くっ……！」

　シャンパーニが言い切ると同時に、ティーボが平手でシャンパーニの頬《ほお》を打った。

魔術師にもなりきれていないだろう女の、弱っちい平手。それをシャンパーニは躱《かわ》すことなく、ましてや反撃することもなく、ただその頬に受け、無言で痛みに耐え、キッと相手を睨みつける。決して取り乱したりはしない。何故《なぜ》か。彼女の言葉を確《しっか》りと聴いていれば、それくらいわかる。お嬢様だからだ。彼女の心は、その夢を胸に抱いた時からずっと、お嬢様だからだ。彼女の中のお嬢様は、暴言を吐かれて、平手を打たれて、それくらいで、取り乱したりはしないのだッ……！

「――シャンパーニ」

俺は、初めて彼女の名を呼んだ。

その名前には呼ぶ価値がある。声に出して呼びたいと、心からそう思える途方もない価値が。

「ご、ご主人様⁉　見ていらしたんですの⁉」

驚き振り返り、俺の顔を見つめる彼女の目の端には、小さな雫《しずく》が煌《きらめ》いていた。

必死に必死に我慢して、それでも少しだけ零《こぼ》れてしまった、ほんのわずかな心の血液だ。

「え？　ごしゅ、じん、さ……ま……って……⁉」

ティーボと取り巻きの二人が、顔面を蒼白《そうはく》にして絶句する。

当たり前だ。驚いてくれなきゃ困る。折角だから失禁くらいはしてほしかった。

「初めましてティーボ・オームーン。俺はセカンド・ファーステストだ」

どちらが上で、どちらが下か。今ばかりは、ハッキリさせようじゃないか。

「一閃座《いっせんざ》、叡将《えいしょう》、霊王《れいおう》、もしくは三冠か、全権大使か。覚悟があるなら呼び捨てでもいいだろう。好きなように呼んでくれて構わない」

……ひれ伏せ、小娘。世界一位の御出座《おでま》しだ。さあ、身の危険を感じた小動物のように震えて怯《おび》えろ。そして、誰の所有物に手を出したのか、その心に確《しか》と刻み込むんだ。

「せ、せ、セカンド、閣下に、おかれましては……まさか、このような場所で、お目に」

「お前も父親と同じく、聞き飽きた定型文を言うんだな」

「っ⁉　お、お父様とも……！」

「そうだ、昨日会った。大変に失礼な輩《やから》だった。何か不都合があったか？」

「い、いえ！　そんな！　も、申し訳……っ」

残念ながら、君の頼みの綱のダディーも、下の下のそのまた下だ。誰も君のことを護《まも》ってなんかくれない。何処《どこ》にも逃げ場なんかない。自力で戦うしかないんだ。この、俺と。

君は悪意をもってその権力でシャンパーニを潰し続けてきたんだろう？　だったら、俺に全く同じことをされても文句など言えるわけもない。

彼女たちをどうしてくれよう。このまま一緒に王立魔術学校まで帰って、全校生徒の前で事実をありのまま述べてやろうか。それともヴィンストン学園とやらに行って、全《すべ》てを白日のもとに晒《さら》してやろうか。そうだ、常に明確な敵意を向けながら、俺の家を案内してやるのもいい。そのすぐ傍でオームーン伯爵家の行く末を声に出してあれこれ考えるのもいいだろう。

ファーステストの敷地内にいる全員が三人を親の仇《かたき》のように睨む中で何日も過ごすことになったなら、彼女たちは一体何を思うのか。もうやめてくれと懇願するか？　床に額を擦《こす》り付けて謝罪するか？　だとしてもやめてやらない。シャンパーニはその心の中で何度そう願ったことか。それでも彼女は一度たりとも表に出さず、優雅な顔のまま「お嬢様」で在り続けたんだ。少なくともその高潔さを心の底から認められるまでは、彼女たち三人を解放するという選択肢は俺の中にはない。

「ご主人様。もう、いいですわ」

「………………何？」

意外だった。まな板の上の鯉《こい》の調理方法を色々と模索していたら、シャンパーニが突然そんなことを言いだしたのだ。

もう、いい、とは。彼女たちを、無罪放免にせよと、そういうことだろうか。だとしたら……。

「わたくし、彼女たちを恨んでなどおりませんの。こうしてご主人様と出会えた奇跡は、彼女たちがわたくしを奴隷へと落としてくれたお陰なのですわ。だから、だから……」

「だから？」

「ご主人様の、その美しいお手を穢《けが》してしまうのが、辛いですわ」

……馬鹿だ。やはり、極め付きの馬鹿。超ド級の馬鹿だ。

こいつ、辛くて辛くてしょうがなかったはずなのに、こんなことを言いやがる。

ここぞという場面で、これ以上ないほどに、お嬢様なことを言いやがる……！

「……お前の思う優雅なお嬢様は、罪を憎んで人を憎まず、復讐《ふくしゅう》など考えもせず、常に博愛主義で、優しさと気配りに溢《あふ》れ、確りと規律を守り、強くて美人で可愛《かわい》くて、化粧も髪も服も香水も、全て完璧《かんぺき》なんだろうな」

「ええ……その通りですわ。わたくしの夢。わたくしの理想。わたくしは常にそう在るんですの。

ご主人様のメイドであっても、そこは決して曲げられない、わたくしの芯《しん》なのですわ」

ああ、イカれてる。

シャンパーニは、人生の何処かで、取り返しのつかないほどにイカれたんだ。

そしてそれは、驚くべきことに……俺と全く同じイカれ方だった。メヴィウス・オンラインに人生を賭《か》け、世界一位に誰よりも執着し続けた俺と。

「………飛車槍術《そうじゅつ》は一旦《いったん》、後回しだ。龍馬《りゅうま》槍術を先に習得しよう」

「は……はいっ！　かしこまりましたわ、ご主人様っ！」

もはや見る価値もないという風に、ティーボたちに背を向け、背後からかかる声を無視して、俺とシャンパーニは森の奥へと進んでいった。俺たちには、他に優先すべきことが山ほどあるのだ。

三人への制裁は必要ないと、彼女は言った。ならば、その意を汲《く》んで、この場は見逃そう。でも、家に帰ったら……考え得る最高の人選、あのメイド長にだけは、事実を事実として伝えておこうか。

「……わたくし、ファーナ子爵家の一人娘でしたの」

帰り際、シャンパーニに「しばらく歩きませんか」と誘われて、ファーステスト邸の敷地内にある散歩道を二人並んで歩いていると、そんな風に切り出された。

彼女は歩みを止め、頭を下げながら「黙っていて申し訳ございませんわ」と謝る。

「いや、多分、ユカリは知っていた」

「ええ……そう、ですわね」

奴隷《どれい》を購入する前に、その素性は全て調べ上げているはずだ。つまり。

「ユカリが俺に話さなかったということは、俺が知る必要のなかったことなんだろう。俺の方こそ、覗《のぞ》き見《み》るような真似《まね》をしてすまなかった」

「‼」

シャンパーニを正面から見つめて謝ると、彼女は目を見開いて沈黙した。

彼女が今何を考えているのか、なんとなくわかる。素性を隠していたことで結果的に俺に謝らせてしまったことが、全てが自分のせいではないとしても、気に入らないのだろう。

そう、それは、お嬢様としての矜持《きょうじ》。であれば、彼女が次にとる行動は。

「……全て、お話しいたしますわ」

筋を通す。できることならこのまま隠し通したかっただろう悲惨な過去を、自ら明かそうとする。

やはり彼女は、骨の髄までお嬢様。彼女が信じる彼女の中のお嬢様に決して背かないよう、常軌を逸した信念を持って生きている。

「聞こう」

彼女のその馬鹿げた夢を、あらゆる形で応援したいと俺が思うのは、当然のことだとは思わないだろうか？

「わたくしは、ヴィンストン学園に通っておりましたの」

「王都の名門校か」

「ええ。貴族のご令嬢ばかりが集まる、名門中の名門ですわ。わたくしも例に漏れず、子爵家の令嬢としてそこへ入学いたしました」

そこでティーボ・オームーンたちと出会った、と。

「当時、ファーナ子爵家の領地経営は右肩下がりでしたわ。地方ゆえの過疎化に、塩害と移民問題が重なり、もうどうすることもできませんでしたの。ですからわたくしは、いずれわたくしが子爵領を再び盛り上げなければと、誰《だれ》よりも勉学に身を入れましたのよ」

「……もたなかった、か」

「はい。わたくしの入学から一年足らずで、ファーナ子爵領は破綻《はたん》しましたわ」

だから、ティーボたちに「没落貴族」と蔑《さげす》まれていたのか。

「不幸中の幸い、とでも申しましょうか。ヴィンストン学園の学費は、三年分全額前納しておりましたの。ですから、わたくしが学園で残りの二年を過ごすことは、何一つ問題のない、当然に認められるべき権利でしたわ」

……そうか、そうだな。シャンパーニはその二年間を決して無駄にせず勉強し、再び貴族として生きる道を必死に切り拓《ひら》こうとしていたんだろう。

事実、彼女は頭が良い。それは話していて具《つぶさ》に感じ取れる。無事に二年間を過ごすことができていたなら、ひょっとしてと、考えてしまうほどには。

「ですが、学園が認めても、学園生は認めてはくださいませんでした。貴族ですらないわたくしを良く思わない方々がいらっしゃいましたの。わたくしの存在が名門の品位を落としている、と」

「品位を落としているのはそいつらの方だと思うがなあ」

「いいえ。貴族の世界は肩書きが全てですわ。各人の内面など一々見ている暇はございません」

「それは……愚かしい、と言うべきか」

「そういう世界、ですわね……」

もちろん、貴族の全員がそういった輩というわけではないだろう。スチーム・ビターバレー辺境伯のような異端者や、バレル・ランバージャック伯爵のような切れ者も中にはいる。

だが、シャンパーニは知っているのだ。貴族の世界とはそういうものであり、良からぬこととは思いながらも、どうにも変えることのできない部分であると。

「……いじめが、始まりましたわ。彼女たちにとって、わたくしはニセモノ。逆らうような力など何一つない、まさにいじめてくださいと首に看板をぶら下げているような、御誂《おあつら》え向《む》きの存在だったのでしょう」

「ティーボ・オームーンだな」

「彼女は特にわたくしを目の敵にしておりましたわね。元より、貴族に非《あら》ずは人に非ずと声に出して仰《おっしゃ》るような方でしたの。偏《ひとえ》に、彼女の性格でしょう」

「ひん曲がってるな」

「どうしてひん曲がったのか、そこに目を向けなければなりませんわ」

「仰る通りで、お嬢様」

「あ、あら。ありがとう御座いますわ、ご主人様っ」

何故《なぜ》ここでという場面で赤くなるシャンパーニ。どうやら彼女は「お嬢様」だと思われることに強い悦《よろこ》びを覚えるようだ。わかるなあ、俺も「世界一位」だと思われたら嬉《うれ》しいもん。

シャンパーニは「おほん！」と咳《せき》ばらいを一つ、話を続けた。

「まあ、そこからはまさに怒涛《どとう》でしたわね。伯爵家のご令嬢に敵対されてしまっては、庶民と相違ないわたくしに為《な》す術《すべ》などございませんでした。あっと言う間に奴隷落ちですわ」

「何があって、奴隷にされたんだ？」

「お父様がチリマ伯への借金を返済するため、モーリス奴隷商会へとわたくしを売ったのです」

親に売られたのかよ……。

「……お父様は、何も悪くありませんわ。領地経営が上手《うま》く行かなくなったのも、難しい問題が幾つも重なってしまったから。わたくしを売らざるを得なかったのも、伯爵家からの圧力があったから。全《すべ》て、どうしようもなかったのです」

俺がファーナ子爵の行動に疑問を感じていると、シャンパーニが擁護するように言った。しかしそれは、あまり擁護になっていない。言ってしまえば、シャンパーニの親父《おやじ》に本当に子爵としての器があれば、つまり無能でなければ、シャンパーニは今もお嬢様でいられたんだろう。

これを言ったら彼女はお嬢様として怒らざるを得ないだろうから、口にはしないが。

「両親に会いたい気持ちはあるか？」

だから、代わりにこう尋ねてみた。意地悪な質問だったと思う。きっと彼女の両親は、彼女に合わせる顔がない。それでも会いたいかと聞けば、メイドである彼女は、お嬢様である彼女は、どう答えるか。相反する二つの気持ちを彼女の中でどう結ぶのか。俺には興味があったのだ。

そしてシャンパーニは、しばしの逡巡《しゅんじゅん》の後、口を開く。

「わたくしがご主人様に購入していただいたその日、メイド長はわたくしたちにこう仰いましたわ。貴女たちは恵まれている、と。ええ、本当にその通り。ここは奇跡のような場所。メイドでありながら、お嬢様でいられる、とっても不思議な、わたくしの楽園。ですから……」

さらりと髪を後ろに流して、気持ちの良い笑顔で彼女は言った。

「一度だけ、本当に一度だけ、今の幸せで幸せで最っ高なわたくしの顔を、見せに行ってやりたいですわっ！」

……欲張りめ。メイドとお嬢様、どちらものにしようとしてやがる。

シャンパーニ・ファーナ。一体何処まで、こいつは最高なのか。

でもな、その答えは、百点だ。あと二十点足りないぞ。

「夏だ」

「夏、ですの？」

「四鎗聖戦《しそうせい》で、全王国民にその顔見せてやれ」

◇◇◇

「おはようございマー……って、何故パニっちが」

「あ〜ら、御機嫌ようコスモス。何度も言いますけれど、その呼び方やめてくださらない？」

「誠意を見せてくれるなら考えないでもないですよ」

「誠意ですの？」

「そうです。誠意という名の、下の方に着用している薄い布を」

「ブレませんわね貴女は……」

早朝、俺が集合場所へ行くと、シャンパーニとコスモスが何やら楽しげに話していた。

「おう、おはよう。何話してたんだ？」

「おはようございますご主人様。只今《ただいま》パニっ、シャンパーニさんと、昨今の布の相場について情報を交換しておりました」

「おはようございますわ、ご主人様。気持ちの良い朝ですわね」

へぇ、布の相場。メイドはそんなことにまで気を配るのか、大変だな。

「貴女、相変わらずご主人様の前では猫被ってるんですの？」

「逆にズル剥《む》けにできると思います？」

「絶対におやめなさい」

こしょこしょと内緒話をする二人。仲が良いな。

「さて、今日は杖術《じょうじゅつ》の習得だが、その前に槍術《そうじゅつ》で覚え残した飛車と龍王《りゅうおう》だけ先に片付けよう」

「かしこまりましたわ。けれど……そんなにすぐ覚えられるものなんですの？」

「ああ、飛車さえ片付けばすぐだ。龍王槍術は覚え方さえ知っていれば一瞬で覚えられる」

「す、凄《すご》いですわね」

「流石《さすが》ご主人様です」

二人が褒めてくれる。いや、そんなことについて褒められてもなぁ。

「ちなみに私もイカせ方さえ知っていれば一瞬でイカせられますが」

「……何を張り合っているんですの貴女」

「いやあ、私まだ、張形はちょっと」

「張形？」

「ああ、男性の象徴を模した作り物のことです。主に女性が個人的行為に用いますが、人によっては男性も後ろの」

「あぉん！」

「お黙りっ！」

また何か内緒話のようだ。シャンパーニがツッコミを入れているあたり、馬鹿話だろう。この二人、本当に仲が良さそうだ。ただそこまで内緒にされると、俺もちょっと気になるなあ。

「行くぞー」

気を取り直して。目的地は、今日も今日とてスライムの森だ。実を言えば、【杖術】の習得もスライムの森でこと足りてしまう。だが、この【杖術】の習得方法、他のスキルの習得方法とは一味違っている。主に面倒くさい方向に。さあ、今日は長くなりそうだぞ……。

「やりましたわーっ！　覚えられましたわーっ！　嬉しいですわーっ！」

スライムの森到着から二時間と少し。ついにシャンパーニが【槍術】スキルを全て習得した。

彼女はぴょこぴょこと跳ねながら喜びを全身で表現する。しかし弾《はじ》け過ぎないところは、やはり根が上品なお嬢様だからだろうか。

「口を衝《つ》いて出る喜びの言葉。同時に彼女の股座《またぐら》からは意識せずとも染み出る悦びの液体があった。身に覚えのない快感が彼女を襲う。そう、彼女はこの時初めて絶頂を体験した。二人の冷たい視線に射貫《いぬ》かれながら彼女は、生まれて初めての快感を押し殺しつつも噛《か》み締《し》め、ついにはあられもない表情を浮かべてしまう。嗚呼《ああ》、どうしてこんなにも恥ずかしくそして気持ちが良いのか。愧死《きし》寸前の彼女は我を失う刹那《せつな》、二人の蔑むような目を前にして、快感の終わりを告げるように恍惚《こうこつ》の表情でぶるりと体を震わせた。こうして彼女は無意識のうちに露出の悦びを知り――」

「うるさいですわっ！」

「ぁふん！」

シャンパーニの横で何やらぶつぶつと呟《つぶや》いていたコスモスが、チョップを喰《く》らわされる。

なるほど、段々わかってきたぞ。シャンパーニがツッコミで、コスモスがボケなんだな。コンビ名は「しゃんこスター」なんていいんじゃなかろうか。え？　ダメ？　あ、そう。

しかし二人が漫才をやっていたとは知らなかった。こうして日常的にもちょっとした練習を欠かさないくらいだ、わりと本気で目指しているのかもしれない。もしくはファーステストの観桜会あたりの出し物としてこつこつ準備しているのだろう。

いやあ、でもそうなると不憫《ふびん》だな。何故かってラズベリーベルのやつが何かとうるさいからだ。あいつ漫才には一家言あるのか、タイトル戦のネット中継番組『メヴィオンＴＶ』の司会者と解説者の軽いやりとりにさえ「さぶっ」とか「今のはツッコまんとあかんわ」とか色々言っていたのを思い出す。メイドの漫才に元聖女が駄目出しするなんて、そりゃ本気でヘコむやつだ。

「よかったな」

でも俺は応援しよう。純粋に二人の漫才を見たいという気持ちの方が大きい。

「ありがとうございますわ、ご主人様っ！　わたくし、経験値稼ぎを頑張りますわ！」

「ああ頑張れ。夏に間に合うといいな」

シャンパーニはウェーブがかかった長い金髪をふわりとさせながら、華麗なお辞儀をした。

彼女は元々、【槍術】だけでなく【剣術】もそこそこ上げていたため、他の使用人たちと比べて多少は魔物を狩りやすいはず。その分、同レベル帯の魔物から得られる経験値は少しだけ減るが、彼女くらいのランクならそこまで気にする必要はないだろう。ゆえに、キュベロたちのように「出られるかもな」ではなく、彼女の場合は「間に合うといいな」だ。

「じゃあ、再開しようか」

その後、いつまでもニコニコしていたシャンパーニを見送り、いよいよ【杖術】スキル習得本番が開始となった。

シャンパーニが《飛車槍術》と《龍王槍術》を覚えるまでの間に、俺とコスモスは王立大図書館で《歩兵杖術》と《香車杖術》を、スライムの森で《桂馬杖術》と《銀将杖術》と《金将杖術》を習得できている。そう、大概のスキルは、金将までは簡単だ。問題は、角行以降の四つ。

「次は角行ですね。私の予想をお話ししても？」

「ああ、いいぞ。ここまで来れば、大体予想はつくだろうからな」

「ええ」

【杖術】は他のスキルと比べて非常に独特だ。「突・打・払」の基本的な三種の動きを、一つの小スキルごとに行えるのが【杖術】。すなわち、歩兵〜龍王までの九種×三種で、計二十七種の技があるとも言える。そして、その習得方法もまた独特なのだ。

ただ、次の習得方法を予想できるような法則性がある。桂馬は、歩兵と香車で突・打・払を同じ魔物にそれぞれ二回ずつ当てて倒せば覚えられる。つまり2×3×2の条件だ。

銀将は、歩兵と香車と桂馬で突・打・払を同じ魔物にそれぞれ三回ずつ。つまり3×3×3。

金将は、歩兵と香車と桂馬と銀将で突・打・払を同じ魔物にそれぞれ四回ずつ。つまり4×3×4。

すなわち、習得方法を表す式は、n＝当該スキルを歩兵から数えた数として、（n－1）×3×（n－1）となる。ゆえに角行は、歩兵から数えて六番目なので、n＝6で5×3×5。つまり、五種スキル×三種を五回ずつ、計七十五回の攻撃を同じ魔物に当て続けなければならないということだ。

このように、【杖術】の習得条件はその法則性さえ見つけてしまえば、見抜くのは簡単である。

そして、そこらへんの普通の魔物、あるいはＨＰ《ヒットポイント》の高いボス魔物なんかを相手にしてこの条件を満たそうとしてしまうと、習得が非常に難しいものになるのだが……このスライムの森に潜むと、あるスライムにさえ出会うことができたら、習得はとても簡単なものとなる。

そう、出会うことさえできれば。だからこそ厄介なのだ。

「…………」

まあ、それはいいとして、俺は密《ひそ》かに期待していた。コスモスの予想を。

実質中卒の俺でさえわかる（n－1）×3×（n－1）なんていう法則だ、コスモスももうとっくに見当がついているに違いない。

では何故《なぜ》、彼女は改めて「予想を」などと言いだしたのか？　そう、ボケるためである。

フリは十分。さあ、ここでどうボケてくるのか。こっちも「なんでやねん！」の準備は既にできている。よし、来い……！

「歩兵・香車・桂馬・銀将・金将で、突き・打ち・払いを五回ずつ、同じ魔物に、ですね？」

……あれ？

「あっ、ああ、正解だ」

しまった、これもボケだったか！　すぐには気付けなかった。ちくしょう裏を行く高度なボケだ。

今のは「真面目《まじめ》か！」とツッコむべきところ！　くそっ、変な間があいた。もう今更ツッコんでも遅い。悔いが残るな……。

「あの、私、何か変なことを言ってしまいましたか？」

とかなんとか考えているると、コスモスが不安そうな表情で口にした。

ん？　……まさか、ボケでもなんでもなかったのだろうか？

「申し訳ございません、ご主人様。改めて考えれば、わざわざ口にするようなことではありませんでした。軽率な私をどうかお許しください」

どうやらそのようだ。本当に真面目に言っていたらしい。となると……なんだか、途端に寂しさのような気持ちを感じる。コスモスは、シャンパーニにはボケ倒して、俺にはわかりやすいボケの一つもくれない。つまり、俺はツッコミ役として不十分だと、暗にそう言っているような。

確かにそうかもしれない。俺は漫才には特に明るくないから、大して上手《うま》いツッコミはできないだろう。だが、それでも、練習相手くらいにはなれる。

伝えなければならない。もっと俺を頼ってくれていいのだと。俺は、君たちの主《あるじ》なのだから。

「言ってくれていいぞ」

「はい？」

「遠慮するな。もっと言っていいんだ。言いたいのだろう？」

「ええと……？」

「シャンパーニ相手のように、俺にも言えばいい」

「……まさか、ご主人様」

ガンガンボケていいぞと、そう伝える。

するとコスモスは、何故だか顔を引きつらせて「まさか」と呟いた。

——あっ⁉　もしや、花見で漫才をすることは、秘密だったのか⁉

だとすると……ああ、なんということだ。俺はたった今、彼女たちのサプライズを潰《つぶ》してしまったということになる。

いや、でも待て。それを言えば、俺の目の前でこそこそと練習する彼女たちにも、若干の責任があるのではなかろうか？

そうだ。いや、もう、そうじゃん。俺だけのせいじゃねえ！　よし、ここは開き直ろう。

「悪いな、聞こえてたんだ」

ちっとも悪いと思っていない風に俺が言うと、コスモスは……。

「――」

どうしてか、全身を硬直させて、あわあわと口を動かしながら、見る見るうちに涙目になり、ボッ――と、耳も顔も首までも、かわいそうなくらい真っ赤《まっか》っ赤《か》になった。

「白状します」

何故あれほど赤面したのかわからないまま、数分後。ようやく平静を取り戻したコスモスが、おもむろに口を開いた。

「白状？」

「そうです。私は、ズルいやつなんです」

「はあ」

いまいち話がわからない。でもなんだか面白そうな話なので、しばし聞いてみることにする。

「ああやって強烈なキャラを作れば、誰《だれ》も私の奥底までは覗《のぞ》こうとしないでしょう？」

「……キャラ作り、か」

「ええ。ですがまあ本来の私も時折ああいったことを考えてはいるのです。しかし、それを表に出すか出さないかは、とても大きな違いだと思いますから」

「あえて口にするようにしている、と」

「仰《おっしゃ》る通りです。距離の近い方々には、特に」

日常的にボケるようにしている、ということか？

「ズルいでしょう？　ご主人様、どうぞ笑ってやってください」

「何がズルいのか、まだよくわからん」

「……だって、こうしてキャラを作れば、皆は私のことをそういうやつとしか見ません。私が何かズルいことをしても、何か変なことをしても、皆、あいつは変態だからなぁ、と納得してくれます」

「え？」

「え？」

変態？

「変態なのか？」

「それはもう、変態でしょう。口にすることの九割が下ネタなのですから」

「ボケが下ネタばかりということか？」

「え？」

「え？」

話が噛み合わない。

「ご、ご主人様、もしや……」

コスモスが口の端を引きつらせながら言う。あっ、ヤベェ、バレた。

「ごめん本当は聞いてなかった」

正直に言うと――コスモスは、一瞬の沈黙の後「うわぁああん！」と頭を抱えて、「バカバカ私のバカっ！」と自分の頭をぽかぽか叩《たた》いた。

「じ、自分でバラしちゃったじゃないですか！　ああっ、もう！　ご主人様にだけは知られたくなかったのにぃ！」

「変態を演じていることか」

「そうです！　私は変態仮面なんです‼　以後お見知りおきをっ‼」

自棄《やけ》になって開き直るコスモス。そうか、お前、変態仮面だったのか……。

「なるほど、だからシャンパーニにだけ聞こえるようにそういうことを言っていたんだな。なんだ、俺はてっきり」

「てっきり？」

「……いや、なんでもない」

自分の勘違いが途端に恥ずかしくなった。いや、漫才ってお前……なんでやねん。

「でも、どうして演技なんかしてるんだ？」

俺は話を逸《そ》らすように、疑問を口にした。

「それは、先ほど申し上げた通りです」

「変態だと思われることで、自分のズルさを隠せる、と？」

「ええ」

「どうしてズルさを隠そうとする？　そんなにズルいことをやってるのか？」

人間誰しもそういう面はあるとは思うが、そこまで徹底して仮面を被って隠そうとするというのは、些《いささ》か理解できない。

「……どうしてでしょうね。私、いつからか、こんな生き方しかできなくなっていました」

コスモスは何処か寂しそうに口にすると、少し俯《うつむ》きながら言葉を続けた。

「最初はメイドたちの中で目立つためだったような気もします。十傑と呼ばれて、仕事に大きな責任が伴って、そうして上の立場に立った時、ミスすることが怖くなって、変態という免罪符を用意していた節もあります。杖術《じょうじゅつ》を選んだのも、誰もやらなそうなスキルなら私でもそこそこの位置にいけるかもしれないという浅ましい打算あってのことです」

何かミスをしても「ああ、あいつは変態だから」と、そう思われるように振る舞う。傷つくのは、変態を演じる偽の自分。本物の自分は、傷つかない。つまりは、逃げ道。

そのような考えを持つこと自体が「ズル」だと、彼女は言っているわけだ。

コスモスの気持ち、わからなくはない。俺だって何度も何度も逃げ出したくなった。世界一位の重圧から。だが結局、最後の最後まで逃げずにいた。ゆえに、今がある。

そして彼女は、俺が決して逃げようとしない人間であることに気付いていたからこそ、俺と自分を対比させ、こんなにも卑屈になるんだな。だから、俺だけにはバレたくなかったんだろう。

彼女は俺に許されないと思っている。それは、癪《しゃく》だ。理解を示してやらなければならない。

「軽蔑《けいべつ》はしない」

「！」

「お前を認めないような、そんな狭量な主人ではないつもりだ」

「ご主人様……」

「お前がそうなったのには、絶対ワケがある。確信を持って言える。よければ話してくれないか？気の利いたアドバイスなんかはできないが、軽蔑せずに聞くことならできる」

シャンパーニがお嬢様に執着するようになったのも、俺が世界一位に執着するのも、ワケがある。きっかけがある。それは決して逃れようのない、運命のようなもの。

逃げられなくなった人間がいるように、逃げざるを得なかった人間もいるのだ。そう、魔術学校時代のエコのように。

「……私って、暮らしていた家の全員と血が繫《つな》がってなかったんですよねぇ」

しばらくして、コスモスはゆっくりと沈黙を破った。

ユカリが集めてきた人材。全員ワケアリと聞いていた。あえて、そういう人物ばかりを選んだのだという。当時はわからなかったが、今ならその理由がよくわかる。コスモスの目を見ていれば。

彼女たちは、ここで救われる運命にある。煩わしい社会の何もかもを無視できるここで。

他ならぬユカリが、そう仕組んだのだ。あの、冷淡で、毒舌で、他人に同情などするはずもない、暗殺を生業《なりわい》として名前すら与えられずに生きてきたはずの彼女が、そう仕向けたのだ。

「そこそこ裕福な家でして。血筋って、やっぱりあるんですよ。不思議なことに、私一人だけ出来損ないでした。他の兄弟姉妹が経営やら戦術やらでめきめき頭角を現す中、私だけ何一つ満足にできませんでした」

「お前、芸術に秀でているんじゃなかったか？」

「ご存知《ぞんじ》だったんですね、嬉《うれ》しいです。ええ、ここで開花させました。もっとも、元から開花はしていたみたいなんですが、活《い》かせるわけもない環境で……そもそも、誰も私を見てくれないですし、芸術なんて、そんな、クソの役にも立ちませんでしたし」

ファーステスト邸における数々のデザインは彼女の仕事が多いと、ユカリに聞いている。十分、役に立つ才能だと思うが……活かせる環境がなかった、か。

確かに、なあ。芸術的センスなどという一般的に見て曖昧《あいまい》なものは、見せられる環境と見てもらえる環境がなければ、その意味を成せないのかもしれない。

「優しい人たちでしたよ、自称家族の皆様は。まあ、それも表面上のものですが。私が嫌悪感と劣等感を溜《た》めに溜めて、家を出るまでそう時間はかかりませんでした」

「奴隷《どれい》にされたのか？」

「いいえ、自分から奴隷になりました」

「……マジ？」

「マジです。劣等感を抱えて出来損ないのまま生きていくよりは、誰かに必要とされ奴隷として使われる方が千倍はマシ……と、その時は本気でそう考えていました」

そりゃ、また……病んでるな。

「自分が嫌になりますよ……だって、ご主人様に買っていただいてからというもの、本当に都合が良すぎるというか、理想の生活というか、とても恵まれているんです。なのに、なのに、私は……未《いま》だ、劣等感を捨てきれずにいます。変態を演じて、卑怯《ひきょう》で卑屈で出来損ないの自分を許そうとしています。私で私を騙《だま》し、無理矢理に納得させています。変態だから仕方ない、と」

劣等感による自信のなさから来るズルい考えを「変態だから」と納得する。たとえそれでミスしても、批判されても、「変態だから」と躱《かわ》し、自分が傷つくことを回避する。それが今のコスモスの生き方なのだろう。

「むしろ変態という仮面で、本来の出来損ないの自分を隠して、虚勢を張っているのかもしれませんね。本来の私より、変態の私の方が、自分でも魅力的に感じてしまうことが多いんです」

コスモスは寂しげに笑い、そう言った。ああ、彼女はわかっているのだろう。その生き方が、既に容易には修正しようもないところまで来ていると。

「話してくれてありがとう。お礼と言ってはなんだが、代わりに俺の好きな言葉を贈ろう」

だったらもう、俺からは何も言えない。いつか彼女の劣等感が消えることを願って、どしっと構えていようではないか。

「考えるな、感じろ」

ニッと笑って伝える。考えても解決しないことは、考えるだけ無駄だ。それでも解決してしまう場所がここだと、いずれ気付けたらそれでいい。

俺の無責任な言葉を受け、コスモスはその笑みから少しだけ寂しさを消して、こう返した。

「私、とっても感じやすいんですよね」


「さあ、何はともあれ杖術習得だ」

「ブレませんね、ご主人様」

ついつい話し込んでしまったが、今日の目的を見失ってはいけない。

【杖術】の習得は厄介なのだ。同じ魔物に何十回も攻撃を当てるという習得条件、これはＨＰ《ヒットポイント》の高い強めの魔物でなければ満たせないと思いがちだが、実は違う。このスライムの森に出現するあるスライムが、その問題を簡単に解決してしまう。厄介な点は、そのスライムと出会えるかどうか。

出会ってさえしまえば、あとは簡単だ。そう、出会えさえすれば。

残すところ、角行・飛車・龍馬《りゅうま》・龍王《りゅうおう》の四スキル。それを二人分なので、出会うべきスライムは、計八匹。うーん、夜までに終わればいいが……。

「いたっ！」

幸先《さいさき》良し！　一匹目を発見だ。

俺たちの視線の先、木の陰に潜んでいたのは、まるで金属のように光沢のある角ばったスライム、その名もハガネスライムだ。このハガネスライムくん、実はＶＩＴ《防御力》が恐ろしく高い。ＳＴＲをカンストしていても満足なダメージが通らないほどに。その代わり、MGR《魔術防御力》が物凄《ものすご》く低い。低INTの壱ノ型で一撃死するほどに。よって、【杖術】の各スキルの習得条件を満たすまで棒でタコ殴りにして、最後に壱ノ型でフィニッシュしてやれば、簡単に習得できてしまうという寸法だ。

もちろん抵抗してくるが、攻撃モーションは他のスライムと似たり寄ったりで、AGIはむしろ低い。見てから回避で余裕だ。まさに御誂《おあつら》え向《む》きと言っていい魔物である。

「よし、行けコスモス」

「はい、もうちょっとでイキます」

「いや、早く行け」

「ですからもうちょっとで」

「下ネタじゃねーか！」

「あひぃ！」

考えずに感じた結果がこれか！

俺がシャンパーニのようにツッコミを入れると、コスモスは恥ずかしそうに頬《ほお》を染めて「で、では真面目《まじめ》に行ってきます」とハガネスライムに向かっていった。照れるくらいなら無理にボケなくても……いや、でも、これでいいのかもしれない。色々と勘違いはあったが、彼女ともなんだかんだ良好な関係が築けそうだ。そう、今は、これでいいんだ。ただ、夏季か、冬季か、彼女があの栄光の舞台に立つようになったら、少しは変わってもらわないとな。

「た、ただいまー」

深夜一時、ハガネスライム探しを終えて帰宅する。八匹目がなかなか見つからず、こんな時間になってしまった。しかし苦労の甲斐《かい》あって、俺もコスモスも【杖術】を全《すべ》て習得できた。

……は、いいのだが。何もやましいことはないとはいえ、こんな時間まであの変態仮面メイドとナニをしていたんだと追及されると、面倒くさい相手が――。

「――お帰りなさいませ」

げぇっ、ユカリ！　こんな時間まで起きていたのか。ということは……。

「明日はエコの斧《おの》術習得と、私含むイヴ隊希望者の糸操術習得の予定です」

「そ、そうだな」

「予習が必要なのではと思いまして」

「予習？」

「夜の、糸操術の」

下ネタじゃねーか‼

◇◇◇

以来、密《ひそ》かに精進していた俺である。夜のタイトル戦も三冠王まっしぐらな勢いであったが、その夢、ドスケベダークエルフによって見るも無残に阻まれた。

いや、引き分けだ。断じて負けたわけではない……と、思いたい。

「おはよう諸君」

気を取り直して、今日は【糸操術】の習得と、【斧術】の習得である。早朝、リビングに集まったのは、ユカリとエコ、それからイヴとルナと、名前のわからないメイドが一人。

全員の挨拶《あいさつ》が終わるのを待ってから、俺はさっそく尋ねてみた。

「お前もイヴ隊のメイドか？」

「あっ、はい！　サラです！　よろしくお願いします！」

「朝から元気だな」

「あざっす、ご主人様！　自分、それだけが取り柄っすから！」

サラはセミロングの茶髪をバサッとさせて勢い良くお辞儀をするが、前髪を上げていたカチューシャがズレて「あわわ」と慌てて直していた。

「彼女はこう見えて潜入のプロです。先のカメル神国についての情報の多くは彼女が入手してきたものです」

「マジか。そうは見えないな」

「そうは見えないことこそ、潜入においては重要です」

ユカリの注釈で、サラへの見る目が変わる。確かに、仰《おっしゃ》る通り。そうは見えないからこそ、内部へと深く潜入できるんだな。ＰｖＰ《プレイヤー・バーサス・プレイヤー》も同じだ。そうは見えない一手こそ、深く刺さる。

「サラは非凡な才能を持っています。神国の情報だけでなく、最後には相手を信用させて帰って参りました。今においても、あちら側はまだサラが内偵だったなどとは露ほども思っていないのではないでしょうか」

「凄《すげ》ぇなオイ」

「いやぁ～、それほどでも～」

にやけ面でぽりぽりと後頭部をかくサラ。ちらりと覗《のぞ》く八重歯が可愛《かわい》らしい元気な女の子だ。やはり、とてもそうは見えない。これはもう、俺も彼女の術中にハマっているということだろうか。

「本日は、暗殺および戦闘、隠密《おんみつ》および調査、内偵および潜入、この三項目における最優秀者を一人ずつ連れて参りました。加えて私がお供いたします。どうぞよろしくお願い申し上げます」

ユカリがメイドを横に並ばせて紹介し、揃《そろ》って綺麗《きれい》に一礼した。

順に、イヴ、ルナ、サラか。なるほど、イヴは序列戦開始以来ずっと一位で、ルナの有用さは革命の時に思い知ったし、サラは先ほどの通りと。ワーオ、なかなかに凄《すご》いメンツだ。

「よろしく。じゃあ行く前に一つだけ確認だ」

「はい」

「飛車までは、既に覚えているか？」

「ええ。全員、抜かりなく」

「ナイスだ。助かった、イヴ」

今日までの間に、参加者は必ず《飛車糸操術》まで覚えておくようにと指示してあった。四人はそれをきっちりと守ってきてくれた。

覚え方はイヴが知っていると聞いていたので、特に心配はしていなかったが、彼女たちの様子を見るに何も問題はなかったようである。まあ、若干、通訳に時間がかかったかもしれないが。

「……っ……ぅ」

「お役に立てて光栄です、と申しております」

こんな風にな。イヴがぼそぼそと喋《しゃべ》った言葉を、ルナが言い直す。今でこそ俺も慣れたが、初めて目にする人はまあまあ困惑するだろう光景だ。二人の横で「うんそうそう光栄ね光栄」と然《さ》もわかっていたかのように一人頷《うなず》いているサラ。絶対わかってなかっただろお前。

未だにイヴの小さな声はルナかユカリくらいしか聞き取れないらしい。俺もたまーに聞き取れることがあるが、基本的にイヴが近付いてきてくれないというか、避けられているというか、会話の時は何故か不自然に距離が開いていることが多いので、ほとんどの場合が聞き取れず、結局ルナに通訳してもらっていた。

「そしたら、今日は龍馬と龍王の習得だけだな」

「どちらへ向かわれるのですか？」

「メティオダンジョン」

「………そこは、もしや」

乙等級ダンジョン「メティオ」――通称、ドラゴンの巣。

いち早く気付いたユカリが珍しく顔を引きつらせる。他のメイドたちも若干だが顔色が優れない。サラなんかは「あわわわ」と怯《おび》えている。彼女はこれが口癖なのかな？

「大丈夫だ。俺とシルビアとエコで既に一回訪れているが、二人は問題なく戦えていた。お前らにもできるさ」

「そうは仰いましても……」

「心配無用！　俺が付いてる」

少し強めに言ってやると、ユカリたちは渋々納得した。

「……っ⁉　ついた⁉」

「出発すらしてねえ」

俺の背中で寝息をたてていたエコが、俺の大声でお目覚めのようだ。

まだ着いていないとわかると、また寝ようとする。本当に寝る子と書いてネコだなこいつは。それを言ったら、食べる子と書いてタコでもあるのか……？

「エコー、今日はドラゴン相手に斧術を覚える作戦で行くぞー」

「さくせん⁉　あたしにまかせて！」

「任せた任せた」

多分、エコはこれで大丈夫だろう。彼女はなんだかんだ言って天才だ。やるべきことを〝作戦〟と名付けてテキトーに伝えておけば、その後は自分で工夫して自分で要領を掴《つか》み自分で全て済ませてしまう。それは俺の的確な指示があってのことだが、同時に彼女の才能があってのことでもある。

俺の元へ来たことで、良い具合に歯車が噛《か》み合ったのだ。

さて、それじゃあ作戦会議も終わったところで、いざ出発――。

「これはっ、なかなかっ、新感覚ですっ……！」

到着して早々、まずはユカリたちを白龍《はくりゅう》と戦わせてみる。

《龍馬糸操術》の習得条件は「糸操術のみで攻撃し最後の一撃を角行で行う、この条件を満たし五種のドラゴンを仕留める」こと。他のスキルより条件が甘めに設定されているのは、【糸操術】の火力が他の攻撃系スキルよりも比較的低いためと言われている。

《龍王糸操術》の習得条件も似たようなもので、「飛車のみを用いて十体のドラゴンを倒す」こと。これは全《すべ》て白龍でいいので、龍馬よりも甘い条件と言えるだろう。

よって今日は、角行フィニッシュで白龍・青龍《せいりゅう》・黄龍《おうりゅう》・緑龍《りょくりゅう》・赤龍《せきりゅう》を一匹ずつ倒し、飛車のみで白龍を十匹倒せば、目標達成だ。ちなみにエコの【斧術】スキルの習得条件は、ほとんど【剣術】と変わらない。よって、歩兵～飛車はあまり難易度が高くなく、《龍馬斧術》は「歩兵～飛車の七種スキルで最低一度ずつ攻撃し最後の一撃を角行で行う、この条件を満たし五種のドラゴンを仕留める」、《龍王斧術》は「飛車のみで十体のドラゴンを仕留める」となるため、条件を伝えてしばらく放っておけば自然と覚えてしまうはずだ。

「おっと、今のは尻尾《しっぽ》の予備動作だ」

と、ここでユカリが白龍の尻尾攻撃を喰《く》らいかけたので、準備していた《飛車弓術》で助太刀《すけだち》する。ユカリはドラゴンとの戦闘を「新感覚」と言っていた。まさしくそうだろう。彼女は今まで対人戦を、それも不意を突《つ》く形での暗殺ばかりをこなしてきたはずだ。魔物相手の、それも対ドラゴン戦など、勝手がわからないに決まっている。

「申し訳ございません、ご主人様」

「謝るな。誰《だれ》しも初めては上手《うま》く行かないもんだ」

「そう……でしょうか？」

「……まあ、あれは例外だ」

俺とユカリの視線の先――白龍を相手に、完封目前のメイドが一人。イヴである。

彼女の戦闘センスはずば抜けているな。あの糸の使い方、掛け値なしに「上手い」と言える。

「例外と言えば、ご主人様も」

「ん？」

「既に、角行ほどまでは覚えておられるのでは？」

「ああ、いや、斧術は金将までだ。糸操術は飛車まで覚えたぞ」

「……まだ到着から一時間と経《た》っておりませんが」

「お前らよりステータス高いからなあ」

「そういう問題でしょうか？」

ジト目で呆《あき》れられた。やっぱり呆れられるのは気持ちが良いな。

「ま、頑張ろう」

今できることをただひたすら効率良くやれば、誰にだって成し遂げられるさ。ユカリも俺の言わんとしていることを理解したのか、「はい」と素直に頷いて再び白龍へと向かっていった。

「お疲れさん」

夕刻、なんとか全員が龍馬《りゅうま》と龍王《りゅうおう》を習得することができた。

エコは早いうちに一人で全て覚えきって、挙句に金龍をタイマンでぶっ倒していた。【盾術】全九段で【斧術】も上げているため順当とはいえ、成長をひしひしと感じる。

「なんか、実感わかないっす……うわぁ～、本当にスキル欄に龍馬と龍王が……」

サラは夢見心地で自分のステータスをぽわんと見つめていた。わかるわかる、俺もメヴィオンで初めて龍馬と龍王を覚えた時は、そんな感じだった。初級者の憧《あこが》れだな。

「ありがとうございました、ご主人様」

ユカリの号令と同時に、メイドたち三人が深々と礼をする。

そんなに感謝されるようなことでもないが、気分はすこぶる良い。

「イヴ、夏季で待ってる。ルナとサラは、冬季かな。ユカリはどうする？　根を詰めれば、夏季には出られそうだが」

「ぁ……っ！」

「頑張りますご主人様、と申しております」

「おっす！　自分も頑張りまっす！」

「私は……」

三人は笑顔で返事をして、ユカリは何かを決心したような表情で口を開いた。

「私は、タイトル戦への出場はしないことにいたします」

「そうか。理由を聞いてもいいか？」

「はい。裏方に専念しようかと」

「鍛冶《かじ》師としてか」

「ええ」

……有り、だと思う。それも一つの、とても立派な、メヴィオンの楽しみ方だ。

「気が変わったら言ってくれ。だが、個人的なことを言わせてもらえば……」

「はい」

「……ありがとう。お前が鍛冶に専念してくれると、俺は嬉《うれ》しい」

「ええ、だと思いましたので」

俺がそう口にすると、本当に珍しいことに、ユカリがにこりと笑った。

世界一位に優秀な鍛冶師は必要不可欠。本気で取り組もうとした場合、鍛冶師という職は、死ぬほど挑戦と失敗を繰り返す必要のある、地味で孤独で辛く苦しい立ち位置だ。

ユカリは、それを覚悟の上、俺を思ってくれている。なら、俺も期待に応《こた》えないとな。

「さて、じゃあ最後にパーッとやって帰るか」

「ぱーっと？　せかんど、ぱーっとやる？」

「おう、パーッと」

メティオダンジョン、ここって確か、まだ攻略されてなかったよな？

「来い、アンゴルモア」

「――降ッ、臨ッ」

アンゴルモアを喚《よ》び出すと、奴《やっこ》さんは「待ってました！」とばかりにギュルルルと激しい回転を加えながら空中に現れ、赤黒い稲妻を一発光らせると、恰好《かっこ》良《よ》くポーズを決めてビシッと静止した。

相変わらず目立つことに余念がない精霊だ。

「如何《いかが》した、我がセカンドよ」

そして、わかっているくせに聞いてくる。ああ、いいぜ。なら答えてやろうじゃないか。

「なァ、久々に燃えようぜぇ……！」

「応ともッ！　フッハハハハ！」

直後、《精霊 憑依《ひょうい》》を発動する。

いやあ、この感覚、この全能感！　堪《たま》んないね。最近は雑魚《ざこ》ばかりで鈍ってたからな、ここらで一発ぶちかましてやらないとと思っていたんだ。

「ご主人様、一体、何を……？」

「虹龍《こうりゅう》、潰《つぶ》しに行く。後ろで見てな」

ユカリ印の火力特化型五段階強化ミスリルロングソードを腰に引っ提げ、ボスの潜む場所まで一直線に疾駆する。一度だけ振り返ってユカリたちが遅れつつもなんとか付いてきているのを確認し、その後はひたすら虹龍へと意識を集中させた。

目標は完封だ。虹龍には手も足も出させない。今のステータスと所持スキルだったら、まあ、俺ならお釣りが来るな。

「見えた」

初手、《飛車剣術》《雷属性・参ノ型》《複合》――虹龍の足にクリティカルヒット。からの、《龍馬糸操術》。何本もの糸を放射状にばら撒《ま》き触れた相手を強制的に拘束するスキルだ。虹龍は初撃で俺をターゲットし、ブレス以外の攻撃を選択するはずなので、当然、引っかかる。

捕縛した。間髪を容《い》れずに《飛車体術》五段を発動。溜《た》めるほど強力な単体攻撃スキル。【体術】の純火力計算は（ＳＴＲ＋ＤＥＸ＋ＡＧＩ）／２・56で行われるため、ステータスが満遍なく高い俺にとっては低ランクでも火力を出しやすいスキルだ。

溜め終了、虹龍の脚部をぶん殴り、そしてナイスなクリティカルヒット。ラッキーだ。あと一発でクリの有無問わずダウン値が溜まり切り、ダウンする。

糸から解放され怒り猛った虹龍は、口から空気を漏らすように「ガァッ！」と鳴いた。ブレスの合図だ、ご丁寧にどうも。本来なら全力回避だが、ここはダウンを狙《ねら》う局面。飛び上がったところに《飛車弓術》と《雷属性・参ノ型》の《複合》を放って、ダウン値飽和で墜落させる。

「行っちゃうぜ～」

ノッてきたぁ。運が良ければ次で決まるだろう。

《雷属性・参ノ型》に《雷属性・参ノ型》を乗せた《溜撃》――ＩＮＴ＋ＩＮＴかつ十秒フルチャージで倍率８００％の【魔魔術】。即《すなわ》ち、十六倍ダメージの参ノ型。

十秒溜め切るなら、ダウンを取ったここしかない。

俺はきっかり十秒溜めて、虹龍がダウンから起き上がったところに……ぶちかました。

「──っ‼」

虹龍が消し飛んだかのように錯覚するほどの、馬鹿みたいに太い稲妻が落ち、地面を揺らすくらいの轟音《ごうおん》が辺り一帯に鳴り響く。

残念、ツイてない。クリティカル出ず、四十八倍ダメージは逃したか。

「よいしょおッ！」

土煙の中から飛び出してきたズタボロの虹龍の攻撃を準備していた《金将槍術《そうじゅつ》》のカウンターでぶん投げ、インベントリからお皿を取り出し装備、《飛車盾術》で突進して距離を詰める。

またブレスで飛び上がろうとしている虹龍の目の前で《金将糸操術》を発動。よし、これは間に合ったな。半径四メートル以内の対象を糸で拘束するスキルだが、飛び去ろうとする空中の虹龍まで残り十センチといったあたりでギリギリ確保できた。

「これでイッちまうかな？」

多分、削り切っちゃうなあ。サヨナラだ。俺は虹龍に別れを告げながら《龍馬弓術》を準備し、落下してきた虹龍と身を擦り合わせるほどに接近して……発動した。

ドバンッ！　と、ショットガンのように数十の矢が同時に放たれる。

クリティカルヒット。あらオーバーキルだ。

虹龍は、流石に息絶えた。

Ｆｏｏ！　快・感ッ！　完封ほど気持ちの良いことは、そうないね。

「…………あぁ⁉」

直後、余韻に浸る間もなく俺の目に飛び込んできたのは……一本の薙刀《なぎなた》だった。

虹之薙刀《にじのなぎなた》――虹龍産レアドロップ品。炎狼之弓《えんろうのゆみ》や岩甲之盾《がんこうのたて》と同じく、ドロップ確率２％。

一発ツモ‼　やっふー‼　ここで１／50を引いて行くぅ！

「いいね、いいねーッ」

テンション爆上がりで感情のままを口にして、ニッコニコで小躍りしながら虹之薙刀を拾い、後ろを振り返ると――ユカリたちが、一様に呆然《ぼうぜん》と立ち尽くしていた。

「……フゥ……」

ちょっと恥ずかしくなって、《精霊憑依》を解除しつつ額の汗を拭《ぬぐ》う。

「さ、じゃあ帰るか」

有終の美というかなんというか、とにかく充実した一日だったな。

「ちょ、ちょっとお待ちください。整理がつきません」

ユカリのちょっと待ったコール。一体なんの整理がつかないんだろうか。

「あの虹色《にじいろ》の龍って、人間が勝てるものなんですね……しかもボッコボコじゃないっすか。自分びっくりっす。というかちょっと引きましたもん」

「……っ……ぁ……ぅ」

「ご主人様はあまりにも先を行き過ぎていて背中が全然見えません、と申しております」

皆どうも俺が虹龍を倒したことについての整理がつかないらしい。

いやいやいや、君たちも真面目《まじめ》にやってたらあっという間にこうなるから。

「何をいちいち驚いてるんだお前ら。少しはエコを見習え」

情けない。エコを見てみろ。

「ほ？」

「……ほら」

「何がほらなんですか」

「動じてない」

俺くらいのステータスとスキルなら虹龍を倒せて当たり前だと、わざわざ考えずとも理解しているからこそ、エコは動じていないのだ……多分。

「せめて金龍とタイマン張れるくらいにはなろうな」

「……精進いたします」

にっこり笑って言うと、ユカリは深い溜め息とともに頷《うなず》いた。

◇◇◇

「ユカリ、一つ頼みごとがある」

メティオダンジョンからの帰還中、あんこの転移待ちでユカリと俺だけが残った際、俺は「大仕事だ」と前置きしてユカリに話しかけた。ユカリは意外そうな顔で一拍置いて、口を開く。

「ご主人様がそこまで真剣なお顔をなさるということは、余程の大仕事なのでしょうね」

流石《さすが》、付き合いが長いだけある。ご明察だ。

「こいつを見てほしい」

「これは……」

俺はインベントリから一振りの刀を取り出した。

『七世零環《ナナヨレイカン》』——0k4NN《オカン》さんの分身。経年劣化によって耐久値が限界まで削れたそれは、朽ち果てる寸前にもかかわらず、不気味な赤黒い輝きを帯びている。

「修理を頼みたい。手段を尽くしてくれ。費用に糸目はつけない」

「……なんとも不思議な材質です。見たことは勿論《もちろん》、聞いたこともありません。正直申し上げまして、修理の方法が皆目見当も付きませんね」

「素材は恐らく玉鋼《たまはがね》と緋緋色金《ヒヒイロカネ》だ。素材さえあれば時間はかかるが鍛冶スキルで修理できる」

「玉鋼は、刀八ノ国《とうはちのくに》で入手できるとして……その謎の素材は」

「緋緋色金は刀八島《とうはちとう》の東側の崖《がけ》に入り口のある洞窟《どうくつ》の最奥で手に入る。市場で手に入らなければ、俺が採掘してくるから問題ない」

「……今更ですが、どうしてご主人様はそのような常識をひっくり返しかねない情報を然《さ》も当然のようにご存知《ぞんじ》なのでしょうね」

「多分、他の誰かが知っていたとしても、難易度が高くてなかなか攻略できないぞ」

確か、あそこの中にいる魔物は全《すべ》て甲等級レベルだ。あの島の連中じゃあ、手に負えないだろう……0k4NNさんのようなプレイヤーでもない限りは。

「そういう問題ではありませんが……まあ、かしこまりました。優先順位は如何いたしますか？」

「一位だ。制限時間は、夏季毘沙門《びしゃもん》戦まで」

打ち合わせの最後に、俺が指を一本立てて言うと、ユカリは不敵な表情で頷いた。

「では、それまでに修理してご覧に入れましょう。世界一位の鍛冶師の名にかけて」


寝て起きたら翌朝になった。予定通り、今日からシルビアとエコの特訓が始まる。

夏季タイトル戦開幕まで残り約五か月。基礎を固めた彼女たちに、基本を叩《たた》き込《こ》み、一から定跡を教え込むには……ちと足りない気もするし、なんとかなる気もする、微妙な時間である。

「良い天気だな！」

「だなっ！」

二人は気合十分といった風だ。シルビアは【体術】を、エコは【斧術《おの》】を習得し、スキルランクも今まで溜め込んでいた経験値を使って全て高段にまで上げ、ステータスの底上げもバッチリ。あとはじっくり対人戦の訓練をして、いよいよ次こそは鬼穿将《きせんしょう》と金剛《こんごう》を獲《と》ってやろうという腹積もりなのだろう。まさに前途洋々である。

だが、タイトル戦はそんなに甘くない。今のままでは、確実に負ける。断言できる。あのクソジジイにさえ、負ける。経験差という巨大な壁は、やはり依然としてそそり立っているのだ。

「シルビア。上空に放り投げた石ころを歩兵弓術で狙うとして、百発中何発ミスする？」

「むっ。私とて基礎訓練は毎日欠かさず行っている。一発も外さない自信があるぞ」

「それは当然のことだ、そうじゃない。数字の問題だ」

「数字？」

「歩兵弓術の命中率は九段で99％、そこにＤＥＸによる命中率補正が加わって、今のシルビアなら99・67％くらいの命中率か」

「……そうか、そうだな。私の狙いとは別に、数百発に一発くらいは、外すかもしれないな」

「そうだ。そして、ここぞという一発で、０・33％を引く可能性がある。それを必ず念頭に置け」

「承知した」

技術上のミスをなくすことは当然。基礎とは当然のこと。ＰｖＰ《プレイヤー・バーサス・プレイヤー》とは、基礎だけでなんとかなるような勝負ではない。

数字との付き合い方は、常に考えていなければならない。主に、悪い方へと転んだ場合について。その対策こそが基本。あらゆる確定要素を満たし、あらゆる不確定要素を懸念し、事前に己の隙という隙を埋め尽くす。揺るぎない基礎の上に成り立つ基本の考え方である。

「エコは、相手を決して侮るな。熱くなって手筋を忘れるな。ハメる前にハマったら、あっという間に終わりだ」

「うん」

「ロックンチェアはきっと装備を整えてくる。以前より何倍も手強《てごわ》いと考えていい。その対策を立てられるだけ立てるぞ」

「たいさく？　それってさくせん⁉」

「そうそう、対策を立てる作戦だ」

「おーっ！」

エコは「たいさくたてる！」と意気込んでいる。対策を作戦の親戚《しんせき》か何かだと思ってんのか、とっても上機嫌だ。

さて、二人に注意事項を伝え終えたら、いよいよ。

「じゃあ、さっそく定跡を覚えようか」

本題だ。これから数か月かけて、二人は〝定跡〟をその身へ嫌と言うほど刻み込むことになる。

「定跡を覚える」こう聞けば単純だが……その実、まさに地獄。定跡が身に付くまでは、この世の何もかもを呪《のろ》いたくなるくらい、本当に、全く、何もかもが上手《うま》く行かなくなる。「定跡なんて覚えない方がマシだ」と本気で考えて、全てを途中で放り投げたくなるに違いない。それでも一歩ずつ前に進まなければならない茨《いばら》の道だ。

その事実をまだ知らない二人は、やる気満々の顔で俺の話を聞いていた。

「まずシルビア。定跡を覚える前に、問題だ」

「うむ」

「こっちの初手、歩兵弓術に、相手が何かで対応した。それに対して、こっちが何かで返した時のパターンは、何通りになる？」

「む？　ええと……歩兵から龍王《りゅうおう》で、九種類で、それに対して、九種類で返すから……九×九で、八十一通りだ」

「正解。じゃあそれに相手が何かで対応したら、何通りだ」

「八十一×九で、七百二十九通りだぞ？」

単純な掛け算。シルビアは何故《なぜ》そんな簡単な問題を出されたのかわからず首を傾《かし》げている。

「若干の誇張はあるが、定跡とはこれらの選択肢を乗り越えたものだ」

「……………まさか」

俺の一言で、シルビアが何かに気付いた。

「応酬が十一手続いたとして、考え得る最大のパターンは……約三十四億八千万通り」

「さッ――――!?」

実際はこんな数字にはならない。

《歩兵弓術》に《龍王弓術》で対応するなど、そもそも準備が間に合わないので有り得ない話。

有り得る選択肢としては、多くとも三通りだ。相手の場合も、精々が三通り。

しかし、それでも……十一手先となると、三の十乗で、約五万九千通りとなる。

そして、二十一手先ともなれば……まさしく、三十四億通りの数字となる。

「それを、全て、覚える、の、か……？」

シルビアが戦慄《せんりつ》しながら口にした。こいつ、ちょっと勘違いしているな。

「逆だ。とても覚えられない。だからこそ定跡を用いる」

「逆、だと？」

「ああそうだ。対戦における定跡とは、いちいち考えていられない何十億何百億通りの選択肢を、考えないで済む方法と思っていい」

「ま、待て。よくわからない」

「わかるはずだ。思い出せ。お前は対戦中に何を考えている？」

「何を考えて……？　ううむ、相手の対応を予想したり、それに対してどう返せば相手が困るか、とかだろうか」

「まあ、ほとんどのやつがそうだろう。事実、そういった思考が必要な時もある。特に終盤は」

「それと定跡と、一体なんの関係があるのだ？」

「いちいち考えないで済むのなら、その分、素早く動けるだろう？　定跡ってのは、対戦が始まるより前に、そういった膨大な思考を全て済ませておいてしまおうという作戦だ」

「！」

「さくせん！」

そう、定跡とは立派な作戦。戦闘中に思考することも、確かに必要なことではある。しかし、先を予想しようとすればするほど、先ほど言ったようにそのパターンは樹形図的に大量に広がるため、どうしても思考時間を要してしまう。

じゃあもう対戦の最中じゃなくて、対戦が始まる前にある程度のパターンを知っておけばよくね？　というのが定跡だ。あらゆる場合の最善を、あらかじめ研究し、身に付けておく。これに勝る「速さ」はない、と言っても過言ではない。

「ちょ、ちょっと待てセカンド殿！　今の話、得心は行ったが、結局のところ、その何億という選択肢を全て覚えなければならないということではないか⁉」

「いいや、違う。定跡とは最善の連なりだ。相手に最善を要求する連続。相手が道を踏み外した時、その分岐はそこで終わる。だから、何億という数字にはならない。大体、そうだな、数千から数万通りだろう」

「む、そうか、数千から数万か、それなら……って多いな⁉　やっぱり多いぞ！」

最初のうちは、そう思うかもなあ。

「大丈夫、本筋は十通りくらいと考えていい。その枝葉が多いだけで」

「それでも、覚えなければならないのだろう？　私に覚えられるだろうか……」

「意外と覚えられるんだ、これが。一つ一つの意味をしっかりと理解していればな」

二人はステータスこそ上級者となったが、対人戦はまだまだ初心者。ゆえに最初は数十通りの王道パターンからゆっくり覚えていけばいい。

まあ、それだけなら、単なる記憶力の問題。この二人であれば、何も心配はいらない。

「むう……数億通り覚えるのと比べたら、幾分か現実的か」

「ぱたーん！　あたしおぼえるのとくい！」

ただ、一つ勘違いしてほしくないのは――。

「馬鹿、安心するな。覚えて終わりじゃないぞ」

「何？」

「ほ？」

——記憶しているかどうかと、実際に使えるかどうかは、また別の問題。

「定跡とは思考時間をカットするための手段の一つでしかない。最も重要な部分は、呼吸するように、定跡を自分のモノにできているかどうかだ。いざ実戦となって、えーっと確か定跡がこうだからここはこうで……なんて考えていたら意味ないぞ。こう来たらこう！　と、即座に、無意識に、反射的に動けなければお話にならない」

「……なるほど？」

「呼吸する時や歩行する時に、いちいち呼吸や歩行の方法なんて考えないだろう？　新たに定跡を身に付けるってのは、つまるところ、己の呼吸や歩行の方法を変えちまうってことでもある」

言わば、己の戦闘スタイルを丸ごと構築し直す。それが、定跡を覚えるということ。

一旦《いったん》、これまで培ってきた何もかもを忘れ、ちっとも上手くできない高等技術を一から身に付けなければならない。それは、一度己を殺すと言い換えてもいいくらいの所業だ。

だからこそ、苦労する。苦しみもがくことになる。文字通り、死ぬほど。

それでも、我慢して、我慢して、我慢して……最後の最後まで努力し続けられた者こそ、偉大なる定跡の恩恵を受けられるのである。

「それは、つまり……」

「言っただろう。地獄の特訓、と」

さあ、始まるぞ。楽しみだなあ？　夏季タイトル戦が……！

◇◇◇

長い梅雨《つゆ》が明けた。ここのところ雨続きだったため、久々の朝の陽射《ひざ》しがなんとも心地好《よ》い。

顔を洗って、ぐーっと伸びをして、窓辺の椅子に腰かける。外は少し蒸し暑いが、良い風が吹いていた。考えることはただ一つ。タイトル戦開幕まで、あと少し。準備は、既に整いつつある。

「おはようございます、セカンド様。一つご報告が」

そろそろ部屋を出ようかというタイミングで、キュベロがやってきた。

「おはよう。報告？」

「ええ、それが……」

キュベロが苦笑いしながら口を開く。なんでも、朝っぱらから正門の前を右へ左へ行ったり来たりうろついている不審人物がいるらしい。

俺はそいつの名前を聞いて、「ああ」と一言、リビングまで連れてくるように言った。

そうか、そうだな。もう、そんな時期だろう。

「――久しぶりだなセカンド。また来いと言うから仕方なく来てやったぞ」

その後しばらくしてリビングに姿を現したのは、水色の髪をしたやたらと偉そうな美形の男エルフ、ニル・ヴァイスロイだった。

「勘違いするなよ？　僕は叡将戦《えいしょう》へ出るために王都ヴィンストンを訪れた。ホテルの部屋だってきちんと取ってある。そこへ向かう途中、たまたま貴様の家の前を通りかかったんだ。だからちょっと寄っていってやろうかと気まぐれを起こしただけさ。勘違いするなよ？」

「はいはい」

「か、勘違いするなよ！」

「してないしてない」

こんな朝早くにこんな郊外の高級住宅街をたまたま通りかかったんだとさ。

ニヤニヤする俺に対してニルが四回目の「勘違いするなよ」を言いかけたところで、ユカリが朝メシを運んできた。何故かちゃっかりニルの分まである。

今日の朝メシは普段より少し豪勢なものだった。来客用だな。多分、正門前でうろつくニルを見かけた時点で、使用人たちはこうなることを予想していたんだろう。流石《さすが》の気配りだ。

そして、ニルはというと……律儀にも俺が食べ始めるのを待っていた。以前のこいつなら「ヴァイスロイ家の僕が云々《うんぬん》」とか言って当然のように先に食べ始めていたところだろうに。

「お前……」

「……なんだよ」

「いや、なんでもない。食べようか」

この半年で、ニルも色々とあったようだ。俺は少し嬉《うれ》しくなって、ユカリの持っていたピッチャーを借り、ニルのグラスに水を注《つ》いでやった。ニルは照れ臭かったのか「フン」と鼻を鳴らし、少しだけ頬《ほお》を赤くしながら、話を逸《そ》らすように口を開く。

「ところで、他の二人はどうした」

「朝練中」

「貴様はいいのか？」

「俺の場合はしっかりと朝メシを食う方が重要だ」

「フン。精々、足をすくわれないよう気を付けるんだな」

「ご忠告どうも」

ニルの「僕がその足をすくってやる」とでも言いたげな口ぶりに、思わず口角が上がる。

人間的に成長したことで、技術の方も成長したのだろうか。そうかもしれない。今のニルからは、以前のような焦りや不安が感じられなくなっていた。

「セカンド。出場者一覧はもう見たか？」

朝メシを食べ終わり、紅茶を飲んでいると、ニルが唐突にそんなことを口にする。俺はなんとなくこれが本題なのではないかと思い、ティーカップを置いて正面から向き合い返事をした。

「まだだ」

「そうか……」

ニルはしばしの逡巡《しゅんじゅん》の後、言葉を続ける。

「叡将戦出場者に、アルファの名前がなかった」

「……何？」

「それだけではない。この半年間、音沙汰《おとさた》がないんだ。もっとも、僕だからかもしれないが」

「そりゃそうだろ」

「き、貴様……まあ、いい。アルファは貴様の弟子になるんだろう？　何か知らないのか？」

「俺は、家のごたごたが片付いたらここを訪れる、とだけ聞いている。つまりは……」

「プロムナード家で何かがあったかもしれない、ということか」

俺はてっきり夏季叡将戦で再会し、その流れでファーステストに来るんじゃないかと考えていた。

だが、半年間も音信不通の挙句、不参加というのは……流石におかしいな。

「わかった。俺の方でも調べてみる」

「フン、勝手にしろ」

「ありがとな」

「……チッ」

ニルは舌打ち一つ、ばつの悪そうな顔で去っていった。

アルファの行方《ゆくえ》、か。タイトル戦が終わるまでに、手がかりの一つでも掴《つか》めるといいが……。

◇◇◇

「いやはや参りました。これほど勝ち筋の見えない相手も珍しい」

今年の夏もまた、王都ヴィンストンを訪れる男の姿があった。

前一閃座《いっせんざ》ロスマン――歳《とし》は四十半ば、短い黒髪に後退した前髪、中肉中背、皺《しわ》のある目元と、恐ろしいまでの眼光をした男――は、馬車から降りると溜《た》め息《いき》まじりにそう呟《つぶや》く。彼はこの半年間、普段の生活の中でも、移動の馬車の中でも、延々とセカンドを破ることばかり考えて暮らしてきた。しかしながら、ついにあの男を破る方法は見つからず、王都へと到着してしまったのだ。

「父上。三冠打倒は、そう簡単じゃない」

「相も変わらず、レイヴは彼の味方ですか」

「ごめん」

「結構。剣に正直であれ、とは私の教えですよ」

ロスマンの隣には、黒髪黒目の青年が一人。彼の実の息子、その名をレイヴといった。

レイヴはまだ若干幼さの残る顔つきながらも、その眼光は父に勝るとも劣らぬ鋭さで、寡黙なことも相まって、齢《よわい》十六にして既に剣豪の風格が漂っている。

「ロスマン先生、ご無沙汰《ぶさた》しております」

「ああガラム君。元気そうで何よりだ」

そこに、一人の大男がやってきた。元・第二騎士団副団長ガラム。身長二メートルはあろうかという筋骨隆々の一閃座戦出場者だ。ロスマンの王都入りを迎えるのは、長年彼の役目であった。

「しかし君に一閃座ではなく先生と呼ばれるのは、はてさて何年振りか」

「ハハハハ……おや、そちらは」

「ああ、私の息子です。挨拶《あいさつ》なさい」

ガラムが目を向けたのは、ロスマンの隣で退屈そうに佇《たたず》んでいるレイヴ。

彼はロスマンによって一歩前に突き出されると、面倒くさそうに二言だけ発した。

「レイヴ。よろしく」

……この世界における十六歳とは、若いからと失礼の許される年齢ではない。

それも、王国騎士団最強と謳《うた》われる剣術師を相手にそれでは、喧嘩《けんか》を売っているようなもの。

しかし、ロスマンは何も注意せず、ガラムもまた何も言えなかった。

このレイヴが、その失礼が許されるほどの何かを持っていると、知っているから。

「彼が噂《うわさ》の秘密兵器……ですか」

「まだまだ完成には程遠いですがねぇ、我が子ながら恐ろしいものがありますねぇ。私としては後一年温めるつもりでしたが、レイヴがどうしてもと言うものですから」

二人の会話を無視して、ぼうっと遠くを見つめるレイヴ。二十年間一閃座に君臨し続けた絶対王者をもってして「恐ろしい」と言わしめるその青年の視線は、一体何を見据えているのか――。


「ディー、ジェイ。足元に気を付けなさい」

「うるさいわね、わかってるわよ」

「姉さん、お師匠様は親切で言っているのだと思いますよ」

「その親切がいちいちうるさいのよ。ジェイもそう思うでしょ?」

「え、いや、まあ、それは確かにそうですが」

「ほら二人とも、無駄口を叩《たた》いてないで早く馬車から降りなさい。御者の方に迷惑だ」

「はいはい」

「はい、今すぐ」

王都ヴィンストンに到着する馬車が一台。中から姿を現したのは、癖のある鈍色《にびいろ》の長髪を風になびかせた壮年の男アルフレッド。その後ろから、エメラルドグリーンの長い髪が特徴的なつり目の女エルフ、ディー・ミックスと、その妹で姉によく似た顔立ちと髪色をしたショートカットの女エルフ、ジェイ・ミックスであった。

三人はなんだかんだと言い合いをしながら、賑《にぎ》やかに馬車を降りる。しっかりと前を見据え、迷いなく歩く三人――彼らを知る人から見れば、それは以前では考えられなかった姿と言えた。

「セカンド三冠には、きちんとご挨拶するように。これは師からの命令と思いなさい」

「何回言うのよそれ。十回以上聞いたわよ、もう。わかったたって言ってるでしょ」

「お師匠様。私たちに信用がないのはわかりますが、流石に言い過ぎでは」

「信用しているが……ともかく、彼には最大限の敬意を払ってほしい。私の、恩人なんだ」


「クッ、クハッ！　クッハハハハハ‼」

「か、閣下、如何なされましたか……？」

とある王国の、とある城内の、とある一室。身長百八十センチ、赤黒い髪の、素手で何人も殺していそうな眼光をした、とある人物が、書簡を読みながら大口を開けて笑っていた。

「やはり来た、セカンド・ファーステスト！　私の目に狂いはなかった！」

人は、この恐るべき将軍を「闘神」と呼ぶ。

その手に握られたるは、闘神位《とうしんい》戦出場者一覧表。闘神が見据えるは、たった一人の男の名前。

「このノヴァ・バルテレモン、逃げも隠れもせんッ！　狼煙《のろし》を上げろ！　今より此処《ここ》を発《た》つ！」

オランジ王国陸軍大将ノヴァ・バルテレモン。オランジ王国最強の切り札と謳われる闘神が、その燃え盛る闘志を剥《む》き出《だ》しにして、あの男の前に立ちはだかろうとしていた——。

【第467回夏季タイトル戦出場者一覧】

※☆：現タイトル保持者

【剣術】＜一閃《いつせん》座《ざ》戦＞

☆セカンド・ファーステスト一閃座

ヘレス・ランバージャック
ガラム
カサカリ・ケララ
レイヴ
ロスマン
ラズベリーベル

【召喚術】＜霊王《れいおう》戦＞

☆セカンド・ファーステスト霊王

ヴォーグ
カピート
ビッグホーン
シェリィ・ランバージャック

【杖術《じようじゆつ》】＜千手将《せんじゆしよう》戦＞

☆グロリア千手将

セカンド・ファーステスト
スチーム・ビターバレー

【槍術《そうじゆつ》】＜四鎗聖《しそうせい》戦＞

☆ラデン四鎗聖

セカンド・ファーステスト
カレン
シャンパーニ

【弓術】＜鬼穿将《きせんしよう》戦＞

☆エルンテ鬼穿将

シルビア・ヴァージニア
アルフレッド
ディー・ミックス
ジェイ・ミックス

【各種スキル表一覧】

【剣術】　ダメージ：STR 依存

《龍王剣術》前方への強力な範囲攻撃＋スタン
《龍馬剣術》全方位への強力な範囲攻撃
《飛車剣術》非常に強力な単体攻撃
《角行剣術》素早い強力な貫通攻撃
《金将剣術》全方位への範囲攻撃
《銀将剣術》強力な単体攻撃
《桂馬剣術》精密攻撃＋急所特効
《香車剣術》貫通攻撃
《歩兵剣術》通常攻撃

（飛＋桂、角＋桂、銀＋桂、香＋桂、歩＋桂の複合が可能）

【杖術】ダメージ：STR & DEX 依存

《龍王杖術》非常に強力な広範囲攻撃
《龍馬杖術》広範囲防御＋ノックバック
《飛車杖術》非常に強力な範囲攻撃
《角行杖術》踏み込み貫通攻撃
《金将杖術》非常に強力な防御
《銀将杖術》強力な範囲攻撃
《桂馬杖術》踏み込み攻撃
《香車杖術》貫通攻撃
《歩兵杖術》通常攻撃

【弓術】ダメージ：DEX 依存

《龍王弓術》着弾地点に強力な範囲攻撃
《龍馬弓術》強力な範囲貫通攻撃
《飛車弓術》非常に強力な単体攻撃
《角行弓術》強力な貫通攻撃
《金将弓術》範囲攻撃＋ノックバック
《銀将弓術》強力な単体攻撃
《桂馬弓術》精密狙撃
《香車弓術》貫通攻撃
《歩兵弓術》通常攻撃

【召喚術】

《魔召喚》テイム済みの魔物を召喚（ランクに応じて魔物のステータスにボーナス）
《精霊召喚》所持している精霊を召喚（ランクに応じて精霊のステータスにボーナス）
《送還》召喚した魔物や精霊を仕舞う（ランクに応じて使役可能な魔物の数が増加、送還発動時間短縮）
《テイム》魔物を従わせる（対象の HP を八割削ることで発動可能、成功確率は平均 20％だが対象によっては大きく異なる、ランク上昇によってテイム可能な魔物の種類が増加）
《精霊憑依》一定時間ステータスが大幅に上昇（16 級：200％～九段：450％、憑依時間　16 級：70 秒～九段：310 秒、クールタイム　16 級：490 秒～九段：250 秒）

【槍術】ダメージ：STR & VIT 依存

《龍王槍術》非常に強力な単体攻撃
《龍馬槍術》強力な遠距離攻撃（衝撃破）
《飛車槍術》突進攻撃（溜め突き）
《角行槍術》強力な範囲攻撃（薙ぎ）
《金将槍術》反撃（カウンター）
《銀将槍術》強力な単体攻撃（溜め突き）
《桂馬槍術》前方への跳躍攻撃（跳び突き）
《香車槍術》範囲攻撃（薙ぎ）
《歩兵槍術》通常攻撃（突き）

第二章　二回目、如何《いか》に

「――これより、第四百六十七回夏季タイトル戦を開幕する！」

マインによる高らかな宣言。円形闘技場に集まった幾万の人々は、盛大な拍手と歓声で応《こた》えた。

夏季タイトル戦が、ついに始まる。キャスタル王国国王の御前でずらりと整列するタイトル戦出場者たちは皆、思い思いに開会を祝っていた。大きく拍手する者も、静かに手を叩く者も、無言で立ち尽くす者も、皆、その心は同じだろう。

いよいよだ。良い意味でも、悪い意味でも、いよいよ。この世界に来て、二回目のタイトル戦。冬季よりも、確実に熱く、強く、盛り上がっている。さて……これは誰《だれ》のお陰だろうね？

「自信は如何ほどかな、三冠」

タイトル保持者を先頭にして一列に並ぶ中、一閃座として最前列にいた俺は真後ろのヘレスに声をかけられた。

「そう言うお前はどうなんだ」

「失礼。私はあるとも。少なからず、君に挑むまではね」

金髪のイケメン剣術師ヘレス・ランバージャック。流石《さすが》はあのシェリィの兄貴だ、なかなか活《い》きの良いことを言う。

「俺は自信なんてものはない」

「ほう！　意外だ。その心は？」

「自信なんて考えたこともない」

「……ハハ。これは、一本取られたかな」

ヘレスは小さく笑って、後ろに下がっていった。

開会式が終われば、すぐに一閃座戦の挑戦者決定トーナメントが始まる。

俺と顔を合わせることになるやつは、一体誰になるだろう？　もし、ヘレスが来たら、俺に勝てる可能性は万に一つもない。今の短いやり取りで、あったかもしれないその万に一つの可能性が消えたと言っていい。それくらい重要なのだ、試合前の精神状態というのは。

さあさあ、誰が来るか。なんとなく、もう予想はついているが。

◇◇◇

初戦は――カサカリ・ケララ対レイヴ。

「またしても初戦を飾ることになろうとは。このカサカリ、感無量である」

「…………」

民族衣装のような奇抜な恰好《かっこう》で、くねくねと舞い踊る眼鏡《めがね》のオジサン。一方、それをつまらなそうに冷めた目で見ている黒髪の青年。実に対照的な二人であった。

「おや、レイヴ殿。私の舞いがお気に召さないかね？」

「うん」

「正直だ。実に好印象ッ。流石はあのロスマン殿のご子息と言えよう」

「早くして」

「おっと、これは失敬」

互いに〝決闘冠〟を装備し、距離を取る。

夏季タイトル戦における決闘冠の設定は「決闘中に限り両者のＨＰ《ヒットポイント》は必ず1のみ維持され、如何なるダメージにおいてもＨＰ維持は有効となる。また致命傷を受けた場合は強制的に気絶（スタン）する」という、前回の冬季タイトル戦と変わらないもの。

ルールもまた同様。先に致命傷を与えた方の勝利。ポーション等アイテムの使用は不可、当該スキルに準じる装備品のみ可。当該スキル以外のスキルを使用した時点で失格。決められた決闘範囲の外へ全身が出た時点で失格。制限時間一時間、最終戦のみ時間無制限。

何一つ変化はない。しかし、出場者の変化は、明確にあるだろう。

「――始め！」

審判の号令と同時に、カサカリは片足で立ち、レイピアを構えた。剣術戦においては有利と言われる後手に回りやすい、彼の独特な戦闘スタイルだ。以前、セカンドとの試合で見せたものと同じ、舞踏剣術とでも言うべき変わった型である。そして――。

「何⁉」

カサカリが驚きの声をあげる。レイヴは、号令と同時に一瞬で距離を詰め——カサカリの右足手前に向けて《歩兵剣術》と《桂馬《けいま》剣術》の複合を突き刺すように放った。

「このっ……！」

カサカリは足を引いて対応する。

直後、カサカリの突き出た左手をレイヴの《歩兵剣術》が鋭く狙《ねら》う。

「やはりか！」

バランスを崩しながらも躱《かわ》し、距離を取るカサカリ。

その呟《つぶや》きは、少しでも【剣術】を嗜《たしな》んでいる者ならば誰もが抱いた感想であった。

——やはり。レイヴは、セカンドの【剣術】を、「セブンシステム」をなぞっている。

「…………」

無言のまま《飛車剣術》を準備し、カサカリの懐へと突き入《い》れるように突進するレイヴ。その瞳《ひとみ》は、やはり何処《どこ》か冷めていて、退屈そうであった。

「否！　無策と思うなかれ！」

六手目。以前、カサカリはここを《金将剣術》で対応して、セカンドに敗北を喫した。

……彼の本音としては、とてもそうは見えなくとも、悔しくて悔しくて仕方がなかった。恥を忍んで本人に教えを乞《こ》い、ボロクソに言われ、口の中に血の味が広がるほどの悔しい思いをした。それでも新一閃座《いっせんざ》の誕生を本心から称《たた》え、決して礼を失さず、彼の鮮烈な剣術に一種の憧《あこが》れすら抱き、なんとかして破る方法はないかと、この半年間の全《すべ》てを剣術に注いだのだ。

カサカリは、静かに怒っていた。絶対に負けてはならない、と。この私を、このカサカリ・ケラを破った彼の「真似《まね》っこ」などに、絶対に敗れてはならない——と！

「刮目《かつもく》せよ！　これが私の答えだッ！」

半年間の答え。半年間、全てを費やして、準備に準備を重ねた、六手目の打開策。

それは——棒立ち。

カサカリは勝負を諦《あきら》めたわけではない。ギリギリまで引きつけるという手を選んだのだ。

早いうちに《金将剣術》で対応を見せれば、《角行剣術》での投擲《とうてき》が来る。そこからはセカンド対ロスマン戦の手順と合流し、後手が不利は明らか。であれば、先手の《飛車剣術》キャンセルからの《角行剣術》投擲ができないであろう限界まで引きつけてからの対応ならば、《金将剣術》で受け切れるのではないかと、カサカリはそう考えていた。

これは実に巧妙で、本筋に限りなく近い選択。

ここで先手が飛車キャンセルからの角行投擲ならば、後手は飛車キャンセルの瞬間に距離を詰め始めることで相手に投擲する暇を与えることはない。かと言って飛車のまま突進をしてくれば、ギリギリの金将準備からの対応で反撃を用意していた。

一見して、見事に切り返せている。カサカリの、渾身《こんしん》の一手。

「そっか」

レイヴは、小さく一言こぼした。それはまるで……「ああ、その変化ね」とでも言いたげな、余裕のある呟き。その、直後。

「⁉」

《飛車剣術》キャンセル、からの、少し遅れて――《飛車剣術》、準備。

「あ、ああっ！」

カサカリは情けない声をあげながら、間合いを詰めていた足を止め、《角行剣術》による投擲を阻止せんと準備していた《銀将剣術》を慌ててキャンセル、焦って《金将剣術》の準備を始める。

……しかし、間に合わない。距離はもう、十分に詰まってしまっている。

「判断、遅いね」

レイヴは嘲笑《ちょうしょう》しながら、カサカリの顔面に《飛車剣術》を叩《たた》き込《こ》んだ。

クリティカルヒットが発動し……勝負は決する。

「――勝者、レイヴ！」

◇◇◇

「セカンド殿、セカンド殿！」

「なんだなんだうるさいなシルビア」

「見たか⁉　あの若者をっ！」

静かに観戦していると、シルビアが憤りの表情を浮かべながら俺の肩を揺すってきた。

「ぱくってる！」

「な！　真似だぞ、あれは！」

「おろか！」

「そうだ愚かだ！　エコの言う通りだ！」

エコも納得がいかないのか、トゲのある口振りだ。

なるほど、二人はレイヴがセブンシステムっぽい動きをしていることに怒っているんだな。

「いや、パクリって言われてもなあ」

「なんだ、セカンド殿は怒っていないのか？」

「別に」

「せかんど、やじゃない？」

「嫌じゃない嫌じゃない」

「なーんだっ」

二人の気持ちもわからんでもないが、これで怒るってのは、自惚れだろう。

「うーむ……てっきり私は怒り猛っていると思っていたが」

「逆になんでそう思ったんだよ」

「己の力で戦わないなんて反吐《へど》が出る、お前はなんのために一閃座戦出てんだよ！　のようにな」

「しるびあ、にてる！」

「フフン、だろう？」

散々な言われようだ。まあ確かに、そんなことを言う場合もあるだろう。特に、セブンシステムの上辺だけを真似ているような輩《やから》には。

だが、レイヴは違った。あの少年にほど近い歳《とし》の青年は、きちんと研究していた。

定跡とは、そういうものである。一度でもお披露目した時点で、研究されて、対策されて、採用されて、当然。彼は、よくわかっている。タイトル戦というものを、よく。カサカリもまた、よく頑張った。六手目の先手を引きつけるという選択は、決して悪くない。その後に呆気《あっけ》なく決まってしまったのは、手が続かなかっただけ、手を続けるだけの実力がなかっただけだ。

「あいつは己の力で戦ってるよ」

「しかし、気分の良いものではないだろう？」

「そんなこと言ったら、お前らも定跡使ってるじゃないか」

「う、うむ……しかし、あの若者とは違い、セカンド殿の許可は得ているぞ」

許可。許可か。その発想はなかった。

「……実はな、お前に教えた弓術の定跡のレールを最初に敷いたのはＭＯＳＡＳＡＵＲＵＳさんだ」

「もささ……？」

別名、発掘師。最高レート２６７２の世界四位。ランカーたちが口を揃えて「終わった」と言っているような時代遅れの化石戦法を、最新定跡に勝るとも劣らない戦法へと昇華させ続ける、まさに定跡作りの天才である。

俺含めこういった天才たちによる発見と挑戦の繰り返しの中で、定跡というものは時々刻々と変化し、それが大勢の中に放り込まれた瞬間から、じわりじわりと成長していくものなのだ。

「許可とかそういう問題じゃない。定跡ってのは、長い月日の中で地道な進化を重ね、今の形になる。常識は時代とともに移り変わる。常に新たな発見がある。その都度、定跡は形を変える。生み出したのは一人でも、作り上げるのは何十人何百人の研究者たちだ」

「では、私の覚えた定跡は」

「所謂《いわゆる》〝新モサ流弓術〟を更に俺なりに改良し、そしてシルビア向けにアレンジした形だな」

「そ、そうなのか」

「ああ。定跡ってのは、個人の財産じゃなく、タイトル戦の財産だ。俺はそう思っている。出場者全員で、そのタイトルをより価値あるものに育成していく。そんな熱い意志の上に成り立った全員の技巧の結晶だよ」

「……うむ。なんだろうな。少し、感動したぞ」

ようやく納得してくれたのか、シルビアは晴れやかな表情をしていた。

「ちなみに、その凝集された技術の塊をたった一人で超越し続けないと世界一位にはなれない。そして俺は、誰《だれ》がなんと言おうと世界一位だ」

「は、ははは」

注釈しておいてやると、引きつった顔で呆《あき》れたように笑われる。

「なんだよ」

「いや、な。セカンド殿と出会ったばかりの頃《ころ》は、ただ単に凄《すご》いなあと感心していたものだが……自分がその世界に一歩でも足を踏み入れた途端、こう言ってしまっては失礼かもしれないが、セカンド殿をとても恐ろしいと感じることがある」

「それ、わかる。せかんど、たまにこわい」

横で話を聞いていたエコまでもがシルビアに加勢した。

更にその横では、ラズベリーベルが「うんうん」と深く頷《うなず》いている。

「お前もかラズ……」

ちょっとショック。

「うち、センパイと試合する時は今でも怖いで。心臓を真ん中に、背中から全身が震えるんや。なんで毎度毎度そんなんなってまうか、理由もちゃーんとわかっとるのにな」

「何？　理由があるのか。私にも教えてくれ」

「簡単やで。センパイの前で、下手《へた》な真似できひんやんか。緊張や、緊張」

「……なるほど。セカンド殿の前で、無様は晒《さら》せない……か」

「おっかしいよなぁ、ホンマ。センパイやない相手と試合する時もな、センパイが見とるって意識した途端、手が震えるんや」

ラズが静かに右手を前に出す。確かに、その白魚のように美しい指先は小さく震えていた。

そうか、次の試合は――。

「ほな、そろそろ行ってくるわ」

――ラズベリーベル対ガラム。

彼女もまた、一閃座戦出場者だ。出場できているということは、彼女のことだ、恐らくカラメリア治療薬の開発は既に成功している。

しかしまだ俺に直接的な報告はない。つまりは最終確認の段階、臨床試験中か何かで、彼女が時間を割かなければならない状況ではないのだろう。

流石《さすが》は最高128位の元世界ランカーと言うべきか、短い時間でこうもすんなりと、どちらも間に合わせてきやがった。

特筆すべきは、彼女は俺より何年か遅れてプレイを始めたはずなのに、最終的に世界ランキング128位にまで順位を上げてきていたということ。

加えて当時は大学にも通っていたと聞く。その要領の良さ、まさしく尋常ではない。

赤白の長髪を風になびかせて歩く超絶美少女の背中を見送りながら、俺は期待に胸を躍らせた。

彼女が、当時の彼女よりも成長できているのなら、その剣が俺に届く日も、そう遠くはないだろうから。

◇◇◇

「よろしいのですか、陛下。止めるならばまだ間に合います」

ガラムとラズベリーベルの試合が行われる直前、玉座に腰かけるマインへ、従者クラウスが険しい表情で尋ねた。

「何度も言っていますが、止めようがありません。あのセカンドさんの推薦ですよ？」

「しかし彼女の出場は、外交的に……」

「そりゃ確かにマズイですけど、もうどうしようもありませんってば」

マインは諦めた風に笑い、「あ」と言ってポンと手を叩く。

「そうだ。開き直りましょう、クラウス」

「は……？」

「ロックンチェア金剛《こんごう》の伝手《つて》でセカンドさんの所へ預けられた彼女がその後に何をしようと、ボクの知ったことではないんです。居場所が大々的にバレようが、その結果カメル神国の残党に身柄を狙《ねら》われようが、それでも一閃座《いっせんざ》戦に出場すると言うのなら、どうぞご勝手に……と」

「自己責任、と仰《おっしゃ》るので？」

「だってそうするしかないでしょう。あんな無茶苦茶な革命をあんなバレバレの方法でボクに一言も伝えないまま勝手に手助けして、その上スチーム辺境伯まで無理矢理に協力させて、挙句の果てに革命を成功させて王国に聖女を連れてきちゃうなんていう、常軌を逸した馬鹿のすることですよ？　いちいち振り回されていたら身が持ちませんから」

「……随分と溜《た》まっていらっしゃるご様子で」

「裏でボクがどれだけ奔走していたかも知らず、未だに革命の英雄だとバレていないなんて思っているところが特に気に食いません。少しは感謝の言葉と一緒に顔でも見せに来てくれてもいいでしょうに……」

ぶつぶつと文句を口にするマインを見て、クラウスは「やれやれ」と小さく微笑《ほほえ》む。

つまるところ、この若き国王は、半年間も音沙汰《おとさた》のない友人に対して拗《す》ねているだけなのだ。

「……ところで、クラウスはまだ弟子入りしないのですか？」

「一閃座戦出場という条件がありまして。神国の事後処理にあれほど駆り出されれば、経験値を稼ぐ暇もないのは想像に難くないでしょう」

「皮肉ですか。なかなか言うようになりましたね」

「いえ。事実を述べたまでです」

そしてクラウスもまた拗ねていた。あれだけ楽しみにしていたセカンドへの弟子入り、その条件を満たすための時間が思うように取れず、結果として夏季タイトル戦への出場を見送らざるを得なかったのだ。

そうして二人が遠回しに互いを批判しながら言葉を交わしていると、不意に観客たちの喧騒《けんそう》がぴたりと止《や》み——直後、どよめきとともに大きな盛り上がりを見せた。

「……聖女の入場ですか」

「ええ。あの美貌《びぼう》です、注目されない方がおかしいかと」

「加えて一閃座戦唯一の女性、ですもんね」

「ガラムが、気の毒に思えます」

流れは完全にラズベリーベルにある。ガラムは戦い辛《づら》いだろうというのは、クラウスだけでなくマインも思うところ。しかし、マインはクラウスの言葉に更なる深い意味を感じ取っていた。

ガラムは、元はクラウスの師。人質をとられたガラムと、宰相の裏切りに気付いたクラウスとの悲しい戦いが、この師弟の別れであった。願わくは、別の形で、師弟の最後を飾りたい。クラウスは、そう思っていたに違いないのだ。

「……ごめんなさい、兄上。冬季こそは、あそこに立っているのが兄上となるように、あの喝采《かっさい》を浴びるのが兄上となるように、ボクも頑張るから」

時折、キャスタル王国国王は、第二王子だった頃へと戻ってしまう。

軟弱で、臆病《おくびょう》で、引っ込み思案で、それでいてとても心優しい、クラウスの弟へと。

「……構わん。オレはオレのやり方で冬季へと出場し、セカンド三冠の弟子となってやる。お前は気にせず王として邁進《まいしん》すればいい」

それが国王として、そして従者として良くないこととは思いながらも……クラウスもまた兄であることを思い出し、弟へと語りかける。

国王と従者として接近したことが、かつて敵対し合った二人の心の距離までをも近付けたのだ。

「それに、オレが弟子となった暁には、お前も彼に会いやすくなるだろうよ」

「あ、兄上っ！」

顔を赤くしてあたふたする弟の様子を見ながら、クラウスは面白そうに笑った。

「ガラムはん、よろしゅうな」

「聖女様、こちらこそよろしくお願いいたします」

一閃座挑戦者決定トーナメント第二回戦、ガラム対ラズベリーベルの試合。

闘技場中央に歩み出た二人は、審判から決闘冠を受け取りながら互いに挨拶《あいさつ》を交わす。すると、ガラムの「聖女様」という言葉を聞いたラズベリーベルは、突如むっとした表情を見せた。

「あかんで」

「失礼、何か粗相をしてしまいましたか」

「タイトル戦に、政治はご法度や」

「……これは、申し訳ないことを」

「そもそもな、身分も素性も、剣にはなんも関係あらへん。せやろ？」

「はは！　仰る通りです」

「その調子や。わかってくれて嬉《うれ》しいわ」

にっこり笑うラズベリーベルと、打って変わってリラックスした様子のガラム。

一見して、平和な光景。しかし、勝負は既に始まっていた。

ラズベリーベルは知っている。タイトル戦とは、そんなに平和で、甘いものではないと。

「聞いたで。ガラムはん、大剣使うとったらしいな」

「ええ。しかし、とあるお方から助言をいただき、やめました」

「へぇ、やめてもうたんかぁ」

笑顔を崩さず、位置につくラズベリーベル。ガラムもまた、気分良く位置についた。

「互いに礼！」

審判の号令で、二人は礼をする。

「構え！」

二回目の号令で、ガラムは長剣を抜き、構えた。

しかし……ラズベリーベルは、構えない。その上、インベントリから剣すら取り出さない。

「……？　何を……」

「――始め！」

ガラムが疑問を覚えた直後、試合開始の合図が告げられる。次の瞬間――。

「……ッ⁉」

ガラムは全身の肌を粟立《あわだ》たせた。

そこに、にこやかだった優しげな女性の姿は、もうない。体の芯《しん》まで凍るような、冷たい無表情。まるでゴミでも見るような目で、ラズベリーベルはガラムを見つめていた。

「チッ！」

ガラムは直感し、すぐさま後悔する。あの優しげな会話は全《すべ》て、盤外戦術だったのだと。自分は、まんまと引っかかってしまったのだと。

「行くで」

先手を取ったのは、ラズベリーベル。ガラムは更に動揺を大きくする。

剣術においては、基本的に後手が有利。セカンドによってその常識も覆されてはきているが、未だに後手有利は健在だとガラムは考えていた。特に、セカンド以外の剣術師を相手には。

しかし、おかしいのだ。目の前のラズベリーベルは、一切の迷いなく、剣すら構えずに間合いを詰めてくる。

……異常。ただ、その異常は、ガラムにとって、何処か身に覚えのあるものだった。

些細《ささい》な動揺、ほんのわずかな綻《ほころ》び。意図的に作り出されたそこへ、ラズベリーベルは容赦なく刃《やいば》を突き立てんと動く。

「⁉」

間合いを詰め切り、右へステップ一回、左へステップ二回、後ろ向きに一回転……その、直後。

ただ一人を除き、会場の誰《だれ》もが驚愕《きょうがく》した。

ラズベリーベルは――インベントリから身の丈ほどの大剣を取り出したのだ。

それまでの素早い動きからは想像もつかないような、巨大な得物《えもの》。

ガラムは、見事に不意を突《つ》かれた。否、不意を突かれるべくして突かれた。

「大剣ってのは、こう使うんや」

「な、あ……！」

横方向にもう一回転しながら移動するラズベリーベル。ガラムの《銀将剣術》は、見るも無残に空を切った。全ては、ラズベリーベルの手のひらの上である。

瞬時の判断における情報の量が、あまりにも多かった。聖女のギャップによる動揺、先手後手の動揺、そして、大剣という最大の動揺。ガラムは、本来の実力など出せるわけもない。

「ぐがっ！」

大腿部《だいたいぶ》に横薙《よこな》ぎの大剣による《歩兵剣術》が食い込み、三歩ほど後退《あとずさ》る。

ラズベリーベルの無慈悲な追撃。《銀将剣術》と《桂馬剣術》の複合が、ガラムの腹部に突き刺さった。間髪を容《い》れず、ダウンしたガラムに対して大振りの《飛車剣術》を叩《たた》きつける。

大剣は重く動きが緩慢となるためにとても扱い辛いが、そのリーチと衝撃は数多《あまた》ある剣の中でも最大。つまりは、そこを活かせる使い方さえ発明してしまえば、理論上、最も優れた剣と言える……と、ラズベリーベルはそう考えていた。

また、成長タイプが「サポーター」の彼女は、【剣術】スキルを全て九段にしていてもSTRが非常に低い。そこを補うための大剣でもあった。

「――そこまで！」

審判が判決を下す。試合終了まで、たったの二十秒。

「……つっ…………よ」

誰かが声を漏らす。それを皮切りに、ドッ――と、観客が沸きあがる。

その圧倒的なまでの強さに、セカンド以来の喝采がラズベリーベルを称《たた》えた。

目立つ要素は揃《そろ》っている。身分も、美貌も、性別も、そして実力も。

だが、その裏で、多くのタイトル戦出場者は戦慄《せんりつ》を覚えていた。

……計算し尽くされている、と。ラズベリーベルの勝利までの道筋。試合前の会話から、間合いの詰め方、大剣を出すタイミングまで、その全てが彼女の計算だとハッキリしていた。

ステータスだけ見れば、決して強くない。むしろ一閃座戦の参加者内においては、明らかに最低値と言えた。だからこそ、彼女は計算するのだ。徹底した情報収集のもと、えげつない勝利方法を

模索し、躊躇《ちゅうちょ》せず実行する。

それは、勝ち方を熟知しているということ。この場にいるセカンド以外の誰よりも、ラズベリーベルはタイトル戦というものを知っているのである。

◇◇◇

「あいつ温存してるな」

「何？」

俺の呟《つぶや》きに、シルビアが「そうなのか？」と返す。

「あれほど圧倒的だったのだから、初《しょ》っ端《ぱな》から全力かと思ったぞ」

過去、シルビアとエコが二人がかりで負けた相手を、ああも簡単に屠《ほふ》ってしまったら、そう思っても仕方ないかもしれないが……あれが全力だなんてとんでもない。

「ありゃ、前回で言うところの奇襲だ」

「む、私たちの使ったアレか」

「加えて盤外戦術も織り交ぜて奇襲をより確実なものとしている。あいつの常套手段《じょうとうしゅだん》さ」

「盤外戦術か。私は気付かなかったが」

「ラズは試合前も試合中も試合後も基本的に真顔だ。あんなにニコニコ笑うことは滅多にないぞ」

「ううむ、なんだろうか。随分と、その……いやらしいな」

「勝つために手段を尽くすタイプだな」

「そう言うと聞こえはいいが……」

エルンテに似ている、と言いたいのだろうか。それは大間違いだ。

「あのジジイとは違う。ジジイのように盤外で実際に手を出すのは論外だ。手段を尽くすとはそういった妨害行為をすることではない。ルールの範囲内で、最大限自分の有利を作ることだ。対戦相手を下調べして、持てる手札を順序良く切って、勝ち筋を計算し尽くしてな。できるもんならやってみろって話だよ。俺にはとてもできない」

「なるほど。盤外戦術という選択肢も、元から手札にあるのだから、切って当然の札。つまり、彼女の中ではカード遊びのようなものなのか」

「……ああ、そうかもしれないな」

そもそもがネットゲームという〝遊び〟のはずだった。ラズも、ひょっとしたら最初はゲーム感覚でやっていたのかもしれないな。でも、不思議なもんでな、いくらゲームだとわかっていても、いや、ゲームだからこそなのか、勝ちたくなるんだ。死ぬほど。勝ちたくて勝ちたくてどうしようもなくなるんだ。勝つためにはなんだってするようになる。できることなら、なんだって。

盤外戦術。頭の悪い俺にはできないが、頭の良い彼女にはそれができる。だったら、やるしかないだろう。俺が彼女だったら、まず間違いなくやっている。

あれがラズの強さだ。持って生まれた頭の良さ、計算の速さと正確さ、優れた思考力。そして考え過ぎず、時には大胆で、決断力があり、勝負強さがあり、知識があり、技術がある。

弱点といえば、その成長タイプか。しかし彼女なら、そこさえ強みに変えられるだろう。

「恐るべし、だ」

完全に俺の首を取りに来ている。ガラムを、手の内を殆《ほとん》ど明かさずに吹き飛ばしやがった。そのための盤外戦術、か。毎度ながら、上手《うま》くやるもんだ。

結果、ラズは定跡も戦法も温存し、大剣以外の剣すら出さないまま初戦を通過してしまった。

……大本命だな。次はレイヴ対ヘレス。その次がロスマン対ラズ。さて、どうなるか――。

◇◇◇

一閃座《いっせんざ》挑戦者決定トーナメント準決勝第一試合、レイヴ対ヘレス・ランバージャック。

俺は出場者席から対峙《たいじ》する二人を観察していた。どちらかというと気になるのはレイヴの方だが……審判の号令と同時に二人が構えた瞬間、俺の興味はヘレスへと移った。

ヘレスのやつ、アレは、まさか。

「ツヴァイヘンダーやな」

「だな。両手剣か……あぁそうか、なるほど」

隣に座っていたラズが、ヘレスの武器を目敏《めざと》く見抜く。ツヴァイヘンダー、鋼鉄製の両手剣だ。

これは大剣とまではいかないまでも、重く、長く、取り扱いの難しい剣である。

……冬季では、ヘレスは長剣を使っていたはずだ。何故《なぜ》、この半年でがらりと武器を変えてきたのか。理由はハッキリしている。

俺のセブンシステムに、リーチで対抗しようと考えたんだろう。

悪くない戦法だ。あいつは〝攻めっ気〟が強い。俺の初手にカウンターで無理矢理決めに来ようとしていたあたり、まさにと言える。だからこそ、リーチを活《い》かして常に先手を取り、俺のペースを乱そうとしていたんじゃなかろうか。

「なんや、センパイ楽しそうやな？」

「あ？　笑ってたか」

「そらもう！　めっちゃ良い笑顔やん」

「……ヘレスがめっちゃ進化してたんだ。笑顔にもなる」

「ほ～ぉ」

あいつ、常識をかなぐり捨てやがった。後手有利という常識を、綺麗《きれい》サッパリ。

武器も、戦法も、常識も。持てる全《すべ》てを一度捨て、ゼロから新たなことに挑戦する。

シルビアとエコが通った地獄の道を、ヘレスもまた独自に通っていた。

それもこれも、俺に勝つため。勝ちたくて、勝ちたくて、何がなんでも勝ちたくて、その一心で、地獄の半年を過ごしたのだろう。ああ、それってさ、やっぱり愛だよな。

「――始め！」

試合開始の合図。レイヴは相も変わらずセブンシステムの初手、《歩兵剣術》《桂馬剣術》複合をヘレスの右足先目がけて突き立てた。一方、ヘレスは……。

「お、ええんちゃう?」

下段の構えから、カウンター気味に横方向へステップを踏んでいる。

そうだ。ラズベリーベルの言う通り、良い動きだ。

長剣でカウンターを狙《ねら》い《銀将剣術》を振り下ろせば、セブンシステムの餌食となる。しかし、長剣ではなく両手剣となれば話は別。そもそものリーチが違いすぎるため、セブンシステムの初手が届く前に両手剣が先に届き、呆気《あっけ》なく返り討ちにあってしまう。

「なんか笑てまうな」

一気に間合いを詰める二人を見て、ラズがそう口にした。

言わんとしていることはわかる。これはつまり、定跡覚えたての初心者が全然使いどころじゃない場面で無理に定跡を使おうとしている図。微笑《ほほえ》ましいというかなんというか……つい、笑みがこぼれてしまう。

でもな、実は続きが、あることにはあるんだ。

さて、どうするレイヴ君。ヘレスも、ラズさえも、気付いていないようだぞ。

君が俺の動きをただ単に丸パクリしているだけなら、これで終わりだが。

その〝先〟まで準備をしているのなら――

「⁉」

二人がぶつかる直前、レイヴは突如、スキルをキャンセル。そして、ヘレスが振り下ろすツヴァイヘンダーに背を合わせるようにして、前進しながらクルクルと反時計回りに二回転、一瞬にしてヘレスの背後へと回り込んだ。やはり、こうなったか……！

「嘘《うそ》やろっ」

思わず立ち上がるラズ。ははは！　笑えるな。

大剣も両手剣も、接近されるのが一番怖い。つまり、攻撃が目的じゃない。接近こそが目的。ここで焦って攻撃する旨《うま》みはない。ここでわざわざ攻撃を当てに行く必要性もない。初手で〝有利ポジション〟を奪取することこそ、セブンシステムにおける対両手剣変化の第一の目的なのだ。

「いやぁ、あいつ最高」

レイヴ君、凄《すご》くいい。ひょっとしたら天才かもしれない。

「このッ！」

焦ったヘレスが、《歩兵剣術》を背後のレイヴに向けて大きく振り抜く。しかし、その重量ゆえあまりにも動きが遅い。加えて長いため、旋回にも時間がかかるわ、思い切り振らないと攻撃できないわで、良いところが全くない。ツヴァイヘンダーの弱点がこれでもかと出まくっている。

「終わり」

一言、レイヴが呟いた。ああなれば、ヘレスの《歩兵剣術》より先に、レイヴの《銀将剣術》が間に合ってしまう。それは、火を見るより明らか。レイヴの剣が、ヘレスの側頭部へと襲い掛かる。

勝敗は、決した……。

「終わらん‼」

「――っ！」

……かに、見えた。ヘレスが叫んだ刹那《せつな》、火花が散る。レイヴの《銀将剣術》を、ヘレスは《歩兵剣術》で受け止めたのだ。直後、ガチャンと大きな金属音が鳴った。ヘレスのツヴァイヘンダーが地面に落ちた音だ。

あの野郎……やりやがった。両手剣を捨て、インベントリから短剣を出しやがった！

「この時を待っていたッ‼」

ヘレスは《銀将剣術》にパワー負けしながらも、弾《はじ》かれる勢いを使って横方向に体を倒し、レイヴの側面へと体を密着させる。

……立場が、逆転した。接近戦は、両手剣より長剣、そして、長剣より短剣の方が、有利。読んでいたのだ。両手剣を使っている限り、相手は接近戦を狙いに来ると、ヘレスは読んでいたのだ。

「……やるやんか」

ラズベリーベルの呟きが全てを物語っている。

魅せたんだ、あいつは。この試合の一番の盛り上がりを、見事に掻《か》っ攫《さら》っていった。そう、真剣勝負にこそ現れる、見る者全てを魅了する瞬間の煌《きらめ》き。それは時に、勝敗を超えた熱を生む。

「甘いよ」

レイヴの冷静な呟きが、ヘレスに一瞬早く敗北を覚《さと》らせた。

「な、に……ッ⁉」

蹴りだ。ただの、蹴り。スキルすら使わない、前蹴り一発。たったそれだけで、ヘレスとレイヴの間合いは、離れてしまう……長剣の適正距離へと。

「残念」

無慈悲な宣告。レイヴの《角行剣術》が、鋭くヘレスを狙った。

ああ、本当に、残念だ。リーチが違いすぎる。あれを防ぐのは、至難の業。

「くっ！」

そう、そうだろうな。ヘレス。お前はそういうやつだ。

ここで《金将剣術》での対応を選ばず、《銀将剣術》で刺し違えようとするやつだ。

でもな、金将なら投擲《とうてき》で、銀将ならリーチ負けで、終わってしまう。

いずれにせよ、お前にはもう、活路は残されていないんだ……。

「――そこまで！　勝者、レイヴ！」

◇◇◇

「あんたの息子はん、えらい熱い勝負するやん」

「おやおや、なんとも嬉《うれ》しいお言葉です。聖女様に褒めていただけるとは、私も鼻が高いですよ」

「うちらも熱い勝負せんとあかんなぁ？」

「……へぇ。これは楽しみ甲斐《がい》がありそうだ」

一閃座挑戦者決定トーナメント準決勝第二試合、ラズベリーベル対ロスマン。

闘技場中央に歩み出た二人は、表面上、にこやかに言葉を交わす。

「絶望しとるんちゃうか？」

「おかしなことを仰《おっしゃ》る。一体何にです？」

「自分、もう二度と戻れへんで。一閃座」

「は……はっはっは！　はっはっはっはっは！」

「なに笑とんねん」

ロスマンはぴたりと笑いを止め、無表情で口を開く。

「ふざけるのも大概にしろよ」

それは、悔しさも怒りも、なんの感情も含まれない、至ってナチュラルな表情。

微笑みの仮面が剥《は》がれた、ロスマン本来の顔と言えた。

「おー怖。それがあんたの本性かいな」

「こうしていたずらに挑発するのも貴女《あなた》の戦術ですかな、腹黒聖女」

「大当たりや。あんたはん、こうでもしないとうちのこと見てくれへんやろ？」

「はは。確かに、ですねぇ……」

ロスマンはちらりと出場者席の方を見やる。その視線は、半年前からずっと固定されていた。

彼の二十年の天下を終わらせた張本人、セカンド・ファーステスト一閃座へと。

「互いに礼！　……構え！」

長剣をゆらりと構えるロスマンと、相変わらず棒立ちのラズベリーベル。

ロスマンは、彼女と勝負をするつもりでいた。挑発は効いていない。しかし、おかしなことに、

「良い勝負をするつもり」にはなっていた。普段の彼ならば、「圧勝するつもり」のところを。

「――始め！」

号令がかかる。直後……ラズベリーベルは、インベントリから長剣を取り出した。

「ほう！」

ロスマンは嬉しそうな顔をする。大剣ではなく、長剣。それはつまり、ラズベリーベルは本気ということ……と、錯覚したのだ。

「当たると痛いでー」

次の瞬間、ラズベリーベルは《角行剣術》を発動し――長剣を投擲した。

「ふむ、下らないですねぇ」

それは、セカンドを相手に一度見た技。それも、この半年間ずっとセカンド対策を続けてきたロスマンにとっては、まさにあくびが出るような小手先の技に見えた。

ロスマンは《香車剣術《きょうしゃ》》で軽く弾きながら、間合いを詰める。

「次行くでー」

すると、ラズベリーベルは、二本目の長剣を取り出し、再び投擲した。次いで、三本目、四本目、これは《銀将剣術》で、五本目は《香車剣術》で投げる。挙句の果てに、《歩兵剣術》で投げた六本目と七本目は、狙いを僅《わず》かに外し、ロスマンを飛び越えていった。

「……なんですかねぇ、これは。私を馬鹿にしているのですか？」

危なげなく対応したロスマンが、苛立《いらだ》たしげに口にする。

「おっと、ここや、ここ」

一方、ラズベリーベルは、左に三歩だけ移動して、こくりと頷《うなず》く。何が「ここ」なのか。

「終わりや」

ラズベリーベルがインベントリから取り出したのは、やはり、大剣。

そして《飛車剣術》を準備し、ロスマンとの間合いを一気に詰める。

「はてさて何が終わりなのか」

ロスマンは、ギリギリまで引きつけながら、《金将剣術》での対応を選ぶ。

それは、カサカリが見つけ出したセブンシステム六手目の対策。ロスマンもまた、ここに着目し、半年の間に対策を立てていたのだ。

「大剣、舐《な》めたらあかんで」

「……？　なっ⁉」

言葉の意味が瞬時に理解できなかったロスマンは……致命的状況になり、初めて思い知った。

ラズベリーベルは、その大剣をも投げたのだ。振りかぶり、振り下ろすモーションと同時に、大剣はまるでギロチンのように刃を半回転させてロスマンへと襲い掛かる。

――間に合わない。《金将剣術》が、間に合わない……！

「馬鹿な‼」

ロスマンは即座にスキルをキャンセルし、回避しようと必死に体をねじり、しかしそれすら間に合わないと感じ、咄嗟《とっさ》に防御のため長剣を体の前に出した。

バキン！　と、大きな音が鳴り、ロスマンは遥《はる》か後方へと吹き飛ばされる。

「⁉⁉⁉」

直後……全観客が、度肝を抜かれた。

そして、ラズベリーベルの「ここ」という呟《つぶや》きの意味を知る。

彼女が序盤に投擲した、七本の長剣。それらがまるで道しるべのように、ロスマンの吹き飛んだ先へと等間隔に配置されていたのだ。

「なんッ⁉」

着地と同時に、ロスマンは長剣を踏み、バランスを崩す。

ダウン――その隙を、ラズベリーベルが逃すはずもない。

追撃のため全力疾走で間合いを詰め、インベントリから長剣を取り出し、《銀将剣術》をゴルフのように振り抜く。

「ぐはっ！」

再び吹き飛ばされ、着地した先には、長剣。またしても、ダウン。

そして、またしても、追撃。またしても、ダウン。

またしても、追撃。またしても、ダウン。

またしても、追撃。またしても、またしても、またしても……。

「……えげつねー」

出場者席のセカンドが、半笑いで呟いた。

着地点に特定アイテムが設置されている場合、ダウン判定となる。これは、その特性を存分に活《い》かした〝ハメ技〟。セカンドとしては、もう笑うしかなかった。ラズベリーベルは、この一閃座《いっせんざ》戦の舞台で、元一閃座を相手に、見事ハメ技を成功させてしまったのだ。

だが、セカンドは呆《あき》れ笑いをしながらも、同時に、今すぐ立ち上がり「凄い！」と褒め称え拍手したい気分でもあった。このハメ技、仕組みは単純でも、実際に人間を相手に行うのは、あまりにも難しい。それをこうも鮮やかに成功させたのは、後にも先にもラズベリーベルだけと言えた。

「こんなに綺麗《きれい》に決まることがあるのか」と、一種の感動さえ覚える鮮やかさである。

そう、彼女は、端《はな》っから「熱い勝負」などするつもりはなかったのだ。

熱い勝負をしようという誘いは、全くの嘘《うそ》。下手《へた》な挑発で自分に注目させようとしたのは、熱い勝負へとロスマンの意識を誘導するため。そして、熱い勝負を意識するのなら、ロスマンは下手な小細工などなしに真《ま》っ直《す》ぐラズベリーベルへと向かっていくだろう。

ロスマンが少しでも横方向へ移動したら、全《すべ》てがパーだった。まさに針の穴に糸を通すようなセッティング。しかし、それでも成功させたのは、ラズベリーベルの盤外戦術あってのこと。

やはり、全てが、緻密《ちみつ》に計算されていた。

「――場外！　そこまで！　勝者、ラズベリーベル！」

◇◇◇

聖女ラズベリーベル。彼女は、いくらなんでも強すぎる――。

観客の熱気は、最高潮へと達した。

「………」

それを、つまらなそうに見つめる男が一人。

レイヴである。彼は実の父親が見るも無残な敗北を喫し茫然自失《ぼうぜんじしつ》としていることなど気にも留めず、喝采《かっさい》を浴びるラズベリーベルをただ冷めた目で見つめていた。

彼の思うところは一つ――僕ならひっかからない。

あれほどあからさまな誘導、むしろひっかかる方がどうかしているとしか考えられなかった。

それは、一閃座への執着。やはりロスマンはどうかしていたのだ。早急にかつての栄光を取り戻さんと、半年間をただひたすらセカンド対策にのみ注ぐという、言ってしまえば愚行。その焦燥感と視野の狭まりが、ラズベリーベルのハメ技にひっかかった原因と見て間違いないだろうと、レイヴは冷静に分析する。

「……楽勝、かな」

彼には、父親のような油断はない。

ラズベリーベルは、あまりにもステータスが低かった。ロスマンに《銀将剣術》を七発当てても削り切れないような低STRなど、剣術勝負においては致命的ですらある。

試合開始前から、レイヴの圧倒的有利。言わば二枚落ち（龍王《りゅうおう》・龍馬《りゅうま》・飛車・角行の使用不可）以上のハンデがある状態で試合が始まると考えていい。二人はそれほどのステータス差だった。

レイヴは、自身の勝利をこれっぽっちも疑わず、当然という風に呟く。

「セカンド三冠と戦うのは、僕だ」


一閃座挑戦者決定トーナメント決勝戦、レイヴ対ラズベリーベルの試合。

闘技場中央で対峙《たいじ》する二人の間には、冷たい静寂があった。

一方は、つまらなそうな、退屈そうな、冷めた目を。

もう一方は、まな板の上の鯉《こい》を観察するような、冷徹な目を。

「センパイがな、最高言うとったで。天才ちゃうかって」

先に口を開いたのは、ラズベリーベル。彼女の言うセンパイとは、セカンド三冠を意味すると、レイヴは瞬時に理解する。それは、彼にとって驚くに足る言葉だった。

「え、本当?」

全てに冷めきっていた少年が、初めて反応らしい反応を見せる。

それを見て、ラズベリーベルは口角を上げながら口を開いた。

「さて、どうだったやろ」

「………………」

一瞬にしてレイヴの不機嫌が戻ってくる。ラズベリーベルの言葉は紛れもない事実だったが、レイヴは自分をおちょくるための嘘だと思ったのだ。

「初戦も次戦も見たで。若いのになかなかやるやんか」

次に出てきたのは、彼女からの褒め言葉。しかし、レイヴは素直に受け取ることができない。

「僕、天才だから」

レイヴは一切の謙遜《けんそん》を見せずに、さらりとそう返す。

……天才。彼はずっと、周囲からそう言われ続けて育ってきた。

事実、天才だろう。十六歳の若さでこの場に立っていることが、何よりの証明である。

しかし……〝天才〟という言葉の重みを、彼はまだ知らない。

本物の天才に、彼はまだ触れたことがないのだ。

「自分、震えたことないやろ」

「……？」

「泣いたこともないやろ」

「……いや」

ラズベリーベルの質問を受け、レイヴは「何を当たり前のことを」と鼻で笑う。

「だって、負けたことないから」

震える必要も、泣く必要も、なかった。それは、これまでも、これからも。

「せやろなぁ」

やはり彼は、真剣勝負の場での敗北を知らない。

予想の当たったラズベリーベルは……にんまりと笑って言った。

「まずはそこから覚えんとな、お坊ちゃん」

明らかに「下」に見た言いぐさ。レイヴは無言で眉《まゆ》を顰《ひそ》め、自身の位置へとついた。

「互いに礼！　構え！」

審判の号令で、気だるそうに礼をし、ゆるりと長剣を構えるレイヴ。一方ラズベリーベルは、優雅なお辞儀を見せた後、インベントリから――〝ミスリルロングソード〟を取り出した。

何で来ようが、自分の有利は動かない……と、レイヴは心を乱すことなく集中する。

「――始め！」

試合開始の合図と同時に、双方から間合いを詰めた。ラズベリーベルは、二試合連続同じハメ技を仕掛けてくるような馬鹿ではない。それはわかっていたレイヴだが……しかし、彼女の弱点を補えるだろう大剣を、双方の距離が開いているうちに出してこないというのは、疑問に思うところ。

「………」

それでも、レイヴのやることは変わらない。

間合いが詰まった段階で、《歩兵剣術》《桂馬剣術》複合を右足目がけて突き刺すように放つ。

セブンシステムという名称を知らない彼は、この一連の定跡を「セカンド式」と呼んでいた。

半年前、いつものように父親に連れられ、いつものように観戦した一閃座戦。

その時から、彼はセカンド式の、否、セカンドの……虜。

彼には自身の父親が、何処かくだらない存在に感じていた。世間ではこれを反抗期と呼ぶのだろうが、彼の場合は一味違う。何故《なぜ》なら、彼の才能は父親を遥かに超えていたのだ。

確かに、ロスマンは一級のテクニックを持っている。しかしレイヴにとってみれば、テクニックばかりでなんとも退屈な剣術に思えてしまう。

それはロスマンに限ったことではない。一閃座戦に出場する誰《だれ》も彼もが、退屈。つまらない剣術ばかり使う。確かに、そう、思っていたのだ……半年前までは。

「終わり」

セカンド式の変化に突入した時点で、自身の勝利は決まる。レイヴは、そう確信していた。

——負けるわけがない、と。僕の憧《あこが》れ、僕の目標、あの最強の男、セカンド一閃座の剣術が、負けるわけがない、と。

「ちゃうわ。始まりや」

ラズベリーベルの落ち着いたツッコミと同時に、定跡へと突入する。

二手目、ラズベリーベルは大きく足を引いて躱《かわ》した。

三手目、レイヴは中空へと放り出されたラズベリーベルの手を狙《ねら》い《歩兵剣術》で斬り上げる。

四手目、回避。二手目で少し大きめに回避したことで、ここは余裕を持って回避できる。

五手目、《飛車剣術》を準備し、ラズベリーベルの懐へと突き刺すように放つ。

そして、六手目。ラズベリーベルは《角行剣術》と《桂馬剣術》の複合で、レイヴの顔面に突きを入れた。《桂馬剣術》には急所特効があり、急所へのヒットは九段で火力２００％。急所判定は、人間が相手ならば、主に顔から首または心臓への攻撃で出る。

「知ってる」

この切り返し、レイヴは予想していた。ここは威力差の出る場面。いくら《桂馬剣術》に急所特効があると言えど、今の二人のステータス差ならば《飛車剣術》の威力には負ける。

であれば、あえて躱さず攻撃し合うのが正解。これで決まった――レイヴは勝利を確信する。

「アホ」

ラズベリーベルが一言こぼした。

――瞬間、レイヴの目に映る全《すべ》てがスローモーションと化す。そして、彼女の剣先は、コマ送りのようにして、ゆっくりゆっくりと下へと落ち……レイヴの手を狙う。

「……っ……」

ゾクリ、と、一瞬にして冷や汗が噴き出る。

実に間の抜けたうっかりだ。《桂馬剣術》に急所特効があるからと、急所を狙ってくるとは限らない。

ラズベリーベルは、左足を下げるようにして体を開きながら、レイヴの手にミスリルロングソードを振り下ろす。レイヴの長剣は、ラズベリーベルの懐から僅《わず》かに逸《そ》れ、中空へと放り出される。

直後、レイヴの左手の先に激痛が走った。痺《しび》れが腕全体を包み込み、思わず長剣を手放す。

「――」

……嘘《うそ》だ。レイヴは叫びたくなった。あまりにも呆気《あっけ》ない。こんなに簡単に、負ける。それは、何よりも許しがたい屈辱。だが……どれほど後悔しても、もう遅い。

「普段の僕ならあんな間抜けな失敗はしない」と、彼は心の中でそう釈明することだろう。

しかし、うっかりをしてしまった。その事実は、曲げられない。もう、取り返しはつかない。

カラン――と、長剣が地面に落下する。顔を上げたレイヴが目にしたものは……一体いつの間に出したのか、大剣を構えるラズベリーベルの姿。

「……うちは、震えたことも、泣いたこともある。なんでかわかるか？」

ラズベリーベルは、丸腰となったレイヴを前に、無慈悲にも《龍王剣術》を準備し始めながら語り掛けた。

「なんで……」

「勝ちたいからや。理由なんてあらへん。勝ちたい。絶対に勝ちたい。勝ちたくて勝ちたくて勝ちたくて、もう死ぬほど勝ちたくて、死ぬ気で頑張るからや」

《龍王剣術》の準備が終わる。

レイヴは、剣を拾うことも忘れ、ラズベリーベルの言葉をただぼうっと聞いていた。

「天才いうんはな、あんたはんの考えてるような、なんでもかんでも余裕でできてまう冷めたやつやない。なんぼ負けても悔しくても、勝つために全てを賭《か》けられる人や。強く強く、誰よりも強く、勝ちたいと思える人や」

「……‼」

瞬間、レイヴは自分のことが途轍《とてつ》もなく恥ずかしくなった。

思えば、全てを賭けて一生懸命に頑張ったことなど、一度もない。

余裕なく必死に頑張ることが、なんだか恰好《かっこう》の悪いことだと思っていたのだ。

今、この時、インベントリから二本目の長剣を取り出さなかった自分を悔いなければならない。

今、この時、弾き落とされた長剣を決死の思いで拾いに行かない自分を恥じなければならない。勘違いをしていた。セカンド三冠は、なんでも余裕でできてしまうから、天才なのではない。誰よりも勝ちたいと強く思い、全てを賭けることができるからこそ、天才なのだ。

「ほな……終わりや」

ラズベリーベルは最後に一言だけ口にして、大剣による《龍王剣術》を振り下ろす。

いくらステータス差があろうと、これを直撃してしまっては、ひとたまりもない。

負けた。真剣勝負で、大勢の人前で、初めて負けた。

自分の全てが否定されるような、とても耐えがたい感情。

悔しい。恥ずかしい。そして、死ぬほど痛い。

数時間経《た》って、泣くだろう。数日経って、震えるだろう。

なのに、どうしてか……レイヴの気持ちは、なんとも清々《すがすが》しいものだった。

「ありがとう御座いました」

レイヴは感謝の言葉を口にしながら、こう思う——彼女は、会わせてくれたのだと。間接的に、僕の憧れの人に、会わせてくれたのだと。

こうして、彼の初めての一閃座戦《いっせんざせん》は、幕を下ろした。

◇◇◇

「やっぱ、お前だよなあ」

最終戦。俺への挑戦者となったのは、まさに予想通りの人物。

「うち、ほんま嬉《うれ》しいわ。こうしてまたセンパイと向かい合える日が来るとは……夢みたいや」

ラズベリーベル。かつてはフランボワーズ一世として世界ランキング最高128位につけていた世界ランカー。ただ、その順位のみで彼を、いや彼女を評価してはいけない。特筆すべきはメヴィオンにおける一閃座戦での活躍。ラズの大剣を振り回すスタイルは唯一無二と言っていい。何故なら大剣は弱いとされていたのだ。にもかかわらず、ラズは何度かトーナメントを制したことさえある。それは単純に、物凄《ものすご》く強いから。大剣を使おうが何を使おうが、彼女は安定して強かった。

しかし、この世界での、この勝負においては、話が違ってくる。

メヴィオンでの彼女は成長タイプが「重騎士型」だったが、現在は「サポート型」なのだ。

「大剣か？」

「まっさか。正味、火力不足や。どうしようもあらへん」

気になったので聞いてみる。当たり前だが、どうやら彼女も現状はよく理解しているようだ。

そう。大剣を使っているようでは、俺には勝てない。当然、長剣でも、短剣でも。

他に様々なスキルを上げている俺と、サポート型のうえ【剣術】しか上げ切っていないだろう彼女とでは、ステータスがあまりにも違いすぎる。それこそ、勝負にならないほどに。

だが、俺は特に心配していなかった。ラズの表情を見ればわかる。試合開始が近付くにつれ、彼女は徐々に真顔となっていく。

……ああ、本気だ。本気で勝ちに来るつもりだ。ならば、俺は安心して受けて立てばいい。

「さて、と」

「何か秘策がありそうだな」

「ま、センパイ相手に隠したって仕方あらへんしな」

互いに礼を済ませ、剣を構えるタイミングで、ラズベリーベルは切り札を明らかにする。

「うーわ」

思わず、声が出た。彼女の持つ、真っ黒な片刃の剣。あれは、もしや。

「黒ファルや」

そう、ファルシオン。それも黒。この武器は白と黒の二種類存在する。それぞれ強化様式に特徴があり、白はクリティカル特化、そして黒は……ノックバック特化。

数年前の一時期、一閃座戦でこの「黒ファル」が流行《はや》ったことがあった。黒ファルVS黒ファルの定跡が整備されるほどの流行りようだった。それだけ厄介で、強力な武器だったのだ。

何故《なぜ》それほど厄介なのか。その理由は、六段階目までノックバック特化で《性能強化》すれば、単なる《歩兵剣術》でもノックバック効果が発動するという「ぶっ壊れ性能」にあった。これは、相手が防御に徹した場合でも発動する。

まともに攻撃を防げなくなるというのは、これまでの一閃座戦の常識を丸っと覆しかねない要素。結果、出場者の八割方が黒ファルを使い出し、一閃座戦と言うよりは「黒ファル戦」と言った方がいいような酷《ひど》い状況と化した。

しかし、流行とはいつか必ず廃れるものである。「黒ファルワクチン」と呼ばれる対黒ファル必勝定跡が出場者に広く認知され、あえて黒ファルを使う旨みが全くなくなったのだ。

これは非常によくできた定跡で、練習すれば誰《だれ》でも簡単に実現可能、面白いくらいに効くというまさに入門向きのものと言えた。そのお手軽さから、タイトル戦初出場のような初級者まで覚えている始末で、ついに黒ファルは一閃座戦から姿を消してしまう。

黒ファルワクチンで準備すべきものは、たったの一つ。レイピアだ。

剣類の中で最も攻撃モーションが早く、最も防御効果が低いという特徴を持つレイピアは、言わば黒ファルの天敵。防御効果が低いため、黒ファルの攻撃を防ぐだけで特大のノックバックをしてしまう。実は、大きく弾き飛ばされたその瞬間から《龍王剣術《りゅうおう》》を準備し始めれば、黒ファル側がどう足掻《あが》こうと《龍王剣術》を発動できてしまうのだ。つまりは、特大ノックバックをバックステップ的に利用する技術。相手のスキル使用後硬直開始とほぼ同時に龍王の準備を始められるところがミソである。

そういった罠《わな》を用意しながら、レイピア特有の素早い攻撃モーションで常に先手を取って戦うことで、黒ファルは完全に無力と化す。

当時は、出場者全員がインベントリに必ず一本はレイピアを忍ばせていた。そして皆、それを知っているからこそ、黒ファルを出そうとはしなかった。

もちろん、ここぞという場面で出そうとするやつはいたが……上級者になればなるほど、相手に武器の転換を許さない。そんな暇を与えずに終わらせるというのは、不変の常識だった。

「参ったなあ、そういうことか」

すっかり失念していた。俺、今、レイピア持ってねえ。つまり、黒ファルワクチン、使えねえ。

「やっぱりなぁ。持ってへんと思うててん。センパイ、あえて強武器使わん人やから」

仰《おっしゃ》る通り。このうえ強武器なんて使ったら、本当の本当につまらない。だから俺はしばらくミスリルロングソードのつもりだ。

しかし、そうか……レイピアなしで、黒ファルの相手すんのか。

……いや、面白いか。そうだな、アレしよう。

「ラズ」

「どしたん？」

「三十一手組で行く」

「……望むところやっ」

三十一手組――黒ファルワクチンの発見以前、対黒ファルの主流とされていた定跡。

黒ファルを後手として、三十一手先までじっくりと間合いをはかりながらの攻防を続け、三十一手先の場面においてなるべく先手有利の状況を作り出すことが目的である。地道にポイントを稼ぎながら、１００対０よりも51対49を目指そうというスタイル。非常に地味だが、やる価値はある。

……ラズの黒ファルが六段階強化されているという事実。これはユカリの協力に違いない。敵に塩を送った？　馬鹿を言え、ユカリはそんな性格じゃない。多分、彼女は俺のためを思って、あれを六段階強化してくれたのだ。全く最高な女だ。だったら、めいっぱい楽しむしかないだろう？

「――始め！」

審判の号令と同時に駆け出す。

俺の初手は《角行剣術》。さて、三十二手目、ラズがどれで来るのか、今から楽しみだ。

◇◇◇

ついに一閃座を賭けた対戦が始まった。

……しかしながら、セカンドとラズベリーベルの二人が、一体何をしているのか、その一端でも理解できた者は、この会場内に一人として存在しなかった。

あのレイヴでさえ、混乱を極めていた。

彼は、目の前で繰り広げられる二人の長い長い攻防、その一手一手の意味を必死に考える。

何故、セカンドは今、右足を引きながら銀将をラズベリーベルの左手前に振り抜いたのか。何故、ラズベリーベルは今、歩兵を一度キャンセルしてからまた歩兵を発動したのか。何故、セカンドは今、金将で受けるべきところで香車を準備し一度キャンセルしてから回避に専念したのか。何故、ラズベリーベルは今、飛車で押し切れるだろうところで銀将と桂馬の複合を選択したのか。

何故、何故、何故。答えは一つもわからない。二人の動きは、あまりにも高度過ぎた。

恐らくは、その一見して意味のないような足運びや指先や視線の動きにまで想像を絶するような深い意味や効力があるのだろう——と、そこまでの予想は立つ。だが肝心の中身がわからない。

やがて、ラズベリーベルの使う黒い剣の特性をある程度察するにまで至ったレイヴだが、それでもまだ二人の動きの意味がわからない。

否、もはや考える暇などない。互いに寸分の狂いなく一切の隙も与えぬまま限界ギリギリの勝負を三十一手もノンストップで続けるのだ、当然である。当の二人は冷静そのもの。対して、観戦している人々は皆、頭がどうにかなりそうなほど白熱していた。

一閃座戦へとセカンドが登場して以来、最も長く続く戦いに、誰もが目を奪われている。

二人が何をしているのか全く理解できなくとも、「何か凄《すさ》まじいこと」をしているという事実だけは確《しか》と伝わるのだ。

「さあ、何で来る！」

三十一手目、《銀将剣術》をラズベリーベルの右肩に突《つ》き入れるようにして放ったところで、セカンドが満面の笑みでそう口にした。

ついに、形勢がハッキリと動く。直後、ラズベリーベルが選択したのは——《歩兵剣術》。

「ど、や！」

それは超絶技巧と言い表すことさえ烏滸《おこ》がましいほどの一撃であった。

本来ならセカンド側が優勢であるはずの三十一手目。そのセカンドのあまりにも鋭い突きに対して、更に鋭く、ミスリルロングソードの側面へ垂直方向に突き刺すようにして黒ファルを押し込むラズベリーベル。

――コツン、と、優しく当たる。

セカンドの銀将は、ラズベリーベルの右耳から一センチの場所を通過し、そして……。

「おぇえ⁉」

セカンドは、変な声をあげながら大きくノックバックした。これが黒ファルの威力であり、ラズベリーベルの用意していた決め手。形勢が、一気に傾いた。

黒ファルを出した自分に対してセカンドが三十一手組を採用することを、ラズベリーベルはずっと前から予想していたのだ。その三十二手目に、自身の温めていた研究を思い切りぶつける。言わば「三十一手組破り」の決め手。

完璧《かんぺき》だった。武器の選択も、セカンドがレイピアを忘れるという予想も、ここへ至るまでに殆《ほとん》ど手の内を明かさなかった徹底も、この研究をぶつけるべきタイミングも、気の遠くなるような高難易度の技術の習得も。全《すべ》てが完璧だった。

「もろたで、センパイ！」

ノックバックしたセカンドを、すかさず追い詰める。無慈悲な追撃。《飛車剣術》を準備しながら前進するラズベリーベルの脳裏を、勝利の二文字がよぎった。

……この《飛車剣術》、セカンドは、躱《かわ》すことも防ぐこともできない。

躱すには、どうしても近過ぎる。何かをぶつけて防ごうにも、ミスリルロングソードと黒ファルシオンがぶつかり合うことで再びノックバック効果が発動してしまう。

時間を稼ぐならそれでも防ぐしかないが、防ぎ続けることでいずれ必ずダウン値が溜《た》まり、ついにはダウンし、ラズベリーベルの大剣による《龍王剣術》を受け、ゲームセットとなる。

逃れようがない。つまりは……詰み。

◇◇◇

ああ、うち、今、センパイと、うちらしか知らん定跡で、二人にしかわからへんように、戦っとる。最高や。なんて幸せな時間なんや。

うち、もう死んでもええ。いや、ほんまには死なへんけども。

「おぇえ⁉」

センパイ、喜んでくれたやろか？　三十一手組破りの一手――名付けて「新三十二手組」。

多分、センパイは盲点やったはず。黒ファルワクチンがあるっちゅうのに、今更、対黒ファル三十一手組なんて研究する物好き、モサさんくらいなもんや。

「もろたで、センパイ！」

ああ、ああ、最高の時間が、もう終わってまう。ほんま夢のような時間やった。

追撃の《飛車剣術》。これは、躱せへんし、防げへん。

詰みや。こればっかりは、流石《さすが》の世界一位でも、もうどうしようもあらへん。きっとセンパイのことや、防御はせえへんやろ。潔く、真正面から、うちの《飛車剣術》を受けて——

「　」

——何、笑とんねん、この人っ……⁉

「あっ」

…………忘れとった。センパイって、こういう人や。

うち、天才って、誰《だれ》よりも勝ちたいと思える人って、言うとったけど。

……せやな、センパイ。その先が、あるやんなぁ。

誰よりも勝ちたいくせに、絶対に負けたくないくせに、目先の勝ち負けを超越して、自分も、相手も、見とる人も、全員を楽しませられる人が、ほんまもんや。

…………あぁ。多分、センパイ、うちに付き合うてくれてたんやなぁ……。

まだまだやったわ、うち。勝ちに、こだわってしもた。

はー。はぁー、好き。ほんま、好き……。

◇◇◇

マジでびっくりした。ラズの三十二手目、「そんな歩兵ありかよ⁉」と大声で叫びそうになったが、情けなくも俺の口から咄嗟《とっさ》に出た声は「おぇえ⁉」という汚い鳥の鳴き声のような音だった。

しかし、確かに、こんな《歩兵剣術》ができるのなら、この三十二手目は成立する。実に素晴らしい！　実にワンダフォー！　俺の予想の斜め上を行くウルトラC級のテクニックだった。

じゃあ、新三十三手組で終わらせようか。

「あっ」

今度はラズが情けない声を出す。

彼女が右上から振り下ろさんと準備している《飛車剣術》に対し、俺はそれに合わせるようにして左上から《銀将剣術》の準備を始めた。

剣が、平行に並ぶ。さて、ここからが肝心の、そして緊張の一瞬である。

剣と剣をぶつけてしまえば、衝突判定が出て、ノックバックの餌食。しかし剣をぶつけなければ、衝突判定すら出ずに飛車をもろに喰《く》らい、ダウンしてしまう。

では、どうすればいいか。話は単純、衝突判定を出さずに防御すればいい。

そんなこと、ほとんど不可能だが、ある条件を満たせば可能となる。それは……。

「ここで、こうだ」

相手のスキル発動の前後0・02秒以内の範囲において同系統スキルの発動タイミングを合わせ、剣を振る速度と方向もある程度合わせる。

メヴィオンのシステムを見ていればわかるが、攻撃同士の行く末は、空振るか、衝突するかの他に、相殺という形が存在する。この相殺、【魔術】だけでなく【弓術】や【剣術】や【体術】など、様々な戦闘スキルに存在し、実は衝突判定が出ないのだ。

　しかし、これがなかなか難しい。非常に難しい技術だが……俺は成功確率90％程度である。この形でノックバックした後の崩れた体勢で、90％だ。

死ぬほど練習した。いざという時、体が動いて損はない。だから対黒ファル・対レイピア・対大剣・対短剣などあらゆるパターンを想定して、何度も何度も剣を振った。

　相手のスキル発動のタイミングを間合いと接近速度から予測し、時にはフェイントで発動を誘発し、ノックバック中にスキル発動をビタッと合わせに行く練習を、いつか来るだろう今日この日この時のために何年も前から準備していたんだ。

　ラズはこの相殺を見逃していたわけではないだろう。現に三十一手もの間ずっと相殺をされないよう互いに警戒しながら慎重かつ巧妙に手を進めていたのだから。

　ただ、三十三手目の、この瞬間だけは、考慮から外していたことは間違いない。

　理由は俺もよくわかる。常識だ。「ノックバック後に相殺はない」というのは、常識。理由は単純、成功するわけがないから。「成功確率五割で超人」と言われている相殺を、体勢が崩れた状態で行うなど成功するはずもない。

　……と、誰しもが思う常識。そこにこそ活路があり、勝利を拾える一手を用意できる。

たとえ何年かかろうが、備えておくのが世界一位というもの。

　新三十三手組。主導権は常に俺にある。正直言ってしまえば、レイピアを使っても使わなくても、黒ファルなんか怖くない。

「あ、うっ！」

《飛車剣術》後の硬直時間と、《銀将剣術》後の硬直時間。当然、後者の方が短い。

ゆえにこの状況、俺はラズの心臓へと《銀将剣術》《桂馬剣術》複合を一発叩《たた》き込《こ》める。

急所攻撃。クリティカルが、出る。

俺とラズとのステータス差なら、これが……致命傷。

ああ、最高の時間が、終わってしまった。

「――そこまで！　勝者、セカンド・ファーステスト一閃座《いっせんざ》！」

防衛成功。夏季も、俺が一閃座だ。

◇◇◇

「へ、陛下」

「……なんでしょうか、クラウス」

「ご覧になりましたか、陛下」

「ええまあ。見ましたよ、クラウス」

「この感動、どう表せばよいものか！　ああ、言葉が見つかりません」

「気持ちはわかります。ボクは感動というより戦慄《せんりつ》ですけどね」

第四百六十七期一閃座が決まった。

それは、この場にいる誰しもが予想していた人物、セカンド・ファーステスト。

言わば予定調和。しかしながら、彼とラズベリーベルの試合を観《み》た者は皆、一様に震えていた。

勝者が予想通りの人物であっても、その試合内容は予想を遥《はる》かに超えていたのだ。

否、人知を超えていたと言っていい。単純な力が、ではない。その知識が、技術が、指先に至るまでの動きが、一切の妥協などないと一目見てわかる、人という生物の持つポテンシャルの限界にほど近い、美しく尊い勝負。そう、あまりにも美し過ぎる光景は、目を奪い、体を震えさせ、果ては心地好《よ》い恐怖をもたらす。

二人の決着がついてより、数秒、全《すべ》ての観客が沈黙した。彼ら全員が我に返るまで、なんと数秒もの時間を要したのだ。

直後、未《いま》だかつてない拍手と歓声が堰《せき》を切ったように溢《あふ》れだす。一人残らず立ち上がり、今の感動を伝えんと精一杯に手を叩き、腹から声を出していた。

観客は、やっと触れられたのだ。正真正銘、本物のタイトル戦に、紛れもない本物同士の勝負に、ようやく触れることができたのだ。

かつて、一人の男が、誰よりも熱く、誰よりも愛した、人生の全てを捧《ささ》げた輝き、再び取り戻さんとする栄光の頂、その一端に、この世界の人々が初めて触れた瞬間である。

彼は再三言っていた。ここは、最高の世界であると。今、その言葉が、エンターテインメントという形をとって、この世界の住人に伝わろうとしている。

「聖女のあの黒い武器、恐らく相手を強く弾く効果があります。それを構え合った段階で見抜いた一閃座は緻密《ちみつ》な攻防の中で細やかに有利を築き上げ、最後に一瞬の隙を見せ誘い、鋭く切り返し一撃で決めた！　本来ならばこれだけで拍手喝采《かっさい》の歴史的試合内容ですが、この勝負の最も素晴らしいところはそこではないのです！　セカンド一閃座、あの方はきっと、あえて聖女の作戦に乗っていた！　大きなステータス差を利用したつまらない勝ち方が数多《あまた》ある中で、絶対に勝たなければならない防衛を賭《か》けた勝負で、あえて、あえて、不利ではあるが面白い方へと向かっていったのです！　それはあの方にしかできない！　しかし、聖女も素晴らしかった！　あれほど火力不足の中で、よくあのような武器を見つけ、あそこまで工夫し、一閃座とやり合えた！　時代が違えば彼女もまた一閃座として何十年と君臨していたことでしょう！」

「クラウス、興奮しすぎです」

「……し、失礼しました、陛下」

「でも、おかげで勝負の内容がよくわかりました。これは、この試合が濃厚ですかね」

「私ならば、これで決めてしまいそうなほどです。しかし、この先も……」

「……そうでしたね。セカンドさん、まだあと七つもタイトル戦に出るんでした」

何が濃厚で、何を決めるのか。セカンドの登場により変わったのは、タイトル戦の出場者だけではない。この第四百六十七回夏季タイトル戦より、いくつかの新たな試みが始まっていた。

「それにしても暑いですね、クラウス」

「はい。只今《ただいま》、冷たい飲み物をお持ちいたします」

「二つお願いします。ボク、喉《のど》が渇いているんです」

飲み切れなかった時はクラウスが飲んでください、と言って微笑《ほほえ》むマイン。

クラウスは敵《かな》わないなと思いながらも、口角を上げて頷《うなず》いた。


「……ラズベリーベル様って、あんなに強かったんですのね」

「あの美貌《びぼう》で、あの実力で、ご主人様とあんなに親しげで、おまけに聖女様で……」

「嫉妬《しっと》する気も起きねーな」

闘技場の一角、ファーステスト家専用と化した観客席で、使用人たちが盛り上がる。

シャンパーニの畏敬《いけい》を含んだ呟《つぶや》きに、エスとエルが少し呆《あき》れながら返した。

彼女たちは、珍しくセカンドについて話さない。何故《なぜ》なら、話し出すと止まらなくなることを皆知っているからである。各々がご主人様論のようなものを持っており、共感することもあればぶつかり合うこともあるため「この祝うべき時に喧嘩《けんか》をしていたらいけない」と自制しているのだ。

「そっか、パニっちは槍術《そうじゅつ》の前に剣術やってましたもんねぇ。ラズ様の強さをビンビンに感じちゃうわけですね」

「ええ。今のわたくしでも、勝てるかどうか……」

「……え……ぁ……」

「槍《やり》と剣で比べるのはどうなのかなぁ、と申しております」

コスモスの質問に、シャンパーニが答え、イヴとルナが突っ込む。その会話を聞いて、他のメイドたちは「ほう」と感心の溜《た》め息《いき》をついた。シャンパーニとイヴの静かな闘志を感じ取ったのである。つまり二人は、ラズベリーベルと戦って勝てずとも良い勝負をする自信はあるということ。

そこに、驕《おご》りや侮りなどない。これは、凄《すさ》まじい成長と言えた。二人が一足先にタイトル戦へと出場することは、全員が知っている。そしていずれは自分もと、使用人の殆《ほとん》どがそう思っている。だが、果たしてここまでの自信をつけられるかと聞かれれば、頷く者は少ないだろう。

「ところで、今日のコスモスはやけに静かでしたわね？」

「綺麗《きれい》な顔してるでしょう？　漏らしてるんですよ、これで」

「……その綺麗な顔を吹っ飛ばして差し上げますわ」

――一閃座戦終了後、闘技場を後にするやたらと姦《かしま》しい集団があった。ご存知《ぞんじ》、王立魔術学校セカンドファンクラブの面々である。

「尊みが深すぎる」

「それな」

「明日も朝からあるのに今夜眠れそうにないっす」

「今日の興奮で眠れないいし、明日もあるという事実でも眠れない」

「じゃあもうずっと眠れないいやんけ」

「それな」

観戦の抽選を勝ち取った彼女たちは、会員が百人ほどに増えていた。しかし前回ほどの姦しさはない。主要の会員が二年生となり、新たに加入した一年生、つまりはたくさんの後輩が増えたため、少々の慎みを覚えたのだ。

「席が良かったと言わざるを得ない。副会長ほんとすこ」

「アロマ副会長様好き好き大好き」

「現金ね貴女たち……」

セカンドファンクラブの現副会長は、アロマ・ヴァニラという二年生の女子生徒だった。

彼女はヴァニラ子爵家のご令嬢。ゆえに、そのコネと財力を存分に利用し、最前列の席を人数分用意してしまったのだ。

「いやいや現金は払いましたけど、めっちゃ格安でしたから」

「ヴァニラ家ってしゅごい。最前列にうちら百人ねじ込むとか普通考えらんねー」

「……お父様に私とお姉様とで一緒にお願いしたら、たまたま席が空いていたから取っていただけただけよ」

「めっちゃいいパパでワロタ」

「娘に甘すぎる」

「たまたま数千万CL持っててたまたま伝手《つて》があってたまたま取れちゃったんですねわかります」

「控えめに言って神」

タイトル戦の席料は比較的安めに設定されているが、最前列は八日分で十万CLを優に超えている。そして恐らくヴァニラ子爵はその倍額以上支払って百人分押さえている。つまるところ、少なくとも二千万CLはかかっているということ。それを一人当たり一万CLの徴収で提供してしまうのだから、神と崇《あが》められるのも当然である。

「それにしても、あのラズベリーベルって人、なーんか女っぽくないよねぇ？」

「わかりますねぇ！　臭います臭います、なんとなく」

「うん、確かに。女装？　だとしたらアリアリのアリですね」

彼女たちがその嗅覚《きゅうかく》を存分に発揮し、セカンドとラズベリーベルについての妄想を語り合っているとーー突然、進行方向に十人ほどの女性の集団が現れた。

その集団は道を退きそうにないため、ファンクラブの面々は仕方なく迂回《うかい》する。

しかしながら、女性たちは、まるで通せんぼするようにファンクラブの前へと立《た》ち塞《ふさ》がった。

「え？」

何故、邪魔をするのか、全員が理解できない。しかし、その理由は次の言葉で決定的となった。

「大きな顔していられるのも今のうちよ」

「天網座戦《てんもうざせん》、楽しみにしておくことね」

「貴女たちみたいな下品な集団、吠《ほ》え面《づら》かくのがお似合いだわ」

「せいぜい泣いて悔しがりなさい」

そうとだけ言い残し、睨《にら》みつけながら去っていく集団。

ファンクラブの面々は顔を見合わせ、苦笑いする。

「あー、わかっちゃった。プ、リ、ン、ス、天、網、座の……」

「なーるほど……宣戦布告ってわけ」

「聞いた？　下品だってさ、うちら」

「違いねぇなオイ！」

「でもさ……」

「セカンド様は、そうじゃない。でしょ？」

「よくおわかりで」

タイトル戦の舞台とはまた別の所で、熾烈《しれつ》な戦いの火蓋《ひぶた》が切られようとしていた。

◇◇◇

「セカンド殿、防衛おめでとう！」

「せかんど、おめっとーう！」

「イエーイ！　宴《うたげ》じゃ宴じゃあーっ！」

夜。一閃座防衛記念パーティがささやかに（？）開催される。

俺はラズのグラスにワインを注《つ》ぎながら「よっしゃー！」だの「やっふー！」だの、ここぞとばかりに騒いだ。俺なりの盤外戦術である。彼女の意識は既に次のタイトル戦へと向けられているはずだ。ここで煽《あお》り立てておけば、やる気も出るに違いないと思ったのだ。

でも、今のところ全然効いていそうにない。ラズのやつ、何故か俺を見てずっと幸せそうにニコニコしていた。なんだろう、逆に怖いな……。

「しかし、ラズベリーベルはもちろん、レイヴ殿も強かったな。セカンド殿としてはうかうかしていられないのではないか？」

「俺は生まれてこの方うかうかしたことなんてない」

「しるびあ、ぐもん！」

「だな！」

エコにまで言われてちゃどうしようもないな。

「ち、違う、私としてはだな、参加者の著しい成長が気になったのだ。カサカリ殿もヘレス殿もガラム殿も、前回より明らかに実力を伸ばしていた。ロスマン殿は……よくわからないが」

「ああ、そういう。確かに成長していたな。ロスマンは、むしろ一番伸びていた可能性すらある。まあ、誰かさんが酷《ひど》い目に遭わせたせいで微塵《みじん》も実力を出せていなかったが」

「しゃーないやん！　うち、前回の流れとかちっとも知らんねんもん。相手に勝つことしか考えてへんよ」

「いや、非難しているわけじゃない。タイトル戦って、多くの人にとってはそういうものだろうからな。ただ、可哀想《かわいそう》だったなってだけだ」

「まあ、そら同感やけど……」

そう、可哀想で当然。負けた方は、全《すべ》てを失う。半年を、一年を、十年を、そこに賭けた分だけ、全て失う。ただ、その喪失は幸運にも一時的なものなのだ。失ったものは取り戻すべきである。なら、半年後に勝てばいい。それだけのことだ。それだけのこと、なのだが……。

「あいつはやり辛くなったなあ。俺の対策の前に、お前の対策をしなきゃならん」

防衛だけなら一戦。しかし、挑戦者となるには何戦もしてトーナメントを勝ちのぼらなければならない。ラズベリーベルに、レイヴに、成長中の参加者たちに……と、周囲は手強《てごわ》いやつばかり。

来季の一閃座《いっせんざ》戦、あいつにとっては厳しいものになりそうだ。

「通さへんよ。うちの目が黒い限りは」

「だろうなあ」

彼女の壁は厚すぎる。今のままでは、来季の挑戦者もラズで決まりだと確信を持って言えた。

「センパイと愛し合うのは、うちやからな」

次回も、愛ある試合を。この考えが持てないうちは、誰《だれ》も彼女には勝てないだろうから。


「ご主人様、こんなところで横にならずに。明日もあるのですから、部屋へお戻りください」

「んー？」

深夜一時。めでたいこともあり、普段より二杯ほど多く飲んでソファで横になっていた俺を、ユカリが揺すり起こした。

明日もあるって、明日は鬼穿将《きせんしょう》戦だろう？　俺は出ないぞ。

「シルビアだろ？　俺はいい」

「……何か勘違いされているようですが、明日は霊王《れいおう》戦です」

「…………………は⁉」

一瞬で目が覚めた。何故《なぜ》!?

「まさかご主人様、日程を確認されていないのですか?」

「するわけないだろ」

「何故するわけがないのかはさて置き、明日は霊王戦です。第四百六十七回タイトル戦から、より公平を期すため、開催されるタイトル戦の順番が抽選となりました」

「マジか。じゃあ、たまたま最初が一閃座戦だったったってことか」

「はい」

「それは、マインが?」

「ええ、恐らく。加えて最優秀出場者賞・新人賞・敢闘賞・特別賞・名勝負賞が創設されました」

「マジかよ!　いいねいいいねぇ」

流石《さすが》だ、友よ。タイトル戦出場者のことを、そして俺のことをよくわかっている。

「わかった、情報ありがとう。じゃあお休み」

「いや、ですから、自室でお休みくださいと」

「大丈夫大丈夫。俺の出番、午後だもん」

「そういう問題では……」

「それにな」

霊王戦だろう?　多少寝覚めが悪かろうが、心配は何一つない。だって――。

「相手は多分、あいつだ。今ある全力を出して迎え撃つ」

◇◇◇

霊王戦挑戦者決定トーナメント準決勝第一回戦、ビッグホーン対シェリィ。

二人は、既に闘技場中央へと登場していた。

「シェリィのやつ、いつの間にか出場資格を得ていたんだな」

「私も驚いた。最後に会ったのは三冠記念パーティか？　ビンゴの景品が良かったのだろうか」

霊王戦の出場資格は、《魔物召喚》《送還》《テイム》の三つを九段か、《精霊召喚》《送還》《精霊憑依《ひょうい》》の三つを九段のどちらか。シェリィの場合は後者だろう。

風のたよりで、シェリィは丙等級ダンジョン「グルタム」を毎日周回していたと聞いた。しかし丙等級の周回くらいでは出場条件を満たす経験値など稼ぎきれない。つまり、今の彼女の実力は、乙等級周回レベルにまで達しているということ。あのミスリルゴレムにぶん殴られて失神＆失禁していた彼女が、今や霊王戦出場者。なんだか、胸が熱くなるな。

「はじまる！」

エコの声と同時に、審判が試合開始の号令を発する。

ビッグホーンという角の大きな牛獣人のオッサンは、早速《魔物召喚》で魔物を喚《よ》び出した。

「……牛じゃん」「……牛、だな」「……牛、やな」「うし！」

出てきた魔物はスイブルという牛型魔物。牛が牛を使役する……メヴィオン、いいのかそれで。

「――あら～、大きな牛さんね～」

対するシェリィは、いつもの通りに土の大精霊ノーミーデスを《精霊召喚》する。

「テラ、やっちゃいなさい！」「はい～、マスタ～」

ズビシッとビッグホーンを指さして、命令をするシェリィ。テラさんはふわふわとした笑みを浮かべると、ビッグホーンの方へゆっくりゆっくり向かっていった。

そうか、土の大精霊は、火力と防御力においては非常に強力だが、素早さに欠ける特徴があるんだったな。育成していない状態のノーミーデスって、こんなに遅いのか。逆に新鮮だ。

「舐《な》めるな」

ビッグホーンはイラつき気味に呟《つぶや》いて、再び《魔物召喚》を発動する。

そりゃあ、そうだよな。《送還》九段なら魔物は三体まで使役可能。出さない手はない。

「とり!?　せかんど、あれとり!?」

「サバククロウだな。砂漠で出てくる鳥の魔物だ」

「あたしやきとりたべたい！」

「あとで買ってきてやる」

「きゃひーっ」

エコは相変わらず脊髄《せきずい》で喋《しゃべ》ってんな。きゃひーってなんだ。

……しかし、驚いた。この世界の霊王戦、特に魔物召喚戦においては、セオリーがそこそこ知られていそうだ。メヴィオンでは、扱う魔物はパワータイプ・陸上スピードタイプ・空中スピードタイプ、この三種を揃えるのが最もバランスが良いとされている。

ビッグホーンの場合、パワータイプにスイブルを、空のスピードタイプにサバククロウを採用したのだろう。つまり、残るは陸のスピードタイプ。主に猫型か犬型が多いが……。

「ねこ！」

猫型だった。あれは、ボムキャットか。へぇ！　なかなか面白い魔物を選ぶな。魔物自体は弱いが、その考え方は評価できる。

「なんだ、あの猫は。セカンド殿は知っているか？」

「ボムキャット。別名、自爆猫。素早く動いて突っ込んできて自爆する猫だ」

「……いいのか？」

「大丈夫だ。自爆と言っても、ボムキャット自身は〝ガチ瀕〟になるだけさ」

「いや、絵面がだな……」

確かに。

「突撃！」

魔物が出揃《でそろ》ったところで、ビッグホーンが指示を出した。サバククロウが空から、陸からはボムキャットが、その後ろからスイブルが突進してくる。なかなか隙のない連携攻撃。

これをテラさん一人で全《すべ》て防ぎきるのは至難の業だが……さて、シェリィはどうするのか。

「テラ！」「はい～」

名前を呼ぶ、たった一声。それだけでテラさんはシェリィの指示を的確に理解し、行動を始める。

この一体感、もしかすると二人も念話を習得しているのかもしれないな。

「なっ⁉」

シルビアが驚く。

瞬間、ゴゴゴゴ！　と大きな音をたてて、シェリィを囲うように大きな壁がせり上がった。

「トーチカやな」

「ああ、悪くない戦法だ」

テラさんは《土属性・弐ノ型》で、シェリィを塩釜焼《しおがま》のように包み込む。

シェリィの作戦は、どうやら「トーチカ戦法」のようだ。これはメヴィオン時代にもやっているやつがいた、土属性精霊使役者の立派な作戦。シェリィめ、よく独自に発見したものだ。

ビッグホーンは「そんなのアリかよ！」という顔をしている。彼の使役する魔物たちも「え、これどうするん？」というような困惑顔でビッグホーンを振り返っていた。

「シェリィのシェルター。なるほど、シェリターか」

「何を言うとんねん」

流石、本場の呆《あき》れツッコミ。切れ味が鋭い。

「さあ！　思う存分やっちゃいなさい、テラ！」「はい～」

シェリィがシェリターの中から何やら指示を出すが、声がくぐもっていてよく聞こえない。

そう、このトーチカ戦法の欠点は、使役者が外界のことがよくわからなくなるところ。目と耳と引き換えに防御力を得る、といったところか。だが、最大火力がスイブル、すなわち明らかに火力不足のビッグホーンが相手なら、十二分にその効果を発揮するだろう。残念。これではスイブルもサバククロウも、ボムキャットさえ活躍の場がないまま終了だ。

「お逝きなさ〜い」

テラさんはサバククロウに《土属性・参ノ型》を一発お見舞いしてから、スゥーっと他の魔物たちの攻撃が届かない場所まで上昇していく。そして――。

「私だってタイトル戦で伍《ご》ノ型を決めてやるわ！」

またシェリィが何か言っているが、よく聞こえない。

ただ、何を言っているのかは、簡単に予想がついた。

恐らくは、俺が前回の叡将《えいしよう》戦で《雷属性・伍ノ型》を決めたことに対抗して、テラさんにも《土属性・伍ノ型》を決めさせようとしているのだろう。

笑える。ビッグホーン、こりゃ防ぎようがないぞ。シェリィの完全勝利だ。

「くっそぉっ‼」

なんとか躱《かわ》そうとするビッグホーンだが、伍ノ型は非常に広範囲。上空から狙《ねら》い撃ちされては為《な》す術《すべ》がない。しばらくして、テラさんは詠唱を終え、一切の躊躇《ちゆうちよ》なく《土属性・伍ノ型》を無慈悲にもぶっ放した。地面が海のように波打ち、ビッグホーンを魔物たちもろとも呑《の》み込む。その上から岩石が雨あられのように降り注いだ。完全にオーバーキルだな。

「――そこまで！　勝者、シェリィ・ランバージャック！」

シェリィ、決勝進出決定。しっかしこれ、会場の整地が大変だなおい……。

……その後、テラさんの協力もあり、約一時間で整地は終了した。

準決勝第二回戦は、腰まで伸びた長い赤髪の美女エルフ、前霊王ヴォーグ対、爽《さわ》やか犬獣人ドラゴン使いのカピート君。闘技場中央に集まった二人は、向かい合って何やら言葉を交わしている。

「全く。ランバージャック伯のお嬢さん、もっと綺麗《きれい》に戦えないのかしら」

「オレは良い作戦だと思いましたけどね」

「あら、貴方《あなた》なかなかキッパリ言うのね」

「オレも、自分の思うことを思うように言っていこうかなと」

「あの人の影響？　それはとても良いことに思うわ。でもね」

ヴォーグは一拍置いて、口を開く。

「私は、別に作戦が悪いと言っていたわけではないのよ。ただ……」

「ただ？」

「整地に時間がかかっていることが、少し苛立《いらだ》たしかっただけ。悪いけれど、貴方との勝負、すぐに終わらせるわ」

「……流石《さすが》、元霊王。自信満々っすねぇ」

距離を取り、対峙《たいじ》する。

「――始め！」

審判の号令。同時に、カピート君は《魔物召喚》を、ヴォーグは《精霊召喚》を発動した。

「おっ」

俺がまず注目したのはカピート君だ。

あいつ、アースドラゴンだけでなく、別の魔物も《魔物召喚》しようとしている。

「いぬ！　とりも！」

「犬ちゃうわ、狼《おおかみ》や」

「ホノオウルフとカミカゼイーグルだな」

ナイスチョイスと言わざるを得ない。ビッグホーン同様にバランス重視の三種、パワータイプでアースドラゴンを、空のスピードタイプでカミカゼイーグルを、陸のスピードタイプでホノオウルフを採用している。特にカミカゼイーグル、これはボムキャットと同じ〝自爆型魔物〟だ。召喚戦において空から自爆を狙われるのは、なかなかに鬱陶《うっとう》しい。加えて、カミカゼイーグルはボムキャットよりも上位の魔物なので、その威力は決め手になりかねないほどのもの。

いいぞ、隙の少ない布陣だ。しかし……一つだけ欠点を挙げるなら、その属性か。

アースドラゴン、ホノオウルフ、カミカゼイーグル。順に、土、火、風＋火。土属性は火に弱く風に強い、火属性は水に弱く土に強い、風属性は土に弱く水に強い。つまり、火属性で来られると、少し戦い辛そうだ。で……ヴォーグの使役する精霊はというと。

「――おいおい、龍に狼に鷹《たか》かよ。オレの相手には、ちと不足なんじゃねえかぁ？」

火の大精霊サラマンダラ。ガッツリ火属性である。

カピート君、属性までは気が回らなかったのかもしれないな。

使役できる魔物が四体なら、水属性の魔物を入れてバランスを取れるところだが、残念ながら三体が上限だ。なので、水の精霊でバランスを取るしかない。しかし半年で《精霊召喚》を上げて精霊チケットを手に入れて運良く水属性精霊を召喚できるかというと、カピート君には難しいだろう。出た精霊の属性に合わせて魔物を入れ替える方が現実的だ。

「お黙りなさい、サラマンダラ。最初から全力で行くわ」「はいよ、お嬢さん」

ヴォーグはサラマンダラに指示を出すと、三歩後退した。

「へぇ！」

俺は思わず感心の声を出す。ヴォーグのやつ――《魔物召喚》するつもりだ。

「む……ドラゴン、か」

「決まったな」

残念だが、ヴォーグの勝ちだ。ヴォーグが《魔召喚》したのは、アクアドラゴン。水属性のドラゴンだ。属性の不利有利はないため、カピート君の使役するアースドラゴンとは互角の勝負を繰り広げる。そこに、サラマンダラが加わるとなれば……正直言って話にならない。

……カピート君には辛い敗北だろうな。ヴォーグのアクアドラゴン召喚で、彼のドラゴンテイマーというアイデンティティが尽《ことごと》く潰《つぶ》された形となる。その上ヴォーグは火の大精霊サラマンダラを使役しており、加えて【剣術】【体術】【槍術《そうじゅつ》】【魔術】も上げていてステータスが高いと来たもんだ。誰《だれ》がどう見ても、完全に劣ってしまっている。

「そ、そりゃあ……ズルいっすよぉ、ヴォーグさん」

ほら見ろ。カピート君の犬耳が萎《しお》れてる。

まあ、仕方がない。タイトル戦ってのは往々にしてそういうものさ。いいんだ、気にするなカピート君。今夜の霊王《れいおう》防衛記念パーティで慰めてやるから。

「なあ、ところでセカンド殿。昨日《きのう》からアカネコの姿が見えないのだが」

決まった、と俺が口にしてしまったせいか、それともシルビアもそう思ったのか、試合が終わる前から雑談タイムが始まった。おいおい、そんな試合中にお前――。

「ギャアーッ！　どうすりゃいいんすかこれぇー!?」

……うん、これは決着まで見てやらない方がカピート君のためかもしれない。ありゃ、どう足掻《あが》いたって無理だ。俺でもあの布陣で勝つのは難しい。

「アカネコは刀八ノ国《とうはちのくに》の友人と行動を共にしてるぞ。なんせ数か月ぶりの再会だ、積もる話もあるんだろう」

「ほう、島の友人か……女のニオイがするなぁ？　セカンド殿」

ぎくっ。やべぇ、シルビアだけならまだいいが、ユカリに感付かれるとマズい。寝不足必至という意味で。ここは、話を逸《そ》らそう。

「刀八ノ国の面々はこれまで当日だけ参加して表彰式も無視して早々に帰っていたらしいが、今回は全日程を観戦するし表彰式にも出るらしいぞ。凄《すご》い変化だな」

「セカンド殿がそうさせたのだろう？」

「そうだ。ついでにホテルの部屋とか全《すべ》て準備してやって、うちのメイドの案内まで付けた」

「至れり尽くせりだな。そんなに大事な女がいるのか？」

……ちゃ、ちゃうねん。

「あいつらに、来てよかった、観てよかったと思わせたい。毘沙門《びしゃもん》戦はこの夏から生まれ変わる。その門出に相応《ふさわ》しい最高の舞台にしたいんだ」

「本音は」

「めっちゃ美人な年上の女がいてさあ」

「この浮気者ーっ！」

口が滑った。

「冗談だ、冗談」

「冗談ではない！　わ、私はセカンド殿の、こ、こい、こいび……～なわけだからっ！　嫉妬《しっと》だってするぞ！　モテるのはわかるがほどほどにしろ馬鹿者！　浮気者！」

「ほどほどならいいのか……」

「これ以上増やすなと言っているのだ馬鹿浮気者っ！」

今のは失言だったな。

「ごめん」

「……うむ。わかってくれたのなら、いい。私の方こそ怒鳴ってすまない」

思えば、シルビアとは、恋人らしいことを全然できていない。俺は世界一位を第一に優先しているが、シルビアはもっと恋人らしいことをしたいのだろう。それは接していてなんとなくわかる。

だが、俺の悲願をわかっているからこそ、彼女は俺の前ではそんな素振りをあまり見せない。

何度も思うが、いい女だ。ちょっと口うるさいが、こんないい女、他にいない。

もう少し、大切にしてやらないとな……。

「――そこまで！　勝者、ヴォーグ！」

それはさて置き、試合が終わった。あっと言う間だ。試合時間は五分足らず。カピート君的には逆に短くて助かったというところだろうか。

二人とも以前と比べて確実に成長していたが、その度合いはヴォーグの方が圧倒的に大きかったな。単純な戦力の差が出てしまった勝負だった。

しかし……ヴォーグの戦い方、少し急いでいるように見えたが、気のせいだろうか。

もしかしたら、何か狙いがあるのかもな？　なんとなく、そんな気がする。

◇◇◇

霊王戦、挑戦者決定トーナメント決勝。シェリィ対ヴォーグの試合。

闘技場中央で決闘冠を確認した二人は、そのまま一言も交わさずに位置へとついた。

出場者用観戦席にまで伝わってくる緊張感、これもまたタイトル戦の醍醐《だいご》味《み》と言える。

「ピリッとしとるなぁ」

「うむ。会話する余裕すらないということか」

ラズの呟《つぶや》きにシルビアが反応する。そうだな、当たっている。片方は。

「いや、シェリィはそうかもしれんが、ヴォーグはそうじゃない。あいつ、多分ね、挨拶《あいさつ》する時間すら惜しいんだ」

「時間が惜しい？」

「ああ。冬季の、たったあれだけの情報でよく気付けたものだ。どうやら、あんこ対策を練ってきたらしい」

「……なるほど、陽光か」

ヴォーグは、明らかに気が急《せ》いている。カピート戦の時も、そして今も。それで俺は察することができた。彼女……余程、日没が、あんこが怖いのだろう。

「――ねぇ、ちょっと、あんた！」

不意に、流れをぶった切る大声が響く。シェリィだ。ヴォーグを指差して、挑戦的な笑みを浮かべている。あいつ、審判の号令の前に、啖呵《たんか》を切るつもりだろうか。

「あんた？　……私ですか？」

「そうよ。あんた以外に誰がいるっていうのよ」

「いえ。しかし、あんまりな呼び方だったもので」

前霊王を「あんた」呼び。いやあ、まあ流石に酷《ひど》いな。

「余裕がないだと？　前言撤回だ……」

シルビアが頭を抱えながらそう呟いた。

だろうな。あれじゃまるで「世間知らずの伯爵令嬢」だ。いや、前は実際にそうだったが。

「余裕ぶっこいてるところ悪いけれど、この勝負、私が勝つわ」

「大した自信ですね」

「勿論《もちろん》よ。この半年、本当に死ぬほど努力したんだから！」

「へぇ……そうですか」

シェリィのわかりやすい挑発。ヴォーグは淡々と返し、最後に一言だけ口にする。

「そういうことは、百年努力してから言いなさい。お嬢ちゃん」

これ以上ない切り返し。シェリィは思わず閉口した。

「互いに礼！」

ここでタイムリミットだ。

挑発して有利に試合を進めようと目論《もくろ》んだシェリィの狙《ねら》いは、裏目に出たと言えるだろう。

「構え——始め！」

審判による号令が響く。同時に、二人は《精霊召喚》を発動した。

「——よぉ。久しぶりだな、土女《つちおんな》」

「——あら〜。お久しぶりね、赤わかめ君」

火の大精霊サラマンダラと、土の大精霊ノーミーデス。どうやら知り合いのようだ。罵《のの》り方のセンスはテラさんに軍配が上がるが、属性は火が有利で土が不利。シェリィには厳しい要素だな。

「テラ！」「はい〜」

おっ、シェリィは早速トーチカ戦法のようだ。テラさんの《土属性・弐ノ型》がシェリィを見るうちに包み込んでいく。

「サラマンダラ、ノーミーデスを狙《ねら》いなさい」「はいよ、っと」

対するヴォーグは、属性有利を活かしてテラさんを押さえ込む作戦か。そして、その隙に……。

「アクアドラゴンと、あれは……ウィングサレコウベに、ヨロイボアか」

「陸パワー・空スピード・陸パワー。随分と偏っとるなぁ」

《魔物召喚》。やはり、と言うべきか。ヴォーグは魔物をしっかり三体テイムしていた。大きな水属性のドラゴンに、空飛ぶ翼の生えた頭蓋骨《ずがいこつ》、これまた大きなゴツいイノシシの三体だ。

ラズの言う通り、かなり偏ってはいる。だが、それもまた作戦のうちなのだろう。

「一斉攻撃」

ヴォーグの指示で、魔物たちが一斉にシェリターへと突撃する。

なるほど、だからパワータイプが二体もいると。つまり、ヴォーグはシェリィがトーチカ戦法を使ってくることを予《あらかじ》め見抜いていたってわけだ。素晴らしいね全く。

「あらら、マスタ～」

「おっとぉ、行かせねぇぞ」

テラさんはサラマンダラの妨害でシェリィを助ける余裕がない。シェリィは土の壁で外の様子がよくわからない。こりゃあ、早くも決まったか……？

「きゃあっ！」

アクアドラゴンとヨロイボアによる強烈な体当たり。たったの二発で、シェリターはシェリィの叫び声とともに跡形もなく破壊されてしまう。

大ピンチだな。召喚術師の弱点は、自身にある。目の前の二体の魔物に生身で勝てるのなら話は別だが、シェリィにそんなゴリラじみたステータスはないだろう。

「くぅっ……！」

「ハハハ！　オレに勝てるワケねぇーだろうが！」

直後、テラさんがサラマンダラの火属性魔術を喰《く》らい、地面へと落下した。

「テラ！　そんな、どうすれば……っ」

シェリィ、いよいよ絶体絶命。

「決めなさい」

ヴォーグは嘆いている暇すら与えずに、最後の命令を下した。アクアドラゴンとヨロイボアが、シェリィへと左右から迫る。躱《かわ》すことも防ぐことも難しい挟撃だ。

「う、嘘《うそ》、いやあああーっ！」

勝敗は、決した――――と、誰《だれ》もがそう思っただろう。

「……なーんちゃって」

取り乱していたはずのシェリィが、ぺろっと舌を出して笑った。

「‼」

瞬間、ヴォーグは飛来する一体の魔物に気付いたことだろう。トーチカが破壊された瞬間の土煙に紛れ、シェリィが密《ひそ》かに《魔物召喚》していた鳥型魔物——ドシャバードに。

「策士やなぁ、シェリィはん」

「演技上手《うま》いなあいつ」

全《すべ》て布石だったのだろう。この一瞬のためだけの。

魔物を使役している素振りすら見せず、世間知らずの伯爵令嬢だと侮らせ、あえて言い負かされ、あえて大きな悲鳴をあげ、最後の最後まで徹底して油断を誘っていた。

ドシャバードは土と砂のような色と模様をした鳥型の乙等級魔物。崩壊するシェリターの破片に紛れるには持ってこいである。ヴォーグの発見がギリギリまで遅れたのは、油断だけでなくそこにも要因があっただろう。加えて、ドシャバードは十分に奇襲たりうる攻撃力を有している。無視はできない。アクアドラゴンとヨロイボアによる突進と、ドシャバードによる突撃。どちらが先に届くかはハッキリしていた。ドシャバードの方が、距離も近く、スピードも速い。奇襲は成功している。ヴォーグは対応せざるを得ない。

……あのシェリィが、こんな泥臭い戦法に出るなんて。俺は俄《にわ》かに感動を覚えた。

出会ったばかりの頃《ころ》の彼女は、プライドばかりが高い温室育ちのご令嬢だったはずだ。これは、あの頃の彼女ならば絶対に考えられないだろう、泥臭い作戦。見栄えなど微塵《みじん》も気にしない、プライドを捨て切って、ただただ勝ちに行く作戦。

成長している。スキルやステータスだけではなく、その内側も、ハッキリと。

「失礼……貴女も、勝負師でしたか」

だが、届かない。ヴォーグは想定していたのだろう。シェリィが魔物を使役していることも、トーチカの破壊に乗じて《魔物召喚》することも。いや、あの口振り、半信半疑で保険的に準備していたのかもしれない。

ヴォーグは、ウィングサレコウベを攻撃に参加させたフリをして自身の遥《はる》か頭上の空中に待機させていた。シェリィが「世間知らずの伯爵令嬢」ではなく「勝負師」だった時の保険として。

彼女もまた成長している。「わかったつもりになるな」という俺の生意気な説教を素直に聞き入れ、あらゆる可能性を考慮し対策を立てていたのだ。

「っ――――!」

上空から恐るべき速度で落下してきたウィングサレコウベによって、突き刺さるような体当たりを喰らったドシャバードは、弾き飛ばされてふらふらと勢いを失う。

シェリィの切り札は、いとも簡単に無効化されてしまった。

「……あーあ、残念」

アクアドラゴンとヨロイボアの突進を受ける寸前、シェリィが口角を上げながら呟く。

あの表情、あの言い方。あいつ残念なんて言っておきながら、ちっとも悔しくないのだろう。

あいつはわかっているのだ。脅かすのは、自分の方だと。今後、脅かされるのは、ヴォーグの方なのだと。初出場でここまでできるのなら、確かに大したものだ。以降、この成長ペースを維持できれば、ヴォーグと肩を並べる日はそう遠くない。何故《なぜ》なら、メヴィオンは強くなればなるほど経験値を稼ぎ難《にく》くなる。苦しむのはいつだって、上に立つ者の方だ。

だからこそ、シェリィは必要以上に悔しがらない。次に、その次に、そのまた次に、まだまだ賭《か》けることができるから。

「――そこまで！　勝者、ヴォーグ！」

試合が終わる。ヴォーグにとってはこの勝利、あまり嬉《うれ》しくないだろうな。

勝って当然の一戦だ。しかし、最後の最後に、拭《ぬぐ》いようのない不安を植えつけられた。

これまで彼女は、霊王《れいおう》として頂に立ち、ずっと戦ってきたことだろう。時には危ない場面もあったはずだ。だが、ここまでヒヤリとさせられたことは、一度もなかったんじゃなかろうか。

タイトル戦出場者たちの戦い方が、変わりつつある。そう感じているんじゃなかろうか。

「…………」

彼女が見据えるのは、俺一人だけ。だが、勝たなければならないのは、他全員。

悔しくて悔しくて、悔しくて堪《たま》らなくて、再び霊王へと返り咲くために、死ぬ気で努力して、実力を何倍にも伸ばし、俺へと挑んでくる。ヴォーグのその頑張りは、想像に難くない。

だが、実力を伸ばしたのは、ヴォーグだけではないのだ。周りにいる全員が、あの手この手で勝ちに来る。その熾烈《しれつ》な競争を、お前は余裕の表情で勝ち続けなければならない。

わかるぞ。土煙の中から飛び出してきたドシャバードを目にした瞬間の、心臓の収縮、赤熱する脳、噴き出る汗、震える喉《のど》奥。

その恐ろしさは、日に日に強くなる。日に日に増していく。

不安を乗り越えなければならない。不安に打ち勝たなければならない。

お前にとっての本当の霊王戦は、今日、始まったばかりなのだ。

それを、シェリィが教えてくれたな。

「盛り上がってきた」

冬季より、格段に。これからは、もっともっと盛り上がる。出場者も増えるだろう。皆、何倍も何十倍も強くなるだろう。そして、いずれは……なんて、そう思うことだろう。

「冗談じゃない」

不安を乗り越え、不安に打ち勝つ。俺とて、同じ。

だから「何やったってこの人には敵わない」と、全員に思わせる。

全力だ。何一つ出し惜しみしない、全力。半年の努力など一息で吹き飛ばすように、二度と挑もうなどと思わせないように、徹底的に、叩《たた》き潰《つぶ》す。

それでも……それでも、半年に全てを賭けて挑んでくる者こそが、俺の不安を悦楽へと昇華させてくれる好敵手となり得るのだ。

ラズ以外のやつら、果たして俺を愛してくれるだろうか？

「……行くか」

一次試験を突破して、俺をちょっぴり不安にしてくれた皆さん、オメデトウ。

さあ、二次試験の、ハジマリハジマリ――。

◇◇◇

「お久しぶりね、セカンド三冠」

「ああ」

およそ半年ぶりだ。ヴォーグ前霊王、彼女の成長は目覚しいものがある。

恐らく、火の大精霊サラマンダラだけでは俺に太刀《たち》打《う》ちできないと考えたのだろう。ゆえに《魔物召喚》を上げ、魔物を三体揃えてやってきた。見るからに勤勉な彼女のことだ、その他のスキルもランクアップさせ、ステータスを底上げしているに違いない。

……たった半年で、たった一人で、ここまでの準備をしてくるのか。

素晴らしい。前回、俺の抱いた期待、出場者の中で一番「ある」かもしれないと感じたその素質は、気のせいではなかった。

いいぞ。いい感じで不安になる成長具合だ。今のままでは勝負にすらならないだろうが、二年先三年先となると、本当にわからない。

だからこそ、ここで木っ端微塵に叩き潰す必要がある。こいつとなら、勝敗を度外視してでも楽しい試合がしたいと、そう思えるようなプレイヤーに育成していかなくてはならない。

まだまだだ。まだまだ半年に賭ける力が軽い。体重が乗り切っていない。

もっと重く、もっと強く。ヴォーグにはそれができる。俺はそう思う。

「悪いが圧勝する」

「あら、大層な自信ね？」

「自信じゃない、単なる事実だ」

「……？」

ヴォーグは首を傾《かし》げている。本当に俺が何を言っているのかわからないようだ。

そんなはずはない、と自己暗示をかけているのかもしれない。

現在は昼間。彼女は恐らく見抜いている、暗黒狼《あんこくおおかみ》が陽光に弱いと。だとすれば、俺はアンゴルモアしか召喚できない、つまりサラマンダラと魔物三体を使える自分が圧倒的有利であり、そんな戦力差でどうやって圧勝するというのか……なんて、考えているのかもな。

人間の心とは、不思議なものだ。時としてその安寧を保つため自動的に働く。冷静に考えれば気付けるものを、どうしたってこう思ってしまうのだ――「格上にこれ以上の成長はない」と。

馬鹿が。ヴォーグ、俺はこの半年で、お前の何倍も成長した。出場予定のタイトル戦を見ればわかるはずだ。【糸操術】【体術】【槍術《そうじゅつ》】【杖術《じょうじゅつ》】【抜刀術】を全て九段にしたんだ。元からそこそこ上げていたわけではない。ゼロから全て覚え、16級から九段に上げたんだ。加えてレイスと阿修羅《アスラ》もテイムしている。

半年前、お前が戦って負けたクソほど強い俺は、この五種のスキルについて全く覚えていない状態の俺なのだ。

……恐怖を捨てなければならないぞ。自分に都合よく考え、そうであってほしいという願いを無意識に反映させてしまう、お前の中の恐怖心を。

そのためには、どうなるべきか。もう、わかるよな？

「俺が圧勝する。お前は完全敗北する。お前は最も怖いものを見ることになる」

恐怖心を麻痺《まひ》させろ。最大の恐怖を味わうことで、それ以下の恐怖を恐怖とすら思えないようにすればいい。俺はそうしてきた、お前もそうするといい。

「ふふっ。流石《さすが》、三冠は仰《おつしや》ることが一味も二味も違うわね」

ああ、その顔、過去に何度も見たことがある。

まだ純朴な頃《ころ》の顔。その尽くが見ていられないほど歪《ゆが》むこととなった。

「互いに礼！　……構え！」

始まる。夏季霊王戦が。彼女にとっては、悪夢のような時間が。

「――始め！」

審判の号令と同時にヴォーグは《精霊召喚》を、続けざまに《魔物召喚》を行う。

「（待機）」「（御意）」

俺はというと、《精霊召喚》だけを行い、即座に念話で指示を出して、アンゴルモアを空中で待機させた。

「圧勝するのではなかったのかしら？」

「…………」

「張り合いがないわね。ではこちらから参ります」

ヴォーグは挑発しながら、アクアドラゴンとヨロイボアを俺めがけて突進させる。ウィングサレコウベは彼女の頭上で待機、サラマンダラはアンゴルモアが動き出した時に備えて迎撃の準備をしているようだ。なるほど、隙の少ない連携攻撃。攻めにも受けにも優れた配置。突破性も柔軟性もある。攻めの初手としては申し分ない。

「さあ、圧勝してみせなさいな！」

攻撃開始と同時に、ヴォーグが更なる挑発を放つ。作戦としては悪くない。悪くないが……。

「……圧勝してみせよう」

圧勝とは何か。彼女は、それをまだ知らないようだ。

圧勝ってのは、お前が思っているような、そんなに華やかなもんじゃない。むしろ。

圧勝――。

それは、たったの一撃で相手を葬り去り勝つことか？　いいや、違う。

誰《だれ》も見たことのないような天才的な技で勝つことか？　いいや、違う。

大人が子供を甚振《いたぶ》るよう徹底的に苛《いじ》めて勝つことか？　いいや、違う。

――圧勝とは、圧倒的な勝利。圧倒とは、全《すべ》てにおいて勝ること。

相手に何もさせないで勝つのではない。相手に何もかもを出し尽くさせ、その全てを上回り勝つのだ。相手がこれまで積み重ねてきたありとあらゆる全てを真正面から否定する。すなわち、全否定。それが圧勝なのだ。

「来い、ミロク」

《魔物召喚》。現れたのは、人間形態のミロク。俺は出現と同時に迎撃指示を出した。

右方のアクアドラゴンへ、ミロクを向かわせる。そして、左方のヨロイボアへは、俺自身を。

「主《あるじ》、斬ってもよろしいか」

「よろしい」

「……恐悦至極に存ずる」

ざわり――と、背に観客のどよめきを感じた。

ミロク、つまり阿修羅が見たこともない魔物だからだろう。もしくは、魔人だからか。ないし、〝刀〟を腰に携えているからか。それとも、俺があんこ以外に魔物を使役しているのが意外だったのか。まあ、そのいずれかだろう。

「――日子流《ひるこ》、七雲《ななくも》」

ミロクはなんだかカッコイイ技名を口にしながら、《金将抜刀術》を発動した。

凄《すさ》まじい技巧だ。今、何回フェイントを入れた？　七回か？　あれでは瞬時に金将が来ると見抜けない。足の運び方も文句の付けようがないほど素晴らしい。前進しているようで後退しながらスキルの準備時間をギリギリまで引きつけつつ回避不可能なタイミングまで誘い込んでいる。

「ああ」

日子流。そうか、０ｋ４ＮＮ《オカン》さんの……。

「おっと」

忘れていた。俺はヨロイボアの相手をしなければならない。それも、スキルなしで。

ただ、何も問題はない。今更、乙等級程度の魔物、相手になるはずもないのだから。

「ヘイ、パス」

突進を躱《かわ》しながら、軽くヨロイボアの角に手を添えて、くるりと一回転。

その勢いを更に加速させながら、ミロクの方へとぶん投げる。

「承知」

《金将抜刀術》のカウンター効果でアクアドラゴンをダウンさせたところへ追撃しようとしていたミロクが、俺の放り投げたヨロイボアを目にして、一つ頷《うなず》いた。

「刮目《かつもく》せよ。弥勒《みろく》流奥義、龍華一閃《りゅうげいっせん》」

ミロクは即座に納刀し移動、間髪を容れずに《龍馬抜刀術》を準備し、アクアドラゴンとヨロイボアが有効範囲に重なる瞬間を待つ。

《龍馬抜刀術》は、全方位への範囲攻撃。二体同時に仕留めるには御誂《おあつら》え向《む》きのスキルである。

しっかしまた難しい技を……ヨロイボアから先に一体ずつやればいいものを、二体まとめて始末しようとは。ミロクのやつ、観衆の前だからって張り切ってやがるな。

「な、あっ⁉」

ヴォーグが情けない表情で情けない声を出す。

ミロクのたった一発の《龍馬抜刀術》で、アクアドラゴンとヨロイボアが致命傷を受けた、すなわち気絶《スタン》してしまったからだ。

乙等級の魔物を二体まとめて葬る。それも、たったの一撃で。誰が見ても「ミロクには常軌を逸した攻撃力がある」と理解できたことだろう。ヴォーグも、嫌でも理解させられたはずだ。

それでも勝負は終わらない。ましてや降参など、前霊王ができるわけもない。

「待機」「承知」

ミロクを待機させる。さあ、次は何で来る？　ヴォーグ。

お前の手持ちはサラマンダラとウィングサレコウベのみ。加えて、お前自身か。

ほら、出してこい、お前の全てを。一つ一つ、丁寧に潰してやるから。

「くっ……！」

ヴォーグは険しい表情で、ウィングサレコウベに攻撃指示を出した。

直後、サラマンダラが不自然に前進する。

「（肆《し》ノ型）」「（フッハハッ！　御意！）」

なるほどだな。普段の俺なら阻止するところだが、今回はあえて受け切る形で対応しよう。

「喰《く》らいな！　オレの火はアッチィぜぇ！」

《火属性・弐ノ型》で、広範囲に火を撒《ま》き散《ち》らしてくるサラマンダラ。それを目眩《めくら》ましに、遥《はる》か上空からウィングサレコウベが高速で落下してくる。

本来なら火力のあるサラマンダラがメインとなるべきところを、あえて反対でやってくるという、なかなかに気付き難い上手な戦術だろう。

「ぬるいッ！　ひれ伏せ、サラマンダラァ！」

ただ、攻めとしては手ぬるい。だからといって、受けの手は微塵《みじん》も抜かない。

サラマンダラが前進した時分から準備を始めていたこともあって、アンゴルモアはサラマンダラの弐ノ型の発動に被《かぶ》せるようにして《雷属性・肆ノ型》を発動できた。

「何ぃ⁉」

予想していたのか、という顔で驚くサラマンダラ。

まさか。予想していたのではない、備えていたのだ。肆ノ型は、考えられる対応手段の中で最も準備時間のかかるスキル。ゆえに先走りで準備を始めておいただけのこと。別の対応を求められる攻撃が来た場合、肆ノ型をキャンセルして準備すればいい。

「きゃっ！」「ぐおぉっ！」

発動直後、荒れ狂う肆ノ型の雷撃がサラマンダラの放った炎を跡形もなくかき消した。

「――日子流、七千矛《なちほこ》」

それとほぼ同時に、ミロクが空から飛来したウィングサレコウベを《飛車抜刀術》で迎撃する。

凄《すげ》ぇ。天高くから落下してきた米粒に針を刺すような、正確無比の一撃。立ち位置を少しずつ調整しながら限界まで溜《た》めを入れることで、素早さ・鋭さ・命中率・火力、全てを調和させている。並大抵のテクニックではない。

ミロクめ、やはり普段より多めに張り切っている。大舞台だからってシャカリキだな。

「あっ……ぁ……」

さて、ウィングサレコウベも気絶《スタン》した。残るはヴォーグとサラマンダラのみ。ということは、《精霊憑依《ひょうい》》で逆転を狙《ねら》ってくるしかないだろう。

「……っ！　サラマンダラ、憑依なさい！」「オウ、やったろうじゃねぇか！」

そうだ。良い闘志だ。冬季の俺ならば、ヴォーグの闘志に敬意を表し、ミロクを《送還》して、アンゴルモアを憑依させ、一対一で殴り合っただろう。

「前半はボロボロだったけどぉ、それでも立ち向かっていったヴォーグさんはとっても勇敢でぇ、最終的にはいい勝負になったね、ナイスファイト！　あたし思わず泣いちゃいました～」……なんて、メヴィオンＴＶに何故か毎回呼ばれるメヴィオンのメの字も知らない頭ゆるゆるな巨乳のタレントが媚《こ》びへつらいながら言いそうな展開になったことだろう。

……そうはならない。夏季の俺は、そんなに甘くない。否、かつてない辛《カラ》さで受ける。でなければ、圧勝にはならない。

「行くわっ――――！」

全身を紅《あか》く燃やしながら、腰まで伸びたワインレッドの長髪をゆらりと浮き上がらせ、空気が揺れるほどの闘気を放出するヴォーグ。

彼女のゴツいステータスで《精霊憑依》を行ったのだ、それ相応にぶっ飛んだ数値にはなっているはずである。ゆえに、まだ勝機はあると、彼女はそう思っているのだろう。

最後の望み、唯一の希望。勝っても負けても全てをここに賭《か》けてやるという不退転の覚悟だ。

「お願い、届いて……っ！」

これまで積み重ねてきた全ての思いを込め、ヴォーグは駆け出した。

……その、なけなしの思いさえ、俺は否定する。

届くわけがないのだと。そんな付け焼刃の半年間では、掠《かす》りすらしないのだと。

「弐ノ型」「御意」

「龍王抜刀術《りゅうおう》」「承知」

アンゴルモアへの指示。直後、《雷属性・弐ノ型》が俺の目の前へバリケードのように出現し、ヴォーグの行く手を遮った。俺の隣では、ミロクが《龍王抜刀術》を溜めている。非常に強力な範囲攻撃。溜めるほど、その威力は増す。

「……っ‼」

雷撃が収まった頃《ころ》、ヴォーグが目にしたものは……《龍王抜刀術》フルチャージのミロク。

この状況――まさに必至。どう足掻《あが》こうと、ヴォーグを待ち構えるは、敗北の二文字。

「…………」

沈黙が流れる。普段の俺ならば、少しの間も置かずにミロクへと発動を命じていたことだろう。そうして《龍王抜刀術》をエサにし、俺自身を狙ってきたヴォーグへのカウンターを準備し、鮮やかに勝利するだろう場面。

しかし、そんな甘いことはしてやらない。ここは、ガッチリと、盤石の構えで受ける。気の遠くなるような鉄壁の守りを固める。つまりは、受け切って勝つ。目指すところは圧勝なのだ。勝負になど出てやるものか。

ゆえに、待機だ。ヴォーグが仕掛けてきたその瞬間、もしくは《精霊憑依》が解除された時の、絶対に躱せない一瞬でのみ、ミロクに《龍王抜刀術》の発動を指示する。

それ以外の場合は、待機。いくら時間がかかろうと待機する。ほんの僅《わず》かな隙も見せず、ほんの欠片《かけら》の勝機も与えず、完全に、安全に、圧倒的に、勝利するために。

「…………」

ヴォーグは何もできず、ただ立ち尽くしていた。

いいや、できること全《すべ》てをやり尽くした結果、できることがなくなったと言うべきか。

攻め入ることも、立ち向かうことも、喋《しゃべ》ることも、聞くことも、勝ちに行くことも、負けを認めることもできない。

何もできない。何故《なぜ》なら、できることを全てやって、全て駄目だったのだから。

彼女の持つ全てが、俺に圧倒的に劣っていると、一つずつ確と証明されてしまったのだから。

「………………」

そうだ、その顔だ。悔しくて、悲しくて、どうしようもなく惨めで、いっそ死んでしまいたくなるような、その最低の気持ちだ。

自分の全てを否定される恐怖を、死にほど近い惨敗の苦痛を、心の底から味わうんだ。

そして、ヴォーグ。俺を怨《うら》んでくれていい。お前は、それでも這《は》い上がれ。

どうか、どうか、この艱難辛苦《かんなんしんく》を突破してほしい。そうしたら、きっと。

「……あ……」

茫然《ぼうぜん》としたまま五分が経過し、ヴォーグの《精霊憑依》が終了する。

刹那《せつな》、ミロクの右手が、その腰の刀を抜き放ち——。

「──そこまで！　勝者、セカンド・ファーステスト霊王《れいおう》！」

俺の防衛が、確定した。

◇◇◇

「奪還ならず敗北に終わってしまいましたが、今のお気持ちは！」

「大きな差があったように思われますが、原因はなんだとお考えですか！」

「次回に向けての抱負がありましたらお聞かせください！」

夏季霊王戦が終わるやいなや、ヴォーグは控え室へと至る通路で、大勢の新聞記者から取材を受ける。半年前の彼女は、彼らを無視する余裕がまだ残っていた。しかし、現在の彼女は……。

「たまたま作戦が噛《か》み合わなかったのよ。サラマンダラがもっときちんと動けていたら結果はわからなかったわ。私、この半年、ちょっと忙しかったから、次はしっかり準備して挑みたいわね。でも彼、とても性格悪いから、きっと私にだけ勝てるような意地の悪い作戦を立ててくるんじゃないかしら？」

言い訳と中傷が、口を衝《つ》いて出る。

仕方がない、と言えた。事実を語るならば「全てにおいてセカンドに劣っていたから」としか答えられない質問。そんな惨めな言葉など、元霊王のプライドが許すはずもない。

彼女の精神状態はギリギリだ。聡明《そうめい》だったはずの彼女は、今やその嘘《うそ》が自分の首をじわじわと絞めていることにさえ気付けない。

百年の努力を全否定されたのだ、当然である。むしろ彼女は、驚くほど強かった。この強さを、セカンドは見抜いていたに違いない。ゆえに、彼女をここまで粉微塵《こなみじん》に潰《つぶ》したのだ。

「セカンド来るぞ！」

ヴォーグを囲んで盛り上がる取材陣が、慌てて走ってきた記者の報告で一気に静まる。

直後、闘技場側のドアを開けてセカンドが通路に入ってきた。

「セカンド三冠！　防衛おめでとうございます！　今のお気持ちは！」

「これで二冠目の防衛となりましたが、三冠目への意気込みは！」

「今季は何冠獲得されるおつもりなのでしょうか！　お聞かせください！」

記者たちは一気に移動する。ヴォーグに対して感謝の言葉すらなく。

ついには、ヴォーグの前から一人残らず記者がいなくなった。

「なんなのよ……」

惨め。この一言に尽きる。ヴォーグは立ち去ることすら忘れ、取材陣に囲まれるセカンドをただぼうっと眺めることしかできなかった。

「ん？　おい、お前らヴォーグにも取材したのか」

すると、そんなヴォーグの様子に気付いたセカンドが、記者たちへと逆に質問を投げかける。

「え、ええ」

「どんな取材だ」

「その、敗因などについて」

「冗談だろ？」

「え？　いえ……」

一瞬にして、空気が冷たいものへと変わった。皆、感じ取ったのだ。怒っている——と。

「ヴォーグに取材したやつ、正直に手を挙げろ」

セカンドが言うも、誰《だれ》も手を挙げない。

……否、一人だけ、恐る恐る手を挙げる記者がいた。

「お前は」

「ヴィンズ新聞です」

「ああ、あの」

セカンドは一つ頷《うなず》き、そして周囲の記者を見回す。

「お前はどんな質問をした？」

「……申し訳ありません、どうやら聞き違えていたようです。誰も手を挙げないものですから、私はてっきり取材していない者が手を挙げるのかと」

瞬間、記者たちは「やられた！」という顔をする。

事実、ヴィンズ新聞はヴォーグに対して取材をしていない。何故なら編集長からＮＧが出ていたからだ。挙手をしたこの記者は、編集長から指示を出された当初はその理由を理解していなかったが、つい先ほど、全てを理解した。セカンドが怒るからだ、と。であれば、他の新聞社を出し抜く好機。上手《うま》く機転を利かせ、見事、この場にいる記者全員をハメたのだ。

「そうか。じゃあヴィンズ新聞以外のやつらは帰れ」

「…………」

「何してる。早く帰れ」

「…………」

記者たちは困惑するばかりで、動かない。

「なんだよ、何か文句があるのか？　お前らはヴォーグに取材したんだろう？　そんな配慮のないやつらに用はない。ここにいたって目障りなだけだから早く帰れと言ってるんだ」

セカンドは一から説明するように言う。記者たちは今更「取材していません」と嘘は言えなかった。後ろでヴォーグ本人が見ているからだ。

「構いませんが、何を書かれても文句は言えませんよ」

人垣の中で、記者の誰かがそんな捨《す》て台詞《ぜりふ》を口にした。それはセカンドに対する脅しのようなもの。しかし、当のセカンドは「はいはい」と気にも留めない様子。

そして、ヴィンズ新聞の記者が、ぼそりと呟《つぶや》く。

「あーあ」

そう、あーあ、である。彼は知っているのだ。ほぼ間違いなく、あの新聞社へあの恐ろしい軍師が訪ねることになるであろうと。不満げな表情で去っていく記者たちを見ながら、そんなことを考えていた彼は、小さく勝者の笑みを浮かべた。

「さて、じゃあ聞こうか」

「はい。それではまず、今回の試合においてお新たにお披露目となった魔物について――」

「よもや、ミロク様が魔物であったなどとは……」

観戦席の一角、着物を纏《まと》い腰に刀を引っ提げた集団が戦慄《せんりつ》の表情を浮かべて語り合っていた。

「今更で御座いましょう、カンベエ殿。ミーはそうではないかと予《かね》てから疑っておりましたよ」

「ボクはびっくりだなぁ……どう見ても人間だもん。でもセカンド君が失格にならないってことは、ミロク様が魔物っていうことなんだよね……」

霊王戦で召喚できるのは精霊か魔物のいずれか。それ以外を試合に参加させた時点で失格となる。すなわち、ミロクは魔物であるという何よりの証明であった。

「しかしそれ以上にびっくりなのはセカンド君だよ。一閃座《いっせんざ》戦も霊王戦も、頭一つ抜けていると思わない？　その上、抜刀術もなんて……あり得る？　もう、反則じゃないか」

「マサムネ殿」

「何？　アカネコちゃん」

「師は、それだけでは御座いませぬ」

「……いや、うん。知ってるけど、あんまり考えたくないかなぁ」

追い付けそうにないって自覚しちゃうんだ、と呟くマサムネ。

アカネコは「ふっ」と一笑し、口を開く。

「マサムネ殿ならば、いつかは追いつけましょう。齢《よわい》十六にして家元となったその才能、決して偽りではありませぬ。ミロク様も、マサムネ殿の才能を見抜き弁才《べんざい》流と名付けられたのでは？」

「だといいんだけれどね」

「いざとなれば、師に直接教えを乞《こ》えばよいのです。マサムネ殿のためならば、師は苦もなく日帰りで刀八ノ国《とうはちのくに》を連日訪れましょう」

「そ、それは、嬉《うれ》しいけど……ゴホン！　ところでアカネコちゃん。セカンド君のこと、師って呼んでるんだね」

「……紆余曲折《うよきょくせつ》ありまして。普段は呼び捨てにしておりますが」

「へぇ～！　随分と仲良くなったねぇ」

「そういった理由では御座いませぬ！　全く、セカンドと来たら！　全く！」

「……はは、ええと、随分と溜《た》まってるご様子で」

「あの男の滅茶苦茶《めちゃくちゃ》具合を毎日見ていれば、文句の千や二千、溜まりもします！」

「お、多いなぁ文句が……」

不意にセカンドに対する文句が怒涛《どとう》の如《ごと》く噴出するアカネコ。マサムネは優しい顔で「うんうん」と聞いてあげていた。

「バイ・ダ・ウェイ、アザミ殿はどちらにおられるのかな？　半年前に島を出て以来、ミーは割と心配していたのです」

「ああ、アザミ姉さん。なんかすっごい繁盛しちゃって、毘沙門《びしゃもん》戦当日しか余裕ないらしいよ」

「アイ・シー。センキュー、マサムネ殿。安心しました」

アザミのパン屋は、タイトル戦という一大イベントにおいて見事に繁忙期を迎えていた。

辺りを見渡せば、アザミのパンを持っている観戦客の姿もちらほら。

「アカネコちゃんはもう食べた？」

「それが、まだなのです。修行に明け暮れていたものですから」

「真面目《まじめ》だねぇ」

「いえ、そういうわけでは。できることならば、故郷の皆と楽しみたかったので御座います」

「そっか……楽しみだね」

「ええ……」

刀八ノ国の歴史の中で初めての行事である。皆、形は違えど、この夏を楽しみにしていた。

「あ、アカネコさんっ、拙者がパンを買って参りましょうか？　喉《のど》が渇いておれば、何か飲み物でも……ああ、そうだ、暑いようでしたら、拙者が団扇《うちわ》で」

「結構です、カンベエ殿」

「さ、左様ですか。あ、何か不便が御座いましたら拙者に」

「お気遣いなく」

「さ、左様ですか……」

マサムネの「頑張れカンベエ君」という憐憫《れんびん》にも似た呟きに、がっくりと肩を落とすカンベエであった。

「……ねえ、あの人ってさ」

「え？　あ、えーっと、確か……」

「エスさんね」

「知っているのか副会長！」

「ファーステストの使用人、それも十傑と謳《うた》われる伝説の十人のメイドの一人よ」

「流石《さすが》アロマ副会長、キモいまである知識」

「まあ私も知ってましたけどね。咄嗟《とっさ》に思い出せなかっただけですけどね」

「何、この……何」

「ヲタクすぎるだろ」

「知識自慢かよ。いいぞもっとやれ」

霊王《れいおう》戦も終わり、帰路につく姦《かしま》しい集団、セカンドファンクラブ。

彼女たちの前に現れたのは、赤毛のサイドポニーの正統派メイド、十傑のエスであった。

エスは彼女たちに気が付くと、麗《うら》らかに会釈し、それからゆっくりと歩み寄る。

「こ、こっちにいらっしゃる件」

「やべぇよやべぇよ……」

「うちらなんか目に余ることしちゃいましたっけ？」

「場合によっちゃあ毎日してるんだが」

「それな」

突然のことに困惑する彼女たちへ、エスは静かに口を開いた。

「本日もご主人様の応援をありがとうございました。明日もどうぞよろしくお願いいたします」

「へ⁉」

「えっ、いえ、こちらこそっ！　ありがと、ござましたっ」

「よ、よろしゅく、おながいしゃまっす！」

予想外の言葉に、ファンクラブの面々は極度の緊張で噛み噛みになって返事をする。

エスはにこやかに微笑《ほほえ》むと、言葉を続けた。

「アロマ様はいらっしゃいますか？」

「え、はいっ。私です」

「少しよろしいですか？」

「は、はい！」

呼び出されたのは副会長アロマ。二人で少しだけ離れると、エスは本題を切り出した。

「近頃、プリンス天網座《てんもうざ》のファンクラブの方々が荒れている模様です。夜道で絡まれたりなどはしませんでしたか？」

「……っ！　ええ、はい。昨日《きのう》、帰り道に」

「何かされてはおりませんか？」

「大きな顔するなとか、悔しがりなさいとか、言っていただけですね」

「そうでしたか……」

やはり、という顔で頷くエス。

「何かあったのですか？」

「はい。彼女たちは今、内部分裂状態にあります。なんでも、この半年で約三割が脱会したとか。現在も、脱会者は後を絶たないようです」

「……なるほど」

「ええ、アロマ様のご予想の通りでしょう」

アロマの予想とは、〝プリンスファン〟から〝セカンドファン〟への鞍替《くらが》え。

事実、その流れは顕著にあった。ゆえに……。

「彼女たちは、ご主人様のファンを逆恨みしています。私ども使用人も全力を尽くしてはおりますが、アロマ様もどうかご留意を」

「エスさん。ご尽力、そしてご忠告、本当にありがとうございます。皆に危険が及ばないよう、私も気を付けます」

「はい、よろしくお願いいたします。皆様に何かありましたら、ご主人様も悲しみますから」

エスは話を終えると、優雅に一礼し、去っていく。アロマはその後姿をぼんやりと見送った。

「副会長、一体なんの話だったんです？」

「……ファーステスト……何処までも素敵な方々ね……」

「あ、駄目だ、ヤられてる」

◇◇◇

「信じらんないっすよもぉーっ！」

むせび泣く犬耳の青年カピート君。酒が入っているせいか、声がやたらでかい。

「セカンドさん！　見ましたよね⁉　あの性悪女、当てつけみたいにアクアドラゴンをテイムしてきたんすよ⁉」

「もっと凄《すご》い魔物をテイムすりゃいいじゃん」

「かぁーっ！　流石っす！　その女に完膚なきまでに圧勝した男は言うことが違いますねぇ！」

褒められているはずなのに、なんか腹立つな。よし、慰めるつもりだったが、説教してやれ。

「アースドラゴンと、ホノオウルフと、カミカゼイーグルだったか」

「そうっすそうっす」

「いいチョイスだな。だがこのままではヴォーグに勝てないってのはわかるか？」

「っすね。絶望的だと思います、自分でも」

「何が足りないと思う」

「……精霊、ですか」

「と？」

「と……？　えーと、あと、もっと強い魔物っすか？」

「と？」

「とぉ……？　えー……あ、ステータスっす！」

「え、まだあるんすか⁉　えーっと……」

「いや、そんくらいだったか」

「なんなんすか！」

そう、精霊と、魔物と、ステータス。つまり……。

「お前、全《すべ》て劣ってるぞ。ヴォーグに」

「……い、言わないでくださいよぉ……」

カピート君は犬耳をしゅんとさせて、がくっと項垂《うなだ》れた。

そんな情けない様子を横で見ていたシェリィが、口を開く。

「つまり、ヴォーグに圧勝したセカンドには、全てが圧倒的に劣ってるってことよね」

「うぎゃあああーっ！」

カピート君が叫びながら耳を塞《ふさ》いだ。

いや、人間部分の耳を塞いでも、犬耳があるからあんまり意味はないんじゃなかろうか……？

「というかシェリィ。お前も人のこと言えないだろ」

「ふんっ、私はいいのよ。なんてったって、伸びしろがあるんだから！」

「めげてないな」

「当然でしょ！　あんたに勝つまでは絶対やめないわよ」

「いいぞ、その調子だ」

そして、俺へと挑むことになった時、シェリィもまたヴォーグと同じ絶望を味わうことになるだろう。カピート君は、それ以前の問題。今回の敗北を乗り越えられるかどうかだな。

「……うん、シェリィさんの言う通りっす！　いつまでもめげてちゃ駄目ですね。そう、伸びしろ！　ああ、いい言葉っす〜」

いや、大丈夫そうだった。単純だなぁカピート君……。

「あ、ところでセカンドさん。あの魔物、いや、魔人？　一体なんなんすか。オレ、見たことも聞いたこともないんですけど」

「あ、私も気になるわ。まあ秘密って言うんなら、次の勝負まで楽しみにしといてあげるけどっ」

宴もたけなわという頃《ころ》、二人が唐突に尋ねてきた。

ミロクか。確かに、ずっと人型のままだったから、なんの魔物かわからないだろうな。いや、元の姿に戻ったとしても、多分わからないだろうが……。

「とりあえず喚《よ》ぶか」

俺は《魔物召喚》を発動し、ミロクを喚び出す。

「――主《あるじ》、話がある」

直後、ミロクは現れるやいなや、話の流れをぶった切って喋《しゃべ》り出した。

「おお、いきなりどうした」

「余《よ》は生まれて初めてあのような大勢の人間を目の当たりにした。まさに御披露目に相応《ふさわ》しい大舞台、余のために準備していただいたこと、心より感謝仕《つかまつ》る」

「いや、俺があの人数を集めたわけじゃないが」

「否。余は大観衆を前に余の抜刀を披露できたことが嬉《うれ》しいのだ。この機会は、彼《か》の島にて常住起居するままでは決して訪れ得なかった。ゆえに、主に心からの感謝を。これで死した侍たちも少しは浮かばれるというもの」

「ああ、そうか、そういうことか」

こいつは死んだ侍たちの意志を背負って生きてきた魔人。つまり、侍と意志を同じくしている。大観衆の前で腕自慢ができて嬉しくない侍などいない。ミロクの中の侍の血が喜べば、こいつもまた喜ばしいのだろう。

「あ、なるほどな。だからお前、あんなに張り切ってたのか」

「……よせ、主。他の者も聞いている」

恥ずかしがってんな。

「なんか、技、出しちゃってたもんな。三つも」

「…………………」

無言で腕を組み、静かに瞑目《めいもく》するミロク。心なしか頬《ほお》が赤い。

「なんというか……思ったより可愛《かわい》いっすね」

「もの凄く人間っぽい魔物なのね」

そうなんだよ。人間を吸収し続けた結果なのか、元からなのかはわからないが、ミロクは見た目も中身もとても人間的なやつだ。だからこそ、安心してアカネコを任せられた。

俺から見ても抜群に【抜刀術】のセンスがあるアカネコが、何百という侍の魂を受け継ぎ、更には0k4NN《オカン》さんの魂までをも吸収したミロクのもとで、一体どう化けるのか。興味は尽きない。

ミロク曰《いわ》く「開花は近い」とのこと。毘沙門戦《びしゃもんせん》が楽しみだ。

……あ、毘沙門戦で思い出した。

「そうだユカリ、明日はなんだっけ」

「また確認していなかったのですね、ご主人様」

「何度も言わせるな。確認するわけがないだろう」

「いえ、ですから何故《なぜ》……いや、言ってもしょうがないですね」

ユカリは半ば呆《あき》れながら、明日の予定を教えてくれた。

「明日は千手将《せんじゅしょう》戦です」

◇◇◇

朝っぱらから、いきなり決勝戦だ。千手将戦の参加者は、俺以外にスチーム辺境伯の一人だけ。

つまり、このどちらかがグロリア千手将への挑戦権を得ることになる。

しっかし……人気なさすぎだろう、【杖術《じょうじゅつ》】。まあ、わからんでもない。剣とか槍《やり》とか〝刃物〟がある中で、なんでわざわざ〝木の棒〟で戦わなきゃならんのだと、そういうこったろうな。この世界の人たちは、戦うこと即《すなわ》ち命懸け。尚更《なおさら》の話だ。

「おや、セカンド卿《きょう》。私を目の前にして考えごとですか？　これは心外だ」

「スチームお前、杖術やってたのか」

「ええ、嗜《たしな》む程度に。ですがこの半年で本腰を入れましてね」

「いいことだ。触発されたか？」

「まさか。偏《ひとえ》に、貴方に気に入られるためですよ」

「相変わらず気持ちいいなお前」

俺に気に入られるためだけに、たった半年間で嗜む程度だった【杖術】を出場レベルまで上げた、と。そんなもん、気に入るに決まってるじゃないか。

「それにしても、お前ほど杖術っぽいやつは見たことがない」

「変わり者だと仰《おつしや》りたいので？」

「ああ」

「正直な……貴方はまだご存知ないようですから言っておきますがね、グロリア千手将の方が、私より何倍もぽいですよ」

「そうなのか。期待しておこう」

「しかしそもそも、杖術師を変わり者と言い表す風潮、私は如何《いかが》なものかと思いましてね。これほど面白いスキル、他にはないと思うのですが」

そう、その通り。【杖術】は面白い。

歩兵～龍王《りゅうおう》までの九種に加えて、それぞれに「突・打・払」の三種が存在するため、計二十七種のスキルとなる。強力な範囲攻撃を繰り出す《銀将杖術》一つとってみても、《銀将杖術・突》では攻撃判定の範囲が狭まる代わりに攻撃速度と威力が上がり、《銀将杖術・打》では攻撃判定範囲をそのままにまるで剣術のように強く踏み込め、《銀将杖術・払》では攻撃判定範囲を更に広げて対応や牽制《けんせい》に特化させることができるのだ。

まさに千変万化するスキル。ただの棒切れ一本が、槍《やり》のように、剣のように、薙刀《なぎなた》のように変化する。これほど柔軟性のあるスキルは、他にない。

その代わり、選択肢が多い分、使いこなすのは非常に難しい。加えて、育成終盤で火力を伸ばすことに難儀する。チームプレイにも向いていない。どちらかというと、対魔物戦ではなく、対プレイヤー戦を想定したスキル。だから……。

「スキル自体は面白いが、使用者自体はやっぱり変わり者だ」

杖術師は、変わり者で間違いない。何万人というプレイヤーを見てきた俺が言うのだ、なかなかに説得力があるだろう？

「互いに礼！　構え！」

審判の指示に従って、構える。スチームの出した武器は「楓《かえで》」か。俺は「桜」だ。まあ、大して差はない。細かい特徴の違いはあれど、言ってしまえばどちらもただの「木の棒」である。

「――始め！」

号令がかかった。スチームは一気に前進してから、《桂馬杖術・打》を準備する。

いきなり踏み込んでくるようだ。じゃあ、丁寧に受けてみようか。

「ふっ！」

素早い間合い詰めから、素直な上段の打ち込み。

いいね、シンプルだ。シンプルだからこそ、受けの選択肢も狭まる。

「これなんてどう」

俺はちょっと捻《ひね》って、《歩兵杖術・突》で受けた。

普通は払うか打つかで受けるところ。しかし九段の桂馬と歩兵ならば、火力は桂馬に軍配が上がる。ゆえに歩兵で払えば一先《ひとま》ずの対応はできるが、火力負けして弾かれる。つまり払って受けるならば、歩兵ではなく桂馬以上のスキルで対応しないと弾かれて僅《わず》かな隙を与えることになる。

だが、ここで相手の棒そのものに歩兵を突き入れることで、歩兵であっても桂馬に火力が並ぶため、隙なく受け切ることができる。細かいが、必要な技術だな。

「まあ、そうでしょうね！」

スチームはこれを予想していたようである。

続く一手は、間髪を容《い》れずに《銀将杖術・払》だった。強力な範囲攻撃スキルだ。

なるほど、少し距離を取りたいと。銀将で弾き合って間合いを取り直し、高火力スキルを、恐らくは《飛車杖術》でもぶち込んで勝負しようとしているわけだ。

「それは許せん」

相手の手を潰《つぶ》す。これ、大事。

俺は《香車杖術・突》でスチームの指先を狙《ねら》う。「ああ銀将」と思った時にはもう体が勝手に香車の準備を始めていたので、スチームの銀将・払の発動より先に香車・突を発動できてしまった。

「ぁ危っ⁉」

間一髪、スチームは銀将をキャンセルして全力回避。ナイス判断。さて、こっちの反撃か。

「これ知ってるか？」

多分、知らないだろう。是非覚えておいてもらいたいテクニック。いい機会だから披露しよう。

「……うーわ……」

スチームの引く声が聞こえた。

現在、俺は何をしているかというと……スチームとの間合いを詰めながら《歩兵杖術・突》《歩兵杖術・打》《歩兵杖術・払》を高速連打している。

所謂《いわゆる》「何が出るかな？」状態。【杖術】においては、一つ前のスキルをキャンセルせずに新たなスキルの準備を開始すると、同一のスキルに限り、自動的に一つ前のスキルがキャンセルされるのだ。ちなみに【杖術】以外のスキルでは、一度キャンセルしなければ新たなスキルの準備を開始することはできない。

つまり、この「突・打・払ルーレット」は、【杖術】におけるメヴィオン運営推奨のテクニックであるとわかる。

「スタッピッ！　〝突〟でした～」

だが、上級者になればなるほど、このルーレットはあまり意味をなさない。

何故なら「予《あらかじ》め準備してから接近する」馬鹿などおらず、「ギリギリまで発動せず接近する」のが常識だからだ。ルーレットはここぞという瞬間の攪乱《かくらん》程度にしか使えない。

「くっ！」

……ただ、相手が初級者の場合、物凄《ものすご》い効く。

翻弄《ほんろう》されたスチームは、一拍遅れて《歩兵杖術・払》で対応した。

「お次は～、どぅるるるる……」

このルーレット、俺は「格下に勝ち切る技術」として愛用している。

だって、半端なく効くんだもの。

「出た！　打……と見せかけて突！」

「なぁっ!?」

こんな風に出目がぬるっとスベることもあるぞ。時折、俺の意図とは違うスキルが発動していることだってある。今みたいに《香車杖術・打》を発動したつもりが《香車杖術・突》になっていたりな。そういうサプライズもまた面白い。

スチームは《香車杖術・払》を準備して対応しようとしていたが、予想に反して俺が繰り出したのは《香車杖術・突》だったため、少しだけ発動のタイミングがズレて、先に俺の突きがスチームへと届いてしまう。

「ぐ、あっ……！」

右腕に貫通効果のある突きを受け、楓の棒から右手を離してしまったスチーム。実に大きな隙だ。しかし結果的に裏目だったとはいえ、よく《香車杖術・払》の準備を我慢したな。俺のルーレット始動と同時に準備を始めようものなら、即座に《角行杖術・突》へと切り替えてほぼ決着だった。それを見抜いていたのか。流石《さすが》は三十三歳の若き辺境伯、まだまだとはいえ頭が切れる。

「降参するか？」

「……いえ。セカンド卿、貴方、もう少し楽しみたいという顔してますから、私でよければ付き合いましょう」

「そうか！」

いいやつだな、スチーム。終わったら一緒に酒を飲みたいところだが、どうも下戸らしい。残念だ。じゃあ、飲めない分、もう少し楽しもうか。

「――それまで！　勝者、セカンド・ファーステスト！」

あれから十分ほど、スチームには俺のルーレットに付き合ってもらった。

こいつ、見た目に反して意外とガッツのあるやつだ。不健康なほど白い肌をした細身の見るからにインドア派な眼鏡《めがね》野郎が、ここまで喰《く》らいついてくるとは。

後半には俺のルーレットを半分くらい見切っていた。この一試合で、スチームはどれほど成長したのだろうか。その成長性と、半年で【杖術】を上げ切る経験値を稼いだ集中力もさることながら、あの【杖術】スキルの習得を可能とした胆力といい、チーム結成方法についても見抜いていた観察眼といい、色々と先が楽しみな男だ。

ああ、ただ、今の楽しみといえば……グロリア千手将。スチーム・ビターバレー辺境伯をもってして「杖術師っぽい」と言わしめる変わり者。気にならないはずがない。

もちろん、その腕前もな。いざ、勝負――。

◇◇◇

「グロリア様、グロリア様」

「……もう、こんな時間？」

「そうなのです、そろそろ試合のお時間です」

「駄目ね、本を読んでいるとつい時間を忘れてしまう」

「今季は出場者が二人もいるのです、これは凄《すご》いことです」

「本当、凄いこと。まるで物語のよう」

「早く参りましょう、さっさか参りましょう」

「ええ、そうする」

薄暗い書庫の中に、ぼんやりと浮かぶ灯《あか》り。その下で本を読むエルフの女が一人。彼女は名をグロリアといった。エルフにおいて、その名を知らぬ者はいない。銀色の姫君と、そう謳《うた》われていたのは過去の話。今や、孤高の姫君であり……そう、愛書狂《ビブリオフィリア》という言葉が相応《ふさわ》しいだろう。

いつからか、彼女は本の魔力に取《と》り憑《つ》かれてしまった。誰《だれ》もが羨《うらや》む美貌《びぼう》と、腰まで伸びた美しい銀髪は、未《いま》だ健在。しかし、彼女の生活は本・本・本。一日中、書庫に籠《こも》っては本に読《よ》み耽《ふけ》る。外に出る用事といえば、新たな本の買い出しや、本に書かれていたことを試すため。彼女の行動には、必ず本が関係していた。実に変わり者と言える。だが、それだけならば、彼女が数十年間も孤立する理由としては……弱い。


「榑《つげ》か、欅《けやき》か、どちらかの気分」

「欅がいいです、欅がいいです」

「そう。では、欅にする」

「わーい、わーい」


欅の棒をインベントリに仕舞い、書庫を後にするグロリア。

書庫を出ていったのは、彼女一人だけ。彼女の出ていった書庫には、誰も残っていない。

一体全体、グロリアは誰と会話していたのだろうか……？

◇◇◇

「久しぶりの戦い」「久方ぶりです、久方ぶりです」

「勝負は、一人ではできない」「相手がいるのです、二人もいるのです」

「でも、戦えるのは一人だけ」「千手将《せんじゅしょう》ですから、タイトル保持者ですから」

「もったいない」「残念です、無念です」

ほら、またなんかヤベーヤツが出てきたぞ。一人でぶつぶつ言ってらぁ……。

「初めまして、わたしはグロリア」「初めまして、初めまして」

三回も挨拶《あいさつ》された。腰まで伸びた銀髪が特徴的な美人の女エルフだ。普通にしていれば何処ぞの姫様のような美麗さがあるが、彼女の様子は終始普通とはほど遠い。

「どうもセカンドです」

俺が簡単に返すと、グロリアは「うん」と一つ頷《うなず》いて、口を開いた。

「知ってる」「知ってた、知ってた」

なんだこいつ……駄目だ、気になって仕方がない。

「なん、何、その……微妙に声色を変えて繰り返すのは、何か意味があるのか？」

「あるよ」「ある、ある」

「あるのか。教えてもらってもいいか」

「いいよ」「いい、いい」

いいらしい。

「わたしの友だち」「シウバです、シウバです」

「シウバは陽気で目立ちたがり。だから同じことを二回言う」「グロリア様は控え目です、グロリア様は引っ込み思案です」

「ほらね」

……………なんと言ったらいいものか。

ネトゲという環境の性質上、過去何度も「私って不思議ちゃんなんですぅ～」みたいなエセ妄想女と会話せざるを得なかった俺だからわかるが、グロリアは紛れもなくガチだ。

こいつ、多分、本気で自分の中にシウバという友だちがいると思っている。いや、事実、本当に存在しているのかもしれない。

あまりにも自然体過ぎるんだ。こうして俺がなんの意識もせず呼吸しながら顎《あご》に手を当てて考えごとをしているように、彼女もまたなんの意識もせずに自身の口から湧き出てくるシウバの言葉と会話していることが見て取れてしまう。

「そうか、友だちなのか。シウバはグロリアの口を乗っ取ってんのか？」

「……珍しい」「驚きました、びっくらこきました」

「わたしのこと、気持ち悪がらないのね」「質問答えます、回答いたします」

「まず、頭の中で話し合う」「相談しています、会議しています」

「それから、代わりばんこで喋《しゃべ》るの」「これ最良です、これ最善です」

脳内で話し合った結果を、交代で喋るらしい。確かに、グロリアとシウバで別々に喋っているように見えて、喋る内容には一貫性がある。へぇ、面白いな。

「わたしも、聞きたいことがある」「質問したいです、聞いてみたいです」

「おう、構わないぞ」

「どうして、気持ち悪がらないの？」「不気味でしょ？　気味悪いでしょ？」

なるほど。いや、どうしてって言われてもなぁ。

「お前が本物だからだよ」

「わたしが、本物……？」「偽物じゃないってこと、見せかけじゃないってこと」

「ああ。経験上、お前のような本物は――知識も技術も、全部が本物だ」

あくまで経験上の話だが、これまでの俺のメヴィオン人生を思い出すに、的中率は十割だ。

彼女のような〝独特の感覚〟を持つ者は、人一倍、何かに秀でている。

それが【杖術《じょうじゅつ》】である、と……なあ、そういうことだろう？

気持ち悪い？　馬鹿を言え。むしろ気持ちが良い。

この期待高まる感覚、気持ちが良いと言わずなんと言うのか。

感謝させてくれよ、これから。グロリア、お前がシウバと共にこの世に生を受け、【杖術】と出会い、輝かんばかりの才能を開花させたことを、俺に感謝させてくれ。

「――互いに礼！　構え！」

退屈していたんだ。言っちゃあ悪いが、正直、スチームは期待外れだった。あの頭脳明晰《めいせき》な若き辺境伯、かなりの成長性があるとはいえ、まだ遠く及ばない。しかも、その成長速度さえ、俺の成長速度には遥《はる》かに劣る。

当然だ。辺境伯の仕事をこなしながらの片手間で、俺に追いつけるわけがない。

それはわかっていた。誰だってそうだ、生活がある。たかが一スキルに人生の全《すべ》てを注ぎ込もうなどと考える者は極めて稀少《きしょう》だ。

だが【杖術】に関しては違うのではないか、変わり者ばかりの千手将戦は違うのではないかと、俺は密《ひそ》かに期待していた。【杖術】をやるやつは限りなく頭がぶっ飛んでいるはずだと、生活の全てを【杖術】に注ぎ込んでしまうような頭のネジを五本くらいなくしてそうなやつが一人はいるはずだと、そう期待していたのだ。

……いた。そうかもしれない女が、ここに。ああ、楽しみだ。グロリア、お前はどうだ……？

「――始め！」

開始の号令と同時に、グロリアはインベントリから武器を取り出した。

あれは欅か。硬く重く強靭《きょうじん》、棒の中では最も火力の出る種類だ。

その欅を軽々と構えているグロリアを見るに、決して侮れないＳＴＲを持っているとわかる。

そして、駆け出したグロリアのスピード。彼女はＡＧＩもかなり高い。

一切遠慮のない加速。ＳＰ《スタミナポイント》も相当に余裕がありそうだ。

グロリアめ、どうやら【杖術】以外のスキルもかなりしっかりと上げているな？

「…………！」

俺との間合いを詰め切ったグロリアは、ギリギリで《銀将杖術・突》を準備し、一瞬で《銀将杖術・払》へと切り替える。無駄のないフェイントだ。わざわざルーレットのようにしなくとも、この一回のずらしで十分に効力はある。

まあ、攻めてくるのなら受けようか。ここは《桂馬杖術・打》であえて懐に飛び込んで――。

「甘い、甘い」

多分、シウバの方が口にした。

甘い？　…………………俺が？

「――ッ」

あれ？　こいつ、いつの間に……《歩兵杖術・突》を……!?

「ぐっ――!!」

腹部に突《つ》き込まれる棒の感触。

嘘《うそ》だろ？　……あー、久しぶりだ。真正面から攻撃を喰《く》らったのは、随分と、久しぶりだ。

「追撃する」

ご丁寧に口に出しながら《香車杖術・突》を準備するグロリア。同じ意味合いの言葉を二回繰り返してないから、グロリアの方で間違いないよな？

「いやあ、流石に」

これは喰らえない。俺は合わせるように《香車杖術・払》を発動し、グロリアの突きを払った。

休む間もなく、グロリアは反動を利用してくるりと一回転しながら《歩兵杖術・打》で俺の振り抜いた方とは逆側から打ち込みを入れてくる。なんだその動きヤベェ。【杖術】の申し子ってかい？　現在の俺の体勢において最も返し辛い角度からの打撃、非常に丁寧で嫌らしく鋭い攻めの手だ。この女、考え得る最善を最高技量で脊髄《せきずい》反射のように繰り出しやがった。

「ちょ、ちょっとたんま」

一息つきたい気分だ。この感動を噛《か》み締《し》めたい。

俺は《歩兵杖術・打》でグロリアと反対方向から軽めに打ち込み、向こう側に少し押させる鍔迫《つばぜ》り合《あ》いのような形で力を拮抗《きっこう》させる。

「……やるなあ、グロリア」

そう、一言、褒めておきたかった。

誇っていい。お前は世界一位に正面切って一撃与えた女。

来た、来た、来た……俺の求めていたものだ。お前は期待に応《こた》えてくれた。

ありがとう、グロリア。お前に出会えて、俺は嬉《うれ》しい。

「あなたも、凄くやる」「とても強い、かなり強い」

「でも、わたしの方が強い、かも」「もっと強い、めっちゃ強い」

言うねえ。ただ、まあ、わかるよ。

お前は、専門家だ、ヲタクだ、マニアだ、フリークだ、職人だ。【杖術】には絶対の自信があるのだろう？　【杖術】では誰《だれ》にも負けないつもりなんだろう？　一意専心、一つのことをただひたすらにやり続け、他の誰よりも極めてきたのだから、そう思うのも当たり前だ。俺のようにあちこち浮気しているやつなんかに負けるわけがないと考えるのは、当然。

「なんで千手将っていうか、知ってる？」「本で読みました、本に書いてありました」

「わたしが教えてあげる」「行動で示します、体現いたします」

沈黙を続ける俺に対しそう言って、挑戦的に微笑《ほほえ》むグロリア。

「…………」

美しい。自信と実力を兼ね備えた銀色の微笑み。普通の人間ではこうはならない。実力をつければつけるほど「上には上」と思い知る。自信など考える余裕すらなくなる。ただひたすらに「下」を蹴落《けお》とし「上」にしがみつかなければ「今」さえ危ういからだ。

「…………」

ああ、なんと尊い存在だろう。ほんのわずかな打ち合いで、わかってしまった。彼女は間違いなく天才。【杖術】においては神がかり的な、まさに天稟《てんぴん》としか思えないほどの才がある。

感動だ、感激だ……彼女に出会えたことを、彼女に与えられた天賦の才を、思わず神に感謝するくらいには、今、俺は震えている。

「…………」

だからこそ潰《つぶ》す。溢《あふ》れんばかりの才能によって長い年月をかけて身に付けられた強靭な実力に裏付けされた揺るぎのない自信、それをもう二度と再生不可能なほどドロッドロのグッチャグチャに叩《たた》き潰したくて堪《たま》らない。

ああ……この高揚、この興奮！　俺はこの瞬間のためにメヴィオンを続けているのだ……！

「……あなた、なんて顔、して……」

俺は世界一位。たかが天才如《ごと》き、俺の足元にも及ばない。

誰もが認める本物の天才を、圧倒的大差で蹴散《けち》らす――これこそが最大の快楽、悦楽、欣快《きんかい》、法悦、絶頂！　何ものにも代え難い快感、世界一位たる証明、俺を俺たらしめる胸の高鳴り……‼

「さあ――」

篤と御覧《ごろう》じろ――セブンシステム。

「‼」

そんな顔するな、グロリア。ただの《香車杖術・突》だ。お前なら受けられる。

「っく！」

そうだ。受けは同じく《香車杖術・突》が正解。

次いで背中越しの《銀将杖術・打》には？

「まさか⁉」

よし、見えているな。《歩兵杖術・突》で対応か、これまた正解。

だがその変化、後手の受けが難しいぞ。特に、次の《桂馬杖術・払》。

「ひぅっ！」

地面を砕きながらその破片を巻き込んだ下段からの払い。つまりは目潰しが加わる攻めの手。かつ踏み込んで間合いを詰め、攻撃範囲を広く取った払いだ。一石三鳥の攻め、刺さらないわけがない。いや、しかし流石《さすが》は天才か。目潰しを喰らいながらもしっかり《銀将杖術・払》を準備して対応している。だが……。

「残念だ」

それだと、あと七手で終わってしまうな？

間合いが開き切ってからの《飛車杖術・突》に《金将杖術・払》で受け、《角行杖術・突》の切り返しに《角行杖術・打》で対応、その直後に《桂馬杖術・打》から途中キャンセルで背中側に回り込み、お前が何を準備しようが《香車杖術・払》で受けが間に合わず決まる。

「……！」

才気溢《さいきあふ》れるお前のことだ、もう気付いたのだろう。そうだ、「間合いを取って目を拭《ぬぐ》おう」など
と考えなければよかった。五手目の《桂馬杖術・払》には、

「桂馬・払が最善だ」

「そう、ね……」

目を潰し合う。これが最善。

だが、今更気付いたところで、もう何もかもが遅い。

……グロリア、お前は敗れたんだ。たったの十三手で、この俺に。

「ハハ、ハハハハッ！」

あー楽し。最後の一手、俺が笑いながら放った《香車杖術・払》が、グロリアの足を抉《えぐ》る。

「うぅっ！」

グロリアは両の脚に貫通攻撃を受け、なすすべなくダウンした。

詰みだ。彼女はもう、俺の《龍王杖術《りゅうおうじょうじゅつ》・突》の準備完了を阻止できない。

「…………」

その目、幾度となく見てきた。何か有り得ないものを、決して認めたくないものを……そう、バ
ケモノを見る目だ。お前のような天才に、その目をさせるということ。それが、堪らなく、気持ち
良くてしょうがない。

「……認めよう。お前は天才だ。できればまた、冬に会いたい」

「…………はい。参りました」

「――それまで！　勝者、セカンド・ファーステスト！」

◇◇◇

「……恐ろしいな」

「うん、すごい」

試合終了後の観客席にて。数分経《た》ってようやく口を開いたシルビアに、エコが言葉を返す。

「ええ。ご主人様はまだあれほどに底が知れないのかと身が震え――」

「――ユカリ、違う。恐ろしいのは彼女の方だ」

「……今、なんと？」

観客の反応は二分化していた。圧倒的大差で一方的に勝利したセカンドを畏敬《いけい》の念とともに称賛する者と……あのセカンドに真正面から一撃を与えた彼女を驚愕《きょうがく》とともに称賛する者に。前者は非出場者に、後者は出場者に、とりわけセカンドと一戦交えたことのある者に多い反応であった。

「セカンド殿のあの顔をたった数回の打ち合いで引き出した。これがどういうことかわかるか？」

「いえ……ご主人様の、お顔？　あの少年のように無邪気で素敵な笑みのことでしょうか？」

「そうだ。あの笑顔、私にはこの半年でようやく見せてくれるようになった」

「あたしも！」

「それを、たったの一戦で引き出すなど……」

ぶるりと体を震わせる。

シルビアはチーム・ファーストテストの中で最も長くセカンドと共にいるという自負がある。ゆえにこう思うのだ。あの笑顔こそが、勝負事における彼の素なのではないかと。つまりは、猛者《もさ》の集うタイトル戦でさえ、セカンドに素すら出してもらえない相手が殆《ほとん》ど。そんな中、やっと自分とエコにだけは素を出してもらえるようになったと喜んでいたところに……彼女が現れた。

「わかるで。嫉妬《しっと》しとるんやろ」

「！」

ラズベリーベルが指摘する。図星であった。シルビアは、グロリアに嫉妬しているのだ。

「あれ、天才や。倍々で成長するで。半年も経ったら、もう追いつけんようになっとるかもな？」

「まさか、いくらなんでも倍々は……」

「センパイって、この半年でどんくらい成長しとる？」

「………倍々、どころの騒ぎではないな」

「自分もう目の当たりにしとるやん」

「そうか……そうだな。すまない」

才能の壁。誰《だれ》しもがいつかはぶち当たる、ぶ厚く頑丈な高い壁だ。

シルビアが直面するのは、これで二度目だった。

「センパイの育成に頼りっきりはあかんっちゅうこっちゃ」

「うむ、本当にな」

「あたしもじぶんでがんばる！」

「そうだな、エコも共に頑張ろう！」

シルビアとエコの二人は、気合十分に頷《うなず》き合う。

ま、頑張ったくらいでどうこうなる問題やあらへんけどな——というラズベリーベルの達観した呟《つぶや》きは、誰にも聞こえてはいない。

（それにしてもユカリはん、上手《うま》く立ち回っとるなぁ……確かに、サポート役ならずっとセンパイの隣に陣取れるもんなぁ……）

そんなラズベリーベルもラズベリーベルで、うっかりユカリに嫉妬しているのであった。


「なぁ皆、これってよぉ、もしかするともしかしねーか？」

「うん、私もエル姉の言う通りだと思います」

ファーステスト家、使用人邸にて。千手将《せんじゅしょう》戦の日程が終わり、帰還した使用人たちは、夕食後の時間に会議を開いていた。集まったのは、キュベロ、ジャスト、エル、エス、シャンパーニ、コスモスの六人。今夜のところ、部下に仕事を任せておける者のみの集合である。

そして開口一番、赤毛のメイド姉妹エルとエスがそう口にした。

もしかすると、もしかする——その言葉が、意味するところは。

「セカンド様に一撃を与えたとすると……魔物でなければ過去最高例でしょう」

「ええ、少なくとも一等級は間違いないですわね」

執事キュベロの言葉にシャンパーニが頷く。他の者たちも異議はないようで、静かに首肯した。

「異論はありませんね。では記入いたします」

キュベロはインベントリから紙を取り出すと、その一等級の欄にグロリアの名前を書き記す。

そう——彼らは、この紙にあらゆる人々の戦闘能力をランキング化したものを作成していた。

何故《なぜ》そんなことをする必要があるのか。これはリスク管理の観点から行われている。

ファーステスト家にとって脅威たりうる存在、それらの戦闘能力を簡易的に可視化することで、有事の際の対応、その初動を起こしやすくするためだ。

当然、仮想敵だけでなく、中立も身内もランキングに書き記している。かの有名な兵法「敵を知り己を知れば百戦殆《あや》うからず」とは、この世界においても広く認知されている金言だ。

「あ、おい、なァ。一等級からケンシンは消していいんじゃねェ？」

キュベロが書き込む横から、厩務長《きゅうむ》のジャストが口にする。

「いえ。セカンド様が封じたとはいえ、復活の可能性は捨てきれません……と、前回会議にてそう決議されました。報告が遅れましてすみません」

「そうだったのか、悪《わり》ィな欠席気味でよ」

このランキング表の更新は、その必要があり、こうして序列上位の使用人が集まれた時のみに行う。そのため、参加不参加のムラや、不定期開催による更新の滞りが多々あった。

また、当然、使用人たちが察知しきれていない部分の実力は反映されていない。それを皆も十分に知りながら作成しているため、この表はあくまで目安として用いられている。

「お気になさらず。貴方の仕事は馬が相手ですから、どうしても手が離せないのはわかります」

「いやいや、いいんちょサマこそお忙しいのにまァご苦労なこって」

「こらそこ、会議中にイチャイチャしない」

「してねェよ‼」

「コスモス、口を慎んだ方がいいですよ」

三者三様、賑《にぎ》やかに会議は進む。彼らはいつもこうである。

「スチーム辺境伯は……三等級でしょうか？」

「単純な戦闘能力だけで考えたらそんくらいじゃねーかな。あたしは四等級かなとも思うけどよ」

「わたくしは三等級が妥当と考えておりますわ」

「私もパニっちに同意かなー。ご主人様とは同衾《どうきん》したいところだけどなー」

「脈絡がなさすぎて意味がわかりませんわ……」

「無理やり下ネタをねじ込むの止《や》めた方がいいですよコスモスさん……」

「ごめん今のは私が悪かった」

スチームは三等級で決定した。

その後、他に等級の変動がないか皆で話し合っていると……会議室を意外な人物が訪れる。

「──おう、ここに集まってたのか」

「あァっ⁉　ソブラ兄さんじゃねェっすか！」

「ソブラ……！　お久しぶりです」

「あーうっせぇうっせぇ。黙っとけ。ちょっと俺に喋《しゃべ》らせろ」

料理長ソブラ、三十五歳独身彼女募集中の元カラメリア中毒者である。ソブラは以前のような荒っぽい口調でジャストとキュベロを軽くあしらうと、全員の顔が見える位置に立った。

そして——。

「すまなかったッッ‼‼‼」

——絶叫と同時に、土下座をする。

彼は泣いていた。ソブラのイメージとはかけ離れた様子と行動に、全員が驚く。

しかし……彼のファーステストへの熱意は、これでもかと言わんばかりに燃え滾《たぎ》っていた。そしてそれは、肉体と精神をカラメリアに支配されていた頃《ころ》から何一つ変わっていない。

「……薬は抜け切った。ラズベリーベル様のお陰で体調も回復した。もう、動ける。これから俺は、全身全霊で、皆に、セカンド様に尽くす。一つずつ、少しずつ、返していく。だから、どうか、よろしく頼む……！」

無駄な言葉は発さない。二度と薬をやらないなどと、当然のことは言わない。

迷惑をかけたことへの謝罪と、経過の報告と、これからのこと。

既にセカンドたちには伝えてあった。ファーステスト邸を練り歩き、顔を合わせた一人一人に、部下の部下のそのまた部下にさえも、決して面倒くさがらず一つずつ丁寧に言葉を伝えて回った。

そして最後に、ここを訪れたのだ。

「……わかりました、ソブラ。とても貴方らしい、強い言葉です。だからこそ、私は……恐怖を禁じ得ない」

暫《しば》しの沈黙の後、皆を代表してキュベロが口を開く。

「貴方ほどに意志の強い人でさえ、カラメリアの依存性には敵わないのですね」

本当に恐ろしい薬だと、認識を新たにする。

ゆえに、現在、王都で義賊Ｒ６《リームスマ・シックス》として騎士団によるカラメリアの取り締まりに力を貸しているレンコの活動が、キャスタル王国にとって必要なことだとも理解できた。

「ですが……それほどの薬に侵されていても、更生できる。貴方によって、そう証明されたのです。ソブラ、よくやりました。貴方は誇っていい」

「……！」

「おかえりなさい、ソブラ。私たちは貴方の復帰を心から祝福します」

「…………ッ‼」

ソブラは、堪《こら》え切れず号泣する。今日一日で、どれだけ泣いたかわからない。

皆、そうだったのだ。ファーステストの皆は、誰《だれ》しもがそうだった。

――温かい。王国社会においてはゴミクズ同然の男を、こうも温かく、再び迎え入れてくれた。

これを絆《きずな》と言わずなんと言うのか。十傑並びに四天王、この十四人は、皆一様になんらかの悲惨な過去がある。共に救われ、共に過ごし、共に尽くし、共に癒《いや》されてきたからこそ、彼らの間にはまるで家族のような強く深い愛情が育まれていた。

彼らは、ここで、この奇跡のような場所で、家族の愛情を知り、かけがえのない絆を得た。

皆、当然、それを大切にする。これまで得られなかった分、人一倍、大切にする。やっと手に入れた宝物、そう簡単に手放そうとは思えなかった。

そう、たかが薬の一つで、彼らの絆が壊れることなど、到底有り得ないのだ。

「よし、では皆で一発ずつ殴りましょうか」

「…………えっ」

ただ、それなりに厳しい。

絆を守り切るということは、そういう強さを持つということでもある。

特に、元・大義賊の若頭であるキュベロは、けじめの付け方をよくわかっていた。

「いやァー、ソブラ兄さんを殴れる機会なんてもう二度とねェだろうから、腕が鳴りますぜェ」

肩をぐるぐると回しながら、ジャストが立ち上がる。

「わたくしは肝臓を狙《ねら》いますわ」

「あたし鳩尾《みぞおち》予約〜っと」

「ソブラさん、エル姉は容赦ないですから、これを」

物騒な予約を入れる二人を尻目《しりめ》に、エスはソブラにポーションをいくつか手渡す。

「ちなみに私はＳＴＲが低いので喉《のど》を狙わせていただきます」

それから、一言そう伝えた。

「じゃあ私は満を持して股間《こかん》で」

「では最後に私が顎《あご》で締めましょう」

コスモスとキュベロも立ち上がる。

「――ッぶ‼」

直後、特になんの合図もなく、いきなりジャストから順に殴り始め…………キュベロが手加減しながら顎へと左フックをお見舞いする頃には、ソブラの意識は完全に途絶えていた。

後日、厨房《ちゆうぼう》にて「あっはっは全く最高の仲間だぜ……」とぶつぶつ呟きながら、自分を殴った六人の料理にだけ唐辛子を少し多めに振りかける料理長の姿があったとかなかったとか。

◇◇◇

「凄《すご》いなラズ！　あいつメチャ元気になってんじゃねーか！」

「思たより効いとったなあ！」

晩メシ後。「お陰様で体調が良くなりました」と挨拶《あいさつ》に来たソブラの様子を見てぶったまげた。

あの生気のない抜け殻のような状態で「巨乳だ爆乳だ」と口にしていた彼は今や影も形もなく、むしろ活力バリバリ血色良好のイケイケ料理人へと進化を遂げていたのだ。

ソブラは見ていてしんどいくらいに本気の泣きべそをかきながら謝罪と感謝を繰り返すので、「わかったわかった！」と無理やり説得し回れ右させて、半ば強引にお帰りいただいたため、詳しい話は聞けず終《じま》いであった。

ラズもまさかここまで効果覿面《てきめん》とは思っていなかったようで、少しばかり驚いた様子である。

「それにしても、やっぱり開発終わってたのか。だと思ったよ」

「ちゃうねん。最終試験の段階やねん。でもな、ソブラはんの方からどうしてもってお願いされてもうてな」

「臨床試験に志願したわけか、あいつ」

「絶対に効く確証はあんねんけど、どんな副作用があるかはまだ掴《つか》み切れとらんよって、きちんと説明しといたで」

「そうか、じゃあまだ副作用の可能性も……」

「いや、多分ないんやない？　出るとしたらもう出とるはずや。つまり……」

え、それって……。

「ソブラはんは、そうやんな！」

「……大成功？」

おおっ！

「やっふー！」

「やっふーやな！」

「ああ、やったなぁラズ！」

「ゃ、ぁふっ……んんっ！」

俺たちは両手でハイタッチしてからぎゅっとハグをして、喜び合った。ラズの悩ましい声は、とりあえず聞こえなかったことにする。

いやあ、いろんな意味で嬉《うれ》しい。ソブラは楽になったし、カラメリア関連のあれこれは終息へと向かいそうだし、何よりこれでラズがメヴィオンへと専念できる。ああ、こんなに嬉しいことはないな。グロリアとも出会えた。ラズも本腰を入れ始める。そして、まだ見ぬ強敵も……。

「最高だなマジで」

「——ラズベリーベルの抱き心地がですか？　ご主人様」

「うむ、それも然《さ》ることながら…………ゆ、ユカリ」

急激に頭が冷え、パッとラズの体を放す。

ラズはボフッとソファに仰向《あおむ》けに倒れると、素早くクッションを手に取って真《ま》っ赤《か》になった顔を隠すように顔面へと押し付け「もがぁああーっ」と叫んでジタバタした。

「これは、あれだ……そう、スチームのせいだ」

「左様でしたか。では後ほど辺境伯宛にカミソリを送っておきます」

すまないスチーム。

「ところでご主人様、早くお休みになられては」

「おっ、ということは明日も俺の出番か」

もはや恒例行事となった、ユカリによる明日のタイトル戦報告。

ユカリは「はぁ」と呆《あき》れ気味に溜《た》め息《いき》を一つ、口を開いた。

「明日は四鎗聖《しそうせい》戦です」

◇◇◇

翌朝、四鎗聖戦挑戦者決定トーナメントが始まる。出場者は、カレンという名前のダークエルフの女と、うちのメイドのシャンパーニと、俺の三人。この中の勝者が、現四鎗聖のラデンというダークエルフの男に挑戦することができる。

俺はシードだった。そのため、カレンとシャンパーニのどちらかと戦うことになるのだが……。

「どうして俺がシードなんだよ」

「まだ言っているのかセカンド殿」

「だって俺、初出場だろ？　カレンは初出場じゃないと聞いた。彼女がシードでいいじゃないか」

「公平にくじ引きで決まったことだ、仕方がないぞ」

「いやいやいやいや……」

違う、そのくじ引きがおかしいことに気付け。そもそも、くじ引きをする必要などなかったんだから。なんでも裏で各方面から俺をシードにするようにという強い働きかけがあったらしい。最終的にタイトル戦運営側が折れて、俺とカレンのどちらかがシードとなるようなくじ引きが行われ、その結果俺に決まったようだ。本当にくじ引きが行われたかどうかも怪しいところである。直前になり発表されたトーナメント表を見て疑問に思ったユカリがイヴ隊を使って調査したというのだから、かなり信頼度の高い情報だ。

「ふざけんなと。ちょっとマインのとこに行ってくる」

「ご主人様、既に二人は闘技場中央へと集まっております。もはや覆せません」

「いや、覆らないにせよ、文句の一つでも」

「それに――ご主人様が思っている以上に、この問題は根深いです」

……根深い？　そう言って俺を引き留めるユカリは、何処か冷たい顔をしていた。

なあ……それって。

「比較的軽減されてきたとはいえ、この王国にも未《いま》だ差別は残っております」

「………ダークエルフか」

「はい」

「ダークエルフだから彼女はシードから外されたのか」

「恐らく」

「……やっぱりマインのところに」

「陛下もご尽力されたことでしょう。ご主人様が誰《だれ》よりもタイトル戦に熱意を注いでいることは、陛下もよくご存知でしょうから」

「じゃあなんで俺がシードになってんだよッ」

「王国における有力者の殆《ほとん》どはダークエルフ差別に賛成ということでは」

「…………」

俺は「有り得ない」という呆れ顔をしながら手を広げて上に向け、乱暴に着席することしかできなかった。人間、本当に呆れると、言葉が出ないんだな。

……いや、馬鹿が、冷静になれ。この場で一番憤って然《しか》るべきユカリが、これほど淡々としているのだ。主人が一人で勝手に熱くなっていてはいけない。

「セカンド殿……これは許していいことではない！　ふざけているッ！　帝国の狗《いぬ》どもが消え、王国貴族も少しはマシになったかと思ったが、まだこれほどに腐っていたとはな……！」

熱くなっているやつが隣にも一人いた。シルビアのこういうところ好き。

だが、これは熱くなったところで解決するような話ではないと気付けた。そう、ユカリの言う通り、根深い問題だ。

「ご主人様、落ち着いていただけて嬉しく存じます。そこで一つ、私にご提案が」

来た。素晴らしきかなユカリ、俺のことをよーくわかっている。

「お前もお前で苦心していたんだな」

「いえ、私は別に同族がどのような扱いを受けようと知ったことではありませんが、ご主人様が納得されないのではと思い、少々、私の精霊と相談をしたまでです」

あっ……（察し）。

「終わったな」

事が始まる前からシルビアがスッキリした表情で言った。俺も同感だ。

「話は簡単です。ご主人様が四鎗聖を獲得し、各新聞社の取材に対してご主人様をシードにするよう裏で意見した貴族一人一人の名前を挙げ批判するのみ。後は任せておいて、とのことです」

「そんなことが……可能だよなぁ、あいつなら」

「既に調べはついております」

「あ、そうだ。オームーン伯爵家は？」

「特筆すべきかと」

「よし、三回くらい言ってやろう」

流石《さすが》だオームーン家。「貴族に非《あら》ずば人に非ず」と口に出しちゃうようなご令嬢を育て上げた家は、当然の如《ごと》くダークエルフも差別してるんじゃないかと思ったが大当たりだった。

オームーン家は今日一日で散々な目に遭うだろうな。なんてったって、ティーボ・オームーンが学生時代にいじめていたシャンパーニ・ファーナは、今や……な！

「ご主人様。差別を一気に取り払うことは難しいという点はお含み置きください。ですが、ご主人様のような人々の注目を集めるお方が先頭を切って道を進むことで、人々の差別意識はゆっくりとしかし着実に変化してゆくのです。地道な活動にはなりますが、その第一歩を踏み出さんと決意していただけたこと、とても頼もしく存じます」

「ユカリって、案外、ツンデレだよなぁ……」

「……はい？」

同族がどのような扱いを受けようが知ったことではない、とか言いながら、これだもんなぁ。

「お前は可愛《かわい》いということだ」

「……あ、ありがとう存じます」

褒め言葉一つで、耳の先まで真っ赤になっちゃう体は、正直そのものなんだけども。

◇◇◇

「おーっほっほっほ！　ついにこの時がやって参りましたわっ！」

闘技場中央に歩み出てきたのは、ふわふわウェーブの長い金髪にメイクもバッチリな、メイド服を着たお嬢様。彼女は今朝《けさ》も一時間以上かけて髪のセットと化粧を行い、メイド服にも細部に至るまでアレンジを施し、香水も新しく購入したものに変えて、下着も一番気に入っているものにして、最高で最強に気合十分であった。

「嘘《うそ》でしょう……本当に、パニーなの……？」

まず、彼女の姿を見て度肝を抜かれたのは、学生時代の彼女を知る者たちだ。

没落貴族の娘として来る日も来る日もいじめられ、なんの抵抗もできず最後には奴隷《どれい》にまで落とされた女学生、シャンパーニ・ファーナ。それが今や四鎗聖戦出場者など――いじめていた者たちにとっては、悪夢にほど近い現実。

タイトル戦出場者ともなれば、その地位は並の貴族にも劣らない。貴族令嬢など、明らかに下に見ることができる。肩書きが全《すべ》ての貴族社会において、過去にいじめていた相手が自分よりも上の地位に成り上がったとなれば……もはや恐怖に震えるしかない。

加えて、シャンパーニの後ろ盾が誰なのか、皆が理解していた。だからこそ、これほどまでに顔を青ざめさせる。このキャスタル王国において、貴族たちが最も敵に回したくない相手、傍若無人豪快奔放最強最悪の全権大使だ。シャンパーニが誇らしげに着用するメイド服が、その全てを物語っている。タイトル戦出場者ですら使用人として何人も抱える、常軌を逸した集団。睨《にら》まれたら「終わり」だと、誰もが知っていた。

「――あら、ティーボさんご機嫌よう。顔を青くして、体調が優れないのかしら？」

「っ⁉　こ、これはこれは、シェリィ様、ご機嫌よう。先日の社交パーティ以来ですわね」

「――おや、私はここですか。全く変な場所で会うね、お二人さん」

「な⁉　す、スチーム卿《きょう》……におかれましては、まさかこのような場所でお目にかかれるとは」

「そういう挨拶《あいさつ》はいらない、ティーボ・オームーン。ああ、シェリィ君、どうも。君には後日、例の記念パーティで改めて挨拶しましょう」

「ご出席なさるのですね！　嬉しく存じます。失礼ながら、私もご挨拶はその時にいたします」

「うん、それがいい。もうそろそろ試合が始まってしまいますからね」

　いじめの首謀者ティーボ・オームーン伯爵令嬢には、密《ひそ》かに四鍵聖戦への招待状が送られていた。招待者の名前はセカンド・ファーステスト全権大使。伯爵令嬢如きが、断れるはずもない。

　場所は最前列の特等席だった。しかしながら、隣の席には、伯爵令嬢かつ霊王《れいおう》戦出場者シェリィ・ランバージャックが。反対側の隣には、千手将《せんじゅしょう》戦出場者スチーム・ビターバレー辺境伯が。

　ティーボにとっては、異常に落ち着かない席だ。

　部下を思ったメイド長の、ささやかな復讐《ふくしゅう》である。事情を知った二人は、二つ返事で快諾してくれた。ご令嬢の方は、立腹の表情で。辺境伯の方は、実に嫌らしい微笑みで。

「しかし流石はセカンド閣下、あのように優秀で美しい使用人を育成していたとはね」

「セカンドは自分だけじゃなく身内の育成にも意欲的ですから……私も兄も負けていられないわ」

「うん、ランバージャック家は安泰だね。私も負けていられない、と言いたいところだけれど、現状私はシャンパーニさんにも勝てそうにないよ」

「スチーム卿、そんな弱気では国境が心配になっちゃうわ……って、あの武器は何？」

「国境については心配いりませんが……と、あの武器は、虹之薙刀《にじのなぎなた》か」

「ウソ……虹之薙刀って、虹龍《こうりゅう》が落とすっていう、伝説の……？」

「彼女、既に虹龍さえ倒していたんですねぇ……」

「ティーボさん、凄《すご》いわねシャンパーニさんは？　ねぇ？　凄いわよね？」

「え、ええ……凄いです……」

「メティオダンジョンの攻略、まさしく快挙と言えましょう。君もそう思うだろう？　ティーボ・オームーン」

「は、はい……快挙です……」

「さぞかし素晴らしい学生時代を過ごしたのでしょうね。私もそんなに素晴らしい学校があるなら行ってみたかったわ」

「彼女の母校は何処だったんでしょうね。記念パーティでセカンド閣下に聞いてみましょうか。ねえ、君も気になるんじゃないかな？　ティーボ・オームーン」

「き、気に、なります……はは、ははははは……」

スチームとシェリィはティーボを挟み、シャンパーニを上げる言葉を連発する。

そう、まさか隣に座っているオームーン伯爵家のご令嬢が過去にシャンパーニをいじめていたなどとは、つゆ知らず。

……否、知らないい風に。

二人は全て知っているのだ。セカンドが虹龍を倒し、虹之薙刀ドロップの2%を引き、それをシャンパーニにプレゼントし、彼女が嬉《うれ》しさのあまりに泣きながらぴょんぴょん飛び跳ねたことすら知っている。虹龍を倒した本人から聞いたのだから当然だ。

ゆえにこの場は、シャンパーニが虹龍を倒したことにして、虹之薙刀もシャンパーニが手に入れたことにした。何故《なぜ》なら、その方がティーボに効くからである。

以降、四鎗聖《しそうせい》戦終了まで、この状況は続く。ティーボにとっては、まさに地獄であった……。

「初めましてカレンさん、わたくしシャンパーニと申しますわ。以後お見知りおきを」

「初めまして、シャンパーニ」

闘技場中央でシャンパーニと向かい合うのは、ダークエルフの女。名をカレンと言った。

歳《とし》は二十八、しかし外見は人間の十代後半ほどに若々しい。褐色の肌に長い耳、灰色の髪は短めに切り揃えられ、前髪の隙間《すきま》から金色の瞳《ひとみ》が覗《のぞ》いている。

彼女の容姿はラデン四鎗聖によく似ていた。そう、彼女はラデン四鎗聖の妹である。

「ところで貴女、ご令嬢？　貴族なの？　メイドなの？」

「よくぞ尋ねてくださいました。〝お嬢様メイド〟で御座いますわっ！」

「……そ、そう」

メイド服を着たお嬢様なのか、お嬢様っぽいメイドなのか、実に紛《まぎ》らわしい。どちらかというと後者だが、没落したとはいえ前者でもある。本当に紛らわしい。ゆえにカレンは困惑していたが、しかし……。

「でも、まあ、それなら――敵ってことね」

お嬢様と聞いて、目つきを変える。

「……カレンさんにも譲れない矜持《きょうじ》があるということですわね。いいですわ、わたくしがお相手して差し上げましょう」

「へぇ。貴女、貴族のくせになかなか見どころがあるじゃない」

距離を置いて、睨み合う二人。

「――互いに礼！　構え！」

カレンがインベントリから取り出したのは、ミスリルスピア。軽くて強靭《きょうじん》な扱いやすい槍《やり》である。

一方、シャンパーニが取り出したのは、虹之薙刀。虹龍産ドロップ品のレア武器だ。メヴィオンにおいては薙刀も【槍術《そうじゅつ》】に含まれる。この半年間、シャンパーニはこの強力な薙刀を相棒に研鑽《けんさん》を積んできた。この薙刀のお陰で、並みいる使用人たちの中から頭一つ抜け出せたと言っても過言ではない。

「……チッ……」

カレンは虹之薙刀を見て、舌打ちする。

見どころがあるなどと言ってしまったことを後悔したのだ。とんだ思い違いであったと。

——あんな凄そうな武器、きっと金で手に入れたに違いない、これだから貴族は……と、そう考えてしまったのだ。

彼女は、貴族を憎んでいた。理由は想像に難くないだろう。

ダークエルフとして暮らしているだけで、貴族を憎むには十分な理由が日々積み重なるのだ。

「——始め！」

審判の号令が響く。次の瞬間。

「……ッ‼」

カレンは目を見開き、そして全力で疾駆した。シャンパーニが号令とほぼ同時に準備を始めたスキル——《龍馬《りゅうま》槍術》は、前方への強力な遠距離攻撃。一切の情け容赦ない、開幕最強の初手。

「撃たせない！」

「おーっほっほ！　ごめん遊ばせっ」

「ぐっ⁉」

カレンは一気に間合いを詰め、《桂馬槍術》による跳躍攻撃でシャンパーニの《龍馬槍術》を阻止せんと槍を伸ばした。シャンパーニはカレンのスキル発動の直後に《龍馬槍術》をキャンセルし、《香車槍術》を発動する。《香車槍術》は横薙《よこな》ぎの範囲攻撃、対応には持ってこいのスキルだ。

「まだまだ行きますわよっ」

横方向の攻撃で受け流されたカレンへ、シャンパーニは追撃の《銀将槍術》を準備する。

溜《た》めるほど強力な単体攻撃。しかし溜めずに攻撃することで——。

「くそっ！」

火力は落ちるが、【槍術】において最速の攻撃と化す。これは《銀将抜刀術》と同様の現象だ。

カレンは着地と同時に一瞬で体勢を整え、振り向きざまに《歩兵槍術》で《銀将槍術》そのものに突きを入れる。凄《すさ》まじいテクニック。シャンパーニは今すぐにでも拍手とともにカレンを称賛したい点を三つ以上見つけたが、試合中なのでそれはできない。

「素ン晴らしい突きですわっ！」

しかしそれでも口に出してしまうのが彼女の性格であった。

「口じゃあなくて手を動かしなさいなッ！」

その一瞬の隙をカレンは見逃さない。少し開いた間合いを利用し、《飛車槍術》の準備を開始する。《飛車槍術》は溜めるほど強力な突進攻撃。そして——すぐさま、発動する。

「ほぅら、油断してるから、間に合わないわよッ」

カレンの言う通り。《飛車槍術》を唯一ノーダメージで防げる飛車以下のスキル《金将槍術》が、間に合わない。この場合、《銀将槍術》を溜め、なんとか互角に近い形でぶつけ合う対応が考えられるが……。

「お言葉ですけれど……お嬢様に油断はありませんの」

シャンパーニは冷静に一言、《桂馬槍術》を発動する。そして――斜め後ろに跳躍した。

「⁉」

空中で《桂馬槍術》をキャンセル、慣性のまま移動して《金将槍術》を準備、着地に成功する。

「移動ルートが湾曲すると、突進の速度は落ちるんですのよ？」

だから、ギリギリで間に合う――《金将槍術》が。

「あっ、ちょっ……⁉」

一方、カレンのスキルキャンセルは間に合わない。槍先が到達する寸前まで、カレンはシャンパーニの《金将槍術》が間に合わないと思い込んでいたのだ。

「――ッ」

《金将槍術》のカウンターが炸裂《さくれつ》する。カレンの《飛車槍術》は無効化され、見るも無残にブン投げられた。そして……ダウン。それ、すなわち。

「これで詰み、ですわね」

シャンパーニによる《龍王《りゅうおう》槍術》の準備が、完了する。

非常に強力な単体攻撃。【槍術】最強の攻撃を防ぐ手立ては、最早《もはや》ない。

「……貴女、ズルいわよ。貴族のくせに、腕は確かじゃない」

「貴族が嫌いなんですの？」

「そうよ。悪い？」

シャンパーニはゆっくりと首を横に振ると、優しげな笑みを浮かべて口を開いた。

「それなら……わたくしと、わたくしのご主人様の生き様を、よく見ておくといいですわ」

「――それまで！　勝者、シャンパーニ！」

◇◇◇

四鎗聖戦、挑戦者決定トーナメント決勝。これからシャンパーニと俺の試合が始まる。

試合前、俺と彼女は位置について向かい合い、いくつかの言葉を交わした。

「ご主人様、ご機嫌よう。良い天気ですわねっ」

「ご機嫌ようシャンパーニ。晴れ舞台だな」

「ええ！　本当に」

……世の中には、凄いやつがいる。シャンパーニ、彼女は、紛れもなく凄いやつ。

胸に夢を抱いたその日から、ただひたすら己の道を信じ、地獄のような日々に屈することなく、逆境を跳ね返し、突き進んできた。

そして今、ここに立っている。彼女の目指す理想そのものの姿で、ここに。

それが如何に凄まじいことか！　彼女のことを嘲笑《あざわら》いながら遊び半分で地獄に突き落としたやつらには、一生かかってもわかるまいよ。

「――互いに礼！　構え！」

号令がかかる。シャンパーニが取り出したのは、虹之薙刀《にじのなぎなた》。俺は、なんの変哲もないミスリルスピア。

一瞬の静寂。下段に構えた彼女は、静かに口を開いた。

「……ありがとう御座います」

思わず目を奪われる美しい微笑み。

一体なんのお礼なのか。俺にはその理由がよくわからなかったが、何故《なぜ》だかしっくりときた。彼女は、今、とにかく、俺に感謝を伝えたい気分になったのだろう。

「こちらこそありがとう」

だったらと、言葉を返してやる。俺の方こそ感謝を伝えたい気分なのだ。

お前はよくやっている。凄惨《せいさん》な過去をおくびにも出さず、こつこつと努力し、自分には剣より槍が向いていると気付き、再びゼロからやり直し、半年でここまで上がってきたお前は、本当によくやっている。尊敬するよ、心から。

お前が俺なら……それでも、自殺しなかったのだろう。ああ、そうかもしれない。

俺にはない強さが、意志の強さがある。

これから、そんな凄いやつと勝負するんだ。笑顔になるに決まってるさ。

「――始め！」

試合開始の合図。

俺たちは互いに、不思議と湧き出る笑みを浮かべたまま、一気に間合いを詰め合った。

「ひゅっ！」

彼女の初手は有効範囲ギリギリからの《角行槍術》。横薙ぎの強力な範囲攻撃。

その口から漏れ出る息で、力のこもり具合が窺《うかが》える。

シャンパーニ、本気も本気だ。こいつめ、初戦は手を抜いていたな？

「ああ、考えたなぁ」

直後、彼女の作戦に気付き、思わず率直な感想がこぼれる。

俺は《金将槍術》で対応した。カウンタースキルだ。シャンパーニの槍が少しでも触れれば、彼女は手痛い反撃を喰《く》らいダウンを余儀なくされる。

すると……彼女は少しだけ薙刀《なぎなた》の柄《つか》を引っ張り、自身に引き寄せた。

これが有効範囲ギリギリで《角行槍術》を放った理由だろう。少し引けばカウンターを回避可能、少し押し出せばなんの問題もなく攻撃可能。その微妙なラインを彼女は見極めていた。

動く物体を相手にこのラインをしっかりと見極められるようになるには、相当な訓練が必要だ。

しかしシャンパーニはこの半年、ファーステストの敷地の中で見かけることがあっても、そんな訓練をしている様子など少しもなく、常にお嬢様然として優雅に働いていた。

「凄《すご》いな、いつの間にやらこんなことまで身に付けて」

「お嬢様は努力を人に見せませんのよっ」

そういうことらしい。

「骨の髄までお嬢様だなぁ」

「おぉーほっほっほ！」

シャンパーニは本当に嬉しそうに笑いながら、次なるスキルを準備する。

あれは《香車槍術》。角行よりも準備時間が短い反面、範囲と威力の低い横薙ぎの攻撃。

なるほど、追撃としては申し分ないが……鋭さに欠ける。

「！」

いや待て。すっかり彼女のペースに乗せられていた。

シャンパーニは突きが得意だと自分で言っていたではないか。しかし、初撃から二連続で薙ぎ。

こりゃ何か準備しているな？

「――そこですわっ！」

やはり。《香車槍術》に対する俺の《香車槍術》での対応を見てから、彼女は即座にスキルをキャンセル、《桂馬槍術》を発動した。《桂馬槍術》は大きく跳躍して突きを入れるスキル。【槍術】においても最もスピード感のある攻撃だ。

いいね。いい緩急だ。そつがない。

ただ、俺が軽く誘ったそばから、待ってましたとばかりに出してしまったのは、いただけない。

「こうしてみようか」

俺は彼女の《桂馬槍術》発動とほぼ同時に、一歩後退しながら再び《金将槍術》を発動する。

「‼」

シャンパーニは驚きに目を見開いた。

そりゃそうだ。だって、明確に金将の準備が間に合わないタイミング。

いや、語弊があった。俺にとっては「明確」だが、彼女にとっては「微妙」だろう。

つまりはブラフであり、全《すべ》てを相手に委ねた手と言える。

シャンパーニはこれから桂馬で跳躍するまでのほんのわずかな一瞬に、俺の金将が間に合うか間に合わないか微妙に思える部分を踏まえて判断し、どうするか決断しなければならない。

このまま桂馬で攻撃するも一興、跳躍の方向を変えて仕切り直すも一興だ。

「流石《さすが》、おやりになりますわね！」

……槍《やり》だけにってか。面白い。こいつ美人でお嬢様でメイドで四鎗聖《しそうせい》戦出場者でその上ギャグセンスまであるのか。完璧《かんぺき》だなオイ。

さて置き、シャンパーニはそんな面白ギャグを口にしながら、俺とは反対方向へ跳躍した。

俺の金将が「間に合う」と判断してしまったわけだ。

だろうな。お前の初手の角行、まだまだ遊びの部分が多かった。本当の本当にギリギリのラインは、あと八センチほど手前だ。

「おっと」

ここで看過できないスキルが来た。

シャンパーニは初戦でも見せた空中スキルキャンセルを使って、跳躍中から《龍馬槍術》を準備し始めている。衝撃波による強力な遠距離攻撃スキル。桂馬によって開いた間合いを利用して遠距離攻撃をぶち当てようという作戦か。

「さあ、覚悟あそばせ、ご主人さ――っ⁉」

着地と同時に振り返り、驚愕《きょうがく》の顔を浮かべるシャンパーニ。

理由はなんとなくわかる。思ったより近かったんだろう？　俺が。

単純だ。お前が桂馬で跳んだ瞬間から、俺は金将をキャンセルし《飛車槍術《そうじゅつ》》で突進していた。

お前が何を準備しようが、何で来ようが、この状況、俺は飛車だ。そう決まっているのだから、即座に発動し即座に突進して当然。こんなんで驚いてちゃあ駄目だぞ。

「来い」

金将は間に合わない。恐れるな、撃ってこい。もう、それしかない。

「くっ‼」

撃った。素晴らしい！

俺との距離が後一メートルもないタイミングで、シャンパーニは《龍馬《りゅうま》槍術》を発動した。

俺の《飛車槍術》とぶつかり合い、互いに衝撃を受ける。

《飛車槍術》は溜《た》めるほど強力な突進攻撃スキル。スキル発動のタイミングは突進開始時とフィニッシュの突き攻撃時の二つに分かれており、溜め判定は突進の発動までとなる。つまり今回はあまり溜めることができなかった。だが、それでも龍馬と比べて半分くらいの威力はある。そこへ俺と彼女の大きなステータス差を加味すれば……悲しいかな飛車の方が火力が出てしまう。

「……す、凄まじい、威力ですのね」

「お前こそよく怖気《おじけ》づかなかったな」

「わたくし、お嬢様ですから」

「……最高だよ全く」

最高に気合の入った女だ。だが、

「悪いな」

俺は世界一位なんだ。お前がいくらお嬢様だからって、譲ってやるわけにはいかない。

互いにダメージを受け、間合いは再び開いた。シャンパーニの方が、明らかに喰らっている。

しかし、彼女はフラつきもせず、しっかりと両の足で立ち、ピンと背筋を伸ばし、槍をこちらに向け構えていた。もはや意地だな。

硬直時間は大幅にダメージが少なかった俺の方が短い。ゆえに、俺は再び《飛車槍術》を準備し、先に突進を始めることができる。

一秒経過、間合いは詰まり、彼女が《金将槍術》を準備し始めたとしてギリギリ間に合うラインを越えた。その瞬間、彼女の硬直が解ける。

さあ、次で全てが決まるぞ。何で対応する？　お前のことだ、まさか金将などではあるまい。

「！」

意を決した表情で、シャンパーニが準備したのは――《銀将槍術》。

溜めるほど強力な突きを繰り出す、単体攻撃スキル。しかし、同系統上位スキルの《飛車槍術》には完全に劣る。これからいくら溜めたとしても、俺と彼女のステータス差は覆らない。

シャンパーニ、一体どういうつもりで――。

「――ッ‼」

まさか……！

「ご主人様、ファーステストの皆様、会場の皆様、カレンさん。そして、お父様、お母様……篤と、ご覧くださいまし」

シャンパーニは溜め終える。そして、俺の《飛車槍術》による突きの発動と、彼女の《銀将槍術》による突きの発動、そのタイミングが重なり、方向も一直線に揃《そろ》い、速度も合わさり――。

「これが、わたくしの生き様ですわっ――！」

――相殺。彼女の狙《ねら》いはこれだった。三日前の一閃座《いっせんざ》戦、俺がラズベリーベルとの試合で見せたばかりの相殺を、彼女は、今、ここで、ぶちかましてやろうとしている。

一か八かどころの話ではない。三日三晩で身に付くような生半可な技術ではない。

なのに、彼女は、この大一番で、この晴れ舞台で、未《いま》だ不完全であろうそれに全てを賭《か》けた。

誰《だれ》にどう見られようと気にすることなく、自分が信じる自分を貫き通した者の強さだ。

己を超えようとしているのだ。何かを残そうとしているのだ。必死に。

「…………………」

相殺は失敗した。

シャンパーニは《飛車槍術》の直撃によって吹き飛び、派手にダウンする。

……観客たちから、「あぁ」と、落胆にも似た溜め息が聞こえた。「おいおい」と、「何やってんだよ」と、呆《あき》れるような声も聞こえた。

見ようによってはそうだろう。飛車に対して銀将を準備して、結果的に直撃を喰らってダウンするなど、一見して意味不明、何をやっているのか理解できない行動。

勿論《もちろん》、シャンパーニもそれをわかっていたはずだ。

観客には理解してもらえないと、わかっていたはずだ。

父にも、母にも、ティーボ・オームーンたちにも、理解してもらえないと、わかっていたはず。

意味不明なミスで負けた半人前の間抜けだと思われると、わかっていたはずなのだ……！

「わかってねぇな」

わかってねぇよ。

皆、彼女の凄さがわからない。今の幸せで幸せで最高な自分を、一度落としてでも、更に超えようとした彼女の凄さが、皆、わからない。

当然だ。彼女はわかってもらおうとしていない。彼女の夢は、誰かにお嬢様だと思われることではなく、自分の思うお嬢様で在り続けることなのだ。

凄い。凄いよお前。強過ぎる。

こんな言葉しか出てこない俺が情けないけどさ……お前、本当に最高だよ。

「――それまで！　勝者、セカンド・ファーステスト！」

◇◇◇

「よろしく頼む、セカンド三冠。いや、四冠か」

「どーも。今日で五冠になるセカンドだ」

「……はは、面白くない冗談だな」

現四鎗聖のラデンという男は、灰色の髪をした長身のダークエルフだった。

ラデンは俺と対峙《たいじ》すると、右手を挙げて流れを遮るように口を開く。

「すまないが、少し時間をもらってもいいだろうか」

「どーぞ」

何かするつもりのようだ。

興味深く見ていると、ラデンはくるりと観客を振り返り、声を張り上げた。

「――我々ダークエルフは迫害されている！　何十年も、何百年も、差別は続いている！　我々は同じ生き物だ！　ダークエルフは、人間とエルフと並び立ち、共に歩いていくべき友なのだと、何《な》故《ぜ》気付かない！　ダークエルフの奴隷《どれい》を解放し、正当な立場を保証し、難民を受け入れるべきである！　これは当然に認められるべきことだ！　私が私である限り、如何様《いかよう》な反発があろうと、この主張は続ける！」

……驚いたな。いや、呆れたと言うべきか。

タイトル戦の場で、それも俺との試合の直前に、演説だと？

「……以上だ。失礼、セカンド四冠。待たせてしまった」

「この演説、いつもやってんのか？」

「かれこれ六年はやっている。他に出場者がカレンしかいない時期が続いたのでな」

「へぇ、そりゃまた何故？」

ずっと槍は人気だと思っていたが、この世界ではそうでもないようだ。そこに原因があるのか？

「私たち兄妹《きょうだい》がダークエルフだからだ。人間もエルフも、ダークエルフに負けたくないのだろう。ゆえに出場者が少ない。私の演説を止めることもできない。それは彼らが、この私より、ダークエルフより弱いからだ」

「……なーるほど」

こいつかこいつの妹に一度でも負けたら「ダークエルフに負けたやつ」とレッテルを貼られ続けることになると。だから皆チキっちゃって出場しないと。

「クソだな」

「ははは、随分とハッキリ言う」

「チキンしかいねえのかよ槍術者は」

「はははは！　私も同感だ」

……………………はぁ。

「で、どっちがついでなんだ？」

「……何？」

「タイトル戦と反差別活動、どっちがついでなんだと聞いているんだ」

「いや、ついでも何もないが」

「お前はなんのためにタイトルを獲得した？　演説をするためなんだろう？」

「違う。私は元より槍が得意だったからこそ、タイトルを獲得したその機会に」

「タイトル保持者としての発言力を利用して演説しているんだろう？」

「……それは、そうだが」

「どっちがついでなんだよ。ハッキリしろよイラつくなぁ」

「…………」

ラデンは考え込むように沈黙した。そんな様子さえ苛立《いらだ》たしい。こいつは何処か薄っぺらい。本気でタイトルに賭けている風にも見えず、本気で反差別活動をしている風にも見えない。

……半端野郎が。シャンパーニを見ていて、何も感じなかったのか？

「おっと、危ない危ない。術中にハマるところだった。これは君の盤外戦術か」

「あ？」

「では私もやり返させてもらおう。君の所に、ダークエルフの使用人がいなかったか？」

「いるが」

「彼女、奴隷だろう？　すまないが調べさせてもらった」

「そうだが」

「……ダークエルフの奴隷を従えて、よくもこの場に立ち、よくもそんなことが言えたな。君は恥ずかしくないのか？」

「別に」

「…………」

何が言いたいんだこいつは。

「流石《さすが》、奴隷に勝たせてもらった者は違うな。配下を人とも思っていないようだ」

ああ、そういう。

「シャンパーニはもう奴隷じゃないぞ」

試合前、廊下で頭突きしてもらった。〝脱獄〟済みだ。

「ははは、ボロが出た！　不正があったという点は否定しないのだな！」

「別に言ってもわからんさ」

「なんだと？」

「お前にはわかんねぇから言っても意味がない」

あいつの背中を見なかったのか？　あいつの生き様を見なかったのか？

いいや、見ていたはずだ。見ていてわからないのなら、こいつには一生かかってもわからない。

お嬢様とメイドと槍《やり》を、全《すべ》てモノにしようとしているんだ。本気も本気で。人生賭けて。わかんねぇよな、お前には。全部が半端なお前には。

「どれがついでなんだ？」と聞かれたら、彼女はこう答えるだろうさ。「は？」と。

本気のやつは、怒るんだよ。舐《な》められたらな。

「不正の内容ならわかっている。最後の彼女の銀将槍術《そうじゅつ》、明らかに不自然だった。君に勝ちを差し出したと見て取れる。ほら、私は全て知っているぞ？」

俺を追い詰めているつもりなのか、ラデンは余裕を演出してそう言った。

「……俺は別にいいんだ。このあとすぐにお前をボコボコにしてスッキリできるからな。だがシャンパーニの名誉のために言っておこう。彼女は三日前の一閃座戦で俺が最後の最後に見せた相殺を誰からの助言もなしに見抜き、ここぞという場面でそれに賭けたんだ。これが如何に凄《すご》いことか、お前にはわかるまい」

そして、わからなくていい。彼女の《銀将槍術》は、俺への信頼。相殺というあの一瞬の現象を俺が意図的に起こしたことなのだと心の底から信じていなければ、決して辿《たど》り着《つ》けない発想だった。何度も何度も失敗しただろう。本当に相殺という現象が起こるのか疑問に思ったこともあっただろう。なのにこの三日間、恐らく彼女は相殺ばかりを試していたはずだ。ひょっとすると、ついに本番まで一度も相殺を成功させていなかったのかもしれない。にもかかわらず、彼女はあの重大な局面で相殺を試した。何故そんなことができるのかって、俺を信頼していたからだ。相殺は絶対にあるはずだと信じていたからだ。そんな彼女の信愛は、俺だけ知っていればいい。

「相殺？　ああ、やはりよくわからない。そして観客もわからない。君以外、誰一人としてわからない。なら……不正と同じことだろう？」

言っとけ。

「いいさ。これから嫌でも明らかになる」

「――互いに礼！　構え！」

チャンスは一回。開幕の直後に決まる。

「ダークエルフに幸多からんことを」

ラデンがなんか言っている。ルーティーンか？　なら俺も。

「晩メシに肉多からんことを」

観客席でユカリが頷《うなず》いたような気がした。

「――始め！」

審判の号令がかかる。瞬間、ラデンは《飛車槍術》の準備を開始、十分に溜《た》めてから発動し、突進で間合いを詰めてきた。

溜めるほど強力な突進攻撃。当然、俺は《金将槍術》でカウンターを見せて受け、突進を阻止するところだが――。

「‼」

今回は違う。俺が選択したのは、《銀将槍術》。

これ見よがしに、限界まで引きつけ、全く溜めずに準備する。

「はは、正気を失ったか！　そんなスキルで何をしようというのだ！」

ラデンは嘲笑《ちょうしょう》し、間合いギリギリで《飛車槍術》のフィニッシュ攻撃を発動した。

俺はそれに重ねるように《銀将槍術》を発動する。

あとは、突きの速度と方向を揃え、ぶつけるだけ。ここがシンプルでありながら最も難しい部分。

たった三日の練習でできる芸当ではないが……廃プレイヤーばかりの中で十年以上も過ごせば、それなりにモノにはなる。

「――ッ⁉」

ラデンは何が起きたのかわからない様子だ。

なんせ、溜めずの銀将なんかに全溜めの飛車が無効化されたんだから。

「これが相殺」

そしてこれが、最後の一手。

銀将後の硬直時間より、飛車後の硬直時間の方が長い。ゆえに追撃の《飛車槍術》が間に合う。

あえてラデンの《金将槍術》での対応が間に合わないギリギリまで溜め、それから発動した。

「ば、馬鹿な……！」

馬鹿はお前だったな。金将発動の直前、俺の飛車がラデンの心臓に突き刺さった。

溜め、急所攻撃、クリティカルヒット、そしてステータス差。この四つの条件だけで、ラデンのＨＰ《ヒットポイント》は一撃で削れ切ってしまう。ああ無情。普段ならこのステータス差を「つまらない」と嘆くところだが、今回ばかりは気持ちが良い。

「――そ、それまで！　勝者、セカンド・ファーステスト！」

審判が困惑しながら勝敗を告げる。観客たちも困惑している。

四鎗聖《しそうせい》が、負けた。たったの三手、時間にして約十秒。

困惑の理由はそれだけではないだろう。

何が起きたのかわからないのだ。皆、相殺という現象を知らないのである。

……しかし、じわじわと効いてくるはずだ。段々とわかってくるはずだ。

俺が最高だと思う女が、どうして最高なのかが。

というわけで、五冠。

◇◇◇

——たったの三手。ラデン元四鎗聖がとんでもない負け方をした一部始終を間近で見ていた者が二人いた。ラデンの妹カレンと、シャンパーニである。

「ねえ、どうしてくれるわけ？　おかげで私たち兄妹、生き恥だわ」

カレンが溜め息まじりに呟《つぶや》いて、シャンパーニの方を向く。

「し、仕方がありませんことよ」

するとシャンパーニは、慌てて目の下を指で拭《ぬぐ》い、平静を取り繕った。

「……ねえ、貴女、今泣いて」

「泣いてませんわっ」

「いやいや、だってお化粧が」

「泣いてませんわよ」

「あっそ」

真のお嬢様は人前で涙を流さないのである。

「…………」

「…………」

二人の間を沈黙が流れる。不思議な時間だった。片やその地位は天から地へと落ち、片や地から天へと昇った。そんな対照的な二人が、何故《なぜ》だか共に心地好い沈黙に身を任せていたのだ。

「私、負けてよかったと思ってるかも」

「そうですか。理由をお聞きしても？」

「身の程を思い知ったというか……ね」

カレンは自嘲《じちょう》するように笑い、腕を組んで語り始める。

「……貴族が憎かった。庶民が敵いっこない大きな力で何もかもを思い通りにするあいつらが嫌いだった。息をするように差別して、弱者のことなんかなんとも思ってなくて、常に得することしか考えてない穢《けが》れたやつらだと思ってた」

「違いありませんわね」

「あら、貴女、肯定するわけ？」

「ええ。力を持ち増長しない者は少ないですわ。しかし、わたくしはそれを貴族とは認めません」

「……ハハ、全部お見通しってわけね」

背筋の伸びた姿勢を崩さないシャンパーニを見て、カレンは溜め息をつきながら廊下の壁に寄りかかり、言葉を続けた。

「私たちは、貴族になりたかった」

「ええ」

「私たちより弱い人たちを思い通りに動かして、差別して、得をして、良い気分になりたかった」

「ええ」

「貴女の言う通り、増長していたわ。穢れていた。一番なりたくなかったはずの存在に、いつの間にか近付いていた」

「そうですわね」

二人の視線が、廊下の奥へと移る。

そこには、新聞記者に囲まれて取材を受けるセカンド・ファーステストの姿があった。

「ねぇ、見てよ。あの男、名指しで貴族どもを批判しているわ」

セカンドは予定通り、セカンドをシードに強く推薦した貴族たちを痛烈に批判する。

特にオームーン伯爵家については、四回も名前を口にしていた。そんな様子を見て、シャンパーニは思わずくすりと笑ってしまう。

一方、カレンは、ぐしゃぐしゃと髪を掻《か》き乱し、嫌気がさしたような顔をしていた。

「……カッコイイと思わない？　貴族をものともしない力。憧《あこが》れるわね全く。私たちは、ああなりたかったんだ。ああなりたかったはずなんだ。なのに、今は、こんなのって……どうしてよ！　なんでこうなっちゃったわけ⁉　私たち、何処で間違えたのよ‼」

「わたくし、なんと申しましたっけ？」

「えっ……？」

「わたくしは、貴女にもう答えを伝えましたわ」

――わたくしと、わたくしのご主人様の生き様を、よく見ておくといいですわ。

シャンパーニの言葉を思い出したカレンは、ハッとする。

まさか、彼女は、私の境遇と気持ちを、最初から全《すべ》て見抜いて――。

「遅れは取り戻すもの。成ればよいのです。真の貴族、その極意とは、わたくしたち主従に在り。どうぞ手本にしてくださいまし！」

カレンは絶句した。彼女は、自分とその主人の一挙手一投足を手本にせよと言っている。

なんという自信。そして、信頼。並大抵の信念では、このような言葉は出るはずもない。

シャンパーニの中にあるシャンパーニが信じるお嬢様に背かなければよい。セカンドの中にあるセカンドが信じる世界一位に背かなければよい。当人たちにとっては、それだけだ。

しかし、それこそが、常人にとっては難しい。気が遠くなるほど、難しい。

「……そう。なるほど、そういうこと」

信念がないなら、やめちまえ。カレンには、シャンパーニがそう言っているように聞こえた。

「私には無理かもねぇ」

「あら、そうですの？」

「そうだよ。そんな辛い生き方、多分無理」

カレンは組んでいた腕を解《ほど》き、寄りかかった壁から離れると、振り返りながら言う。

「でも、少なくとも、これ以上穢れたくはない」

「！」

「貴女の槍術、お見事だったよ。掛け値なく」

ひらりと手を振って、去っていく。

シャンパーニは、そんなカレンの後姿を、実に晴れやかな顔で、優雅に手を振って見送った。

「どうでしょうシェリィ君、ティーボ・オームーン。この後、晩餐会《ばんさん》でも」

「私は是非！　ティーボさん、辺境伯が直接誘ってくださったのよ、こんな機会滅多にないわ」

「……い、いえ、少し、その、体調が優れなくて」

「本当かい？　大変だ。ならば私が医者を手配しましょう」

「いえ、そこまでご迷惑をかけてしまうのも……」

「大丈夫、迷惑などと思ってはいません。それどころか、いえ、それ以前の問題です」

「ぷっ」

「ん？　シェリィ君、私は何か面白いことを言いましたでしょうか」

「いや、別に……ぷくくっ！」

「どうしましたか？　それ以前の問題、という言葉を勘違いしましたか？　これは失礼。体調というのは迷惑以前の問題だと、私はそう申したかったんです。人間のクズが今さら何を遠慮しようがどうとも思わないと、そういう意味で言ったわけではありませんよ」

「に、人間の……？」

「ああティーボ・オームーン。気にしないでください。君のことをそのように思ってはいません」

「え、ええ、それ以前の問題で……んぶふっ！」

「人間のクズなどとはとんでもない。まさか学生時代に没落貴族のお嬢様を日常的にいじめ、伯爵家の権力を用いて奴隷《どれい》にまで落として大喜びしていたわけでもあるまいし、たとえ話でもそんなことを言うのは失礼でしたね」

「――ッ!?」

「……あんたさぁ、私たちが知らないとでも思ってた？」

「滑稽《こっけい》だな。私たちに合わせて一度は奴隷にまで落とした相手をああも褒めちぎるとは。しばらくは思い出すだけで笑えそうだ」

「そ、そんな、どうして……！」

「私とセカンドって、仲良いのよね」

「私も仲が良い、と思いたいですが」

「最初から騙《だま》していたってこと!?」

「そうよ。おかげで面白かったわ。そこだけは感謝してもいいかしら」

「私はクズに感謝と謝罪と挨拶《あいさつ》はしない主義なので、なんとも思いませんね」

「さ……最低!!　最低よ貴方たち！　品性下劣ね！　お父様に言い付けてやるわ！　覚悟しておきなさい！」

「最低って、あんたそれ本気で言ってる？」

「そんな使い古された愚かな言葉をよくもまあ口にできますね。恥ずかしくはないのですか？」

「こんな低俗なことをするなんて、伯爵令嬢と辺境伯とはいえ、ただでは済まさないわよ！」

「何故《なぜ》？　私は辺境伯です。お前の家より上だ。履き違えるなよガキ」

「……ッ」

「傑作ね。あんた今、昔のシャンパーニさんと同じ状況よ？」

「そうですね。なら行き着く先は奴隷がいいでしょうか。私としてはファーステストの使用人がおすすめです。私は優しいですから、どちらか選ばせてあげましょう」

「え、それってあの家に行く度に顔を合わせることになるってこと？　嫌よそんなの」

「では奴隷で」

「……～～っ‼」

「逃げたか」

「頼りのチリマ伯爵もセカンドのせいで今頃《いまごろ》は批判の的……絶望的ね、彼女」

「私としてはこれを機に邪魔なオームーン伯爵家を国内から排除したいところですが、はてさてどうなることやら」

「……スチーム卿《きょう》、ノリノリだった理由ってもしかしてそれ？」

「まさか。私は単に、彼に気に入られたいだけですよ」

「それはそれでなんか気持ち悪いわね……」

◇◇◇

「う～んめぇ」

晩メシは肉が多かった。ユカリのやつ、地獄耳もいいところだ。もしかすると読唇術を会得しているのかもしれない。

「それにしても、ティーボはやっぱり筋金入りのクソ女だったわ。あんた会わなくて正解よ」

肉料理を堪能していると、当然のような顔で食卓を囲んでいるシェリィが口を開いた。

「え、なんで？」

「きっと殴ってるもの」

「おいおい、俺は女子供は殴らない主義なんだぜ？」

「あんたチェリのこと思いっ切り殴り飛ばしてたじゃない……」

そうだっけ。

「セカンド卿、貴方そんな趣味まであったのですか。少々軽蔑《けいべつ》します」

そして当然のように隣でメシを食っているスチームも便乗して喋《しゃべ》り出す。

「趣味じゃねぇ主義と言ったんだ」

「ああ、なるほど。では私と同じですね」

え。

「私は相手がクズであれば女子供とて容赦しません。ゆえに、ティーボ・オームーンは近いうち奴隷に落とします」

「本気か？」

「ええ。責任や覚悟などとくだらないことは仰《おっしゃ》らないでくださいね？」

「ごめん今はずみで言いそうになった」

「……全く貴方は。正直にも程がある」

怒られた。

「私は辺境伯。陛下に信頼され、国境を任されているのです。ご存知でしょう？　クズは徒党を組んで国を蝕《むしば》む。貴族とあっては尚更《なおさら》。言わば獅子《しし》身中の虫、国防においては邪魔なだけの存在だ。放置は悪手です。ご心配なさらず、クズの駆除など今までに数え切れないほどしていますから」

「単に嫌いだからというわけではないんだな」

「いえ、普通に嫌いですけどね」

「それとこれとは別か」

「別にしなければならないでしょう。力を持つとはそういうことです」

流石《さすが》は千手将《せんじゅしょう》戦出場者。こうでなくてはならない。俺も見習わないとな。

「よし！　じゃんじゃん飲め！」

「下戸です」

「シェリィ！」

「未成年よ」

なんだかなぁ！　……あれ？

「なあ、ユカリ」

「はい、ご主人様」

晩メシの後、俺はふと違和感を覚えたので、ユカリを呼んで聞いてみた。

「シルビアとエコはどうした？」

「既に就寝しております」

「早っ」

あ、いや、エコはいつも通りおねむの時間か。となると……？

「では、私はこれで」

おっと、ユカリに何も言われなかった。ということは――。

「明日はどっちだろうなぁ？」

◇◇◇

予想通りだった。今日は、鬼穿将《きせんしょう》戦である。挑戦者決定トーナメント第一試合は、アルフレッド対ジェイ・ミックスだ。アルフレッドは相変わらず鈍色《にびいろ》の長髪だが、心なしかボサボサ感が減っているようにも感じる。対するジェイは、エメラルドグリーンに輝くショートカットの髪。姉のディーがロングで、妹のジェイがショート、だったか。

「――互いに礼！　構え！」

「ジェイ、なんとなくでお辞儀をしてはいけません。しっかりお辞儀をしなさい」

「お師匠様、こんな場所でまでお説教は……」

「こんな場所だからこそ。私はジェイが恥をかかぬようにと」

「既に十分恥を……いえ、すみません。以後気を付けます」

「それでいい」

何やら和気藹々《わきあいあい》と話している。

「二人ともリラックスしているな」

そんな二人の様子を見て、シルビアが呟《つぶや》く。俺たちは出場者専用席という名の超特等席から観戦しているため、表情から何から全《すべ》て丸わかりだ。

「まあ、今や身内みたいなもんだし」

「うむ……半年前では考えられん」

偶然にも、今回の夏季鬼穿将戦は、半年前の冬季鬼穿将戦と同じ相手と当たるトーナメントとなった。半年前は鬼穿将エルンテの手先でしかなかったジェイと、それを解放せんと尽力していた盲目のアルフレッドが、まさかこんな風に向かい合うことになるとは。半年前では想像もつかなかっただろう。

彼の目は見えている。そして、彼女もまた、前が見えている。

なんだかハッピーなタイトル戦になりそうだ。たった一人の老爺《ろうや》を除いて、な。

「――始め！」

審判の号令がかかる。瞬間、アルフレッドとジェイは点対称に斜め横方向へと動き出し、ほぼ同時に《歩兵弓術》を放った。

「おお」

思わず声が出てしまう。ジェイのエイム、以前見た時と比べて明らかに改善されている。

動きながら、動く的を狙《ねら》う。いきなり高難度の初手を撃ち合った二人だが、二人とも寸分違《たが》わぬ狙いで互いの眉間《みけん》へと《歩兵弓術》を射っていた。

「はっ」

「ふっ」

急ブレーキ。突然移動を止めて《歩兵弓術》を躱《かわ》したのは、師弟の二人とも。

直後、《銀将弓術》と《桂馬弓術》の複合を、前進して間合いを詰めながら放った。

これまた、二人ともが、同じ動きで同じように攻撃している。

「まねっこ！」

「ああ、真似《まね》っこだな。アルフレッドがジェイの真似をしている」

「かつ？　まける？」

「勝つだろうな。アルフレッドはああやってあえて真似することで、単純な技量勝負にしてやってんのさ。言わば指導対戦だな」

「ほーん！」

「…………」

エコと話している際、じっと黙って観戦しているシルビアの表情がちらりと目に入った。

次に試合を控えている彼女は、またいつものように緊張しているのではないか。俺はそう思っていたのだが――。

「……ふ、ふふっ、ははっ」

シルビアは、笑っていた。どうしても堪え切れず、喉奥《のど》からあふれ出すように。

「おいおいどうした」

「う、うむ、いや、セカンド殿、すまない、なんだかおかしくてなっ」

笑ってはいけないのに、顔が勝手に笑ってしまう、という表情。

…………ああ、なるほど。

「気付いちゃったか」

「！」

やはり、そのようだ。

「セカンド殿も、かつてはこの感覚を？」

ようやく静まってきたシルビアが、気になるという風に聞いてくる。

「……まあな」

あれはいつだったか。ああ、そう、この世界に来て間もない日の夜だ。シルビアがまだ第三騎士団の下っ端だった頃《ころ》、ダイクエ戦法を終えて王都へと帰ってきた俺に対して職務質問をしてきたことがあった。その時、この世界のダンジョンがまだ十三個しか攻略されていないと知り、俺はかなり似た感覚を味わったぞ。

そりゃあ、そうだろうよ。今のシルビアがあんな試合を見せられちゃあ、笑っちまうよなぁ？

「――それまで！　勝者、アルフレッド！」

じわじわと有利を拡大していったアルフレッドが、ジェイに勝利する。

まさに師匠と弟子の対戦と言うに相応《ふさわ》しい、明らかな差の見て取れる試合だった。

ジェイの成長は顕著であったが、どうやらアルフレッドはそれ以上に成長しているらしい。以前はしっかりと対策を立てて攻略していた相手を、今や余裕の表情で指導対戦できる位置にまで突き放しているのだから。

あいつ、弟子の面倒を見ながらも、きちんと自分の訓練も欠かさなかったんだな。目が見えるようになっただけでは、ああはならないだろう。まだまだ底が見えない男だ。年齢なんて関係ないな。あいつなら、きっとこれからも努力し続けるに違いない。一年もすれば、エルンテなど《歩兵弓術》のみで倒せるようになっているかもしれない。

……それでも、多分、シルビアは笑ってしまうだろうが。

◇◇◇

ディー・ミックスは、確かな恐怖を覚えていた。

第二試合、シルビア・ヴァージニア対ディー・ミックス。この勝者と、第一試合の勝者アルフレッドが決勝を行い、勝った方が晴れてエルンテ鬼穿将への挑戦権を手にすることができる。

ミックス姉妹がかかっていたエルンテによる洗脳は、もはや解けたと言っていい。この半年間、アルフレッドによる愛情たっぷりの鬼しごきによって、彼女たちはようやく前を見ることができるようになった。

ゆえに、もしも挑戦権を手にしたならば、ディーにとってそれは報復の機会となる。「よくもいいように使ってくれたな」と、エルンテに突きつけることこそが、このタイトル戦における彼女の目的と言っても過言ではなかった。

そこに恐怖などない。かつての師は、今や孤独。妹ジェイと新たな師アルフレッドというかけがえのない味方を得た今、ディーにとってエルンテなど恐れるに足りない相手であった。

では、何故《なぜ》……彼女は今、恐怖しているのか。その原因は、目の前の女。

「……久しぶりね。貴女、随分と顔つきが変わったわね？　恰好《かっこう》もなんだか様になっているわ」

「うむ、久しぶりだな。そちらこそ、髪を切ったのか？　似合っているぞ」

「あら、ありがとう。貴女の方は……似合い過ぎていて、怖いわ」

「そうか？　ふむ、そうか、ありがとう」

ディーはエメラルドグリーンの長髪をセミロングほどに切り揃え、後ろで結んでいた。夏向けの涼しげな髪型だ。一方シルビアは、髪型こそ変わらないが、顔つきは以前と明らかに違った。

堂々としている――それが、誰《だれ》がどう見ても明らかなのだ。何がどう変わったと具体的に指摘することはできないが、何故だか明らかなのである。

また、その恰好も堂々とした雰囲気づくりに一役買っていた。全身〝黒炎狼《こくえんろう》〟装備。甲等級ダンジョン「アイソロイス」のボス、黒炎狼がドロップする素材アイテムを用いて作られた、片方の肩に漆黒のマントがついた弓術師用の軽鎧《けいがい》と、帽子・弓籠手《こて》・脛当《すねあ》て・靴である。現状、最も強力な素材で作られた防具だ。防御力と軽量性は申し分なし、難点と言えば少し暑いくらいだろう。

「では、やろうか」

「………………」

再び、ぞくりとディーの背中を冷たい何かが撫《な》ぜた。

やはり。彼女は確信する。自分は、恐怖を感じているのだと。

どうして恐怖を感じるのか。その理由は、まだ、わからない。

「――互いに礼！　構え！」

審判の指示に従って、二人は弓を取り出し構える。

ディーが取り出したのは、ミスリルロングボウ。軽量で強力な扱いやすい大弓だ。

一方、シルビアが取り出したのは、炎狼之弓《えんろうのゆみ》……では、なく。

「ただの、ロングボウ……？」

なんの変哲もない、木製のロングボウ。何処の武器屋でも売っているオーソドックスな大弓。

シルビアが炎狼之弓より攻撃力の劣るこの武器をあえて選んだ理由は、至極単純であった。それは、炎狼之弓よりも攻撃モーションがコンパクトで目立たないという、ただ一点のため。それに揃えて、矢を最も細く視認し辛いものにしていた。この細い矢は、炎狼之弓では射れないのだ。

「――始め！」

開始の号令がかかる。

「よいしょっ」

刹那《せつな》……シルビアは、その場でぐるぐると横方向に二回転した。

「？？？」

謎の行動。ディーは困惑するも、攻撃のため準備した《歩兵弓術》を射る。

エイムは正確。ビンゴの景品によってセカンドから受けたアドバイス、その訓練方法を毎日繰り返したことにより、彼女のエイム力は半年前など比較にならないほど向上していた。

「素直が過ぎるぞ」

一方、シルビアは一言呟き、ディーの攻撃を躱しながら全力で前進する。

途中、二回停止し、二回とも《歩兵弓術》を放った。

だらりと腕を垂らした状態から、一瞬のうちに腕を上げ、狙いを定める間もなく矢を射り、そして即座に腕を下げ、再び駆け出す。しかしエイムはこれ以上なく正確。セカンドがエルンテとのエキシビションで見せたテクニックにも見劣りしないような鋭い《歩兵弓術》であった。

鬼穿将戦のポイントは、如何にして「いつ射るかわからなくするか」――セカンドが口にしていたコツを、シルビアは忠実に自身の戦闘スタイルへと取り入れていた。

「くっ！　このっ！」

ディーはシルビアの《歩兵弓術》を二発ともギリギリで躱すと、反撃のため《香車弓術》と《桂馬弓術》の複合を準備し始める。

これは、悪くない一手と言えた。香車は貫通効果を持つ。ゆえに、同じ貫通効果を持つ攻撃でしか防ぐことは難しい。また桂馬を複合することによってより精密な狙いを実現し、単純な回避を困難にしている。間合いを詰めんとするシルビアの前進を阻止する手段としてはもってこいの一手。

「ふむ？」

シルビアは何故か首を傾《かし》げると、その場で停止し……《飛車弓術》の準備を始める。

「はっ？　貴女、何して――」

……直後、ディーの脳天に《桂馬弓術》が飛来した。

「――」

何が起きたのかわからなかったのは、この闘技場においてディーのみであった。

「おいおい何やってるんだ！」「試合開始の時にシルビア・ヴァージニアは《桂馬弓術》を射っていたじゃないか！」と、観客は勝手なことを口にする。

だが、これぱかりは、察知できなくても仕方のないことであった。

射っている素振りすらなかったのだ。まさか、開幕の二回転で、空へ向けて《桂馬弓術》を射っているなどとは到底思えないうえ、これほどに正確な位置を想定して矢を落とそうとすることなど想像もつかない。

そう、これは、正面から見た場合に限り、シルビアの二回転によって《桂馬弓術》発動の瞬間が極めてわかり難くなるという仕掛け。別角度から見ている観客にはわかっても、正面から見ている対戦相手にはわからない、洗練し尽くされた動作。

言ってしまえば、基本中の基本。シルビアは、至って基本のことしかしていない。「いつ射ったかわからないようにする」という基本、ただそれだけを突き詰めた技術を開幕早々披露したに過ぎないのだ。

「笑ってしまって、すまない」

シルビアは自省の言葉を小さく口にしながら、《飛車弓術》を放った。あっという間の出来事。立て続けに二発の攻撃を喰《く》らい、ディーは大ダメージを負ってダウンしてしまう。

「…………」

未《いま》だ、これが本当の現実とは納得できていないような顔で、無言のまま《龍王弓術《りゅうおう》》による最後の一手を準備するシルビア。

——レベルが低過ぎる。彼女の笑いの原因は、決して逃れようのない、この感覚だった。

半年前は奇襲戦法を用いてあれほどスレスレの勝負を繰り広げていたあの面々が、こんなにも低レベルに感じてしまう……自分の成長具合に、思わず笑ってしまったのである。

何度考え直しても、どれだけ思い直しても、どうしても負ける気がしないのだ。

ジェイにも、ディーにも、アルフレッドにすらも、そして……エルンテにさえも。

「——それまで！　勝者、シルビア・ヴァージニア！」

《龍王弓術》の爆風に肩のマントを靡《なび》かせて、闘技場を去るシルビア。

彼女は悠々とした歩みを止めることなく、ロングボウをインベントリに仕舞いながら、何処ぞに隠れているであろう老人へと聞こえるように独り言《ひとごと》つ。

「他の誰でもない、この私が、引導を渡そう――」

◇◇◇

鬼穿将《きせんしょう》戦挑戦者決定トーナメント決勝戦、アルフレッド対シルビア・ヴァージニア。

試合直前、闘技場は異様な静けさに包まれていた。

「シルビア・ヴァージニア。しばらく見ないうち、君は随分と力を増したようだ」

「アルフレッド殿こそ、腕を上げたように見受けられる」

「はは、お陰様でね。感謝してもし切れない」

一見してにこやかな挨拶《あいさつ》だった。だが、二人の目は、一つも笑っていない。

「……だからこそ、君に負けるわけにはいかない」

「……私もだ。ここは譲れない」

その燃え盛る闘志がこれでもかとばかりに剥《む》き出《だ》しなのである。ここで負けては、念願を果たせない。絶対に負けられない勝負だと、両者ともに確と自覚していた。

「――互いに礼！　構え！」

審判による号令を受け、二人は武器を構えた。選択した武器は、二人とも、ただのロングボウ。最もオーソドックスで扱いやすい、手に馴染《なじ》んだ愛用の武器である。

「君に一つ、良いことを教えよう」

「ふむ、それはありがたい」

しばしの静寂の後、アルフレッドは試合前最後の言葉を伝えんと口を開いた。

「調子に乗り過ぎだ」

「……っ！」

「──始め！」

号令の直後──シルビアの《歩兵弓術》が繰り出される。

「⁉」

……驚いたのは、主に観客だった。

今、シルビアが放った《歩兵弓術》は、ディーとの試合の時に見せた技術の数段上。

闘技場をぐるりと取り囲み様々な方向から観察できる観客たちでさえ、いつ矢を射ったのかわからないほどに、スキル発動の瞬間が隠され短縮されていた。

ゆえに、観客は驚く。あれほどアッサリと勝利したディーとの試合でさえ、シルビアは本気を出していなかったのだと。

そして、空中を飛んでいく矢を見ながら「一体いつ射ったんだ⁉」と驚く観客たちは、第二試合でのディーの不意の被弾を思い出し、その理由に合点がいった。ディーもまた、今のように、いつ射ったのかを認識できなかったのかもしれない、と。

「……そうか」

しかしながら、シルビアは初手を放った瞬間、とても渋い表情を浮かべた。

挑発に乗ってしまった――そう、気付いたのだ。

「すまない。私は、弓を聞ける」

アルフレッドによる《香車弓術》が、飛来したシルビアの《歩兵弓術》を貫通し無力化しながら、シルビアへと襲い掛かる。

当然、アルフレッドはシルビアが調子に乗り過ぎているなどと思ってはいない。むしろ、調子に乗っていないことを知っていた。ゆえにシルビアは反発せんと挑発に乗ってしまった。

「私の方こそすまない。薄々、気付いてはいたのだ」

アルフレッドに、この技術は通じないと。エルンテとセカンドのエキシビションの時のように、通じる相手にはこれだけで完封できてしまうような、基本的でありながら強力な技術。シルビアは、この技術に、人並みならぬ憧《あこが》れを持っていた。

あの怖ろしき老爺《ろうや》エルンテを、この技術を用いて、歩兵のみでボコボコにしたセカンド。その雄姿を間近で目にしていたからこそ、自分もそのようになりたいと強く願い、この半年間で、必死になって身に付けたのだ。

しかし、アルフレッドには意味をなさなかった。彼は盲目であっても何処から矢が飛んでくるかを具に《つぶさ》察知できる超感覚の持ち主。視覚に頼り切らない弓術師なのである。

「だが、今の私の力で、勝てるかどうか試したかった」

シルビアはアルフレッドの放った《香車弓術》を同じく《香車弓術》で弾き、小さく呟《つぶや》く。

「……？」

アルフレッドは、その言葉の意味がわからない。私の力……シルビアの言うそれが、何を示すのか。シルビアの行う全《すべ》てが全て、シルビアの力に違いないはずだ。いくらセカンド・ファーステストから教えを受けたとはいえ、その技術を身に付けたのは彼女自身である。それは紛れもなく彼女の力だと言っていい。しかし彼女は、まるで何者かから力を借り受けているような口振りでそう呟いたのだ。

——彼女は、何かを隠している。アルフレッドが警戒をより一層大きくした瞬間……身の毛もよだつ何かが場を支配した。

「見よ、二式飛車戦法」

それは、歴史の重みか。はたまた、一度己の全てを捨てて半年の地獄を過ごした女の迫力か。

かつて発掘師と称《たた》えられた世界ランカーが編み出した定跡「モサ流弓術」が進化を遂げた「新モサ流弓術」、それを更に進化させた「セカンド式モサ流」を、最終的にシルビア向けに改良した「二式セカモサ流」——名付けて、「二式飛車戦法」。

定跡とは、個人の財産ではなく、タイトル戦の財産。セカンドの語った言葉に感銘を受けたからこそ、シルビアは人一倍、この定跡の披露に対して極限の敬意を払うようにと意識していた。

ついに、足を踏み入れるのだ。定跡をより価値あるものへと育成していく研ぎ澄まされた真剣勝負の場へと、彼女もまた参戦する。そして、それは、アルフレッドもまた同じこと。

「受けて立とう」

彼は、静かに呟き……すかさず《銀将弓術》で先手を取った。

盲目であった頃《ころ》の彼は、好んで後手を選んでいた。優れた聴力を活《い》かした鋭い切り返しで決めに行くカウンタースタイルが彼の得意戦法。しかし、それよりも前、まだ目が見えていた頃の彼は、言わば真逆。先手でガンガンに攻め込む速攻スタイルであった。しかし……。

「‼」

……シルビアの二手目、アルフレッドはそれを目にした瞬間、思わず声にならない声をあげた。

なんと、《飛車弓術》──彼女は、飛来する《銀将弓術》を無視して、《飛車弓術》を準備し始めたのだ。

無謀。単純に言い表すなら、この二文字である。

銀将到達までに飛車を射れたとしても、スキル使用後の硬直時間中に銀将の被弾は確実。一方、アルフレッド側には放たれた飛車への対応方法などいくらでもある。

となると、アルフレッドは当然このように懸念しなければならない。「実は銀将が逸《そ》れているのではないか」と。否、アルフレッドの狙《ねら》いは正確だ。今のシルビアの位置ならば99％以上の確率で命中すると誰《だれ》もがわかる。

「………ッ」

咄嗟《とっさ》に気が付いた。ゆえに、アルフレッドは次の一手を焦る。

そう、もしも1％未満の薄い確率を引いてしまった場合、無傷のシルビアから《飛車弓術》が飛んでくることになるのだ。どれほど狙いが正確でも、スキルの特性上、極低確率で外れてしまうことはある。1％を引かない保証など、何処にもない。

「攻め潰《つぶ》す！」

アルフレッドが即座に用意を決めたのは、《飛車弓術》。

盤石の一手。アルフレッドの感覚では、そうだった。

後手のシルビアが《飛車弓術》を発動する前から、追撃ないし対応の手段として先手も《飛車弓術》を準備しておく。銀将が当たれば決め手となり、当たらなければシルビアの飛車への対応となる。まさに一石二鳥の一手。

この判断の早さもまたアルフレッドの強さの一つと言えた。だが――。

「……!?」

シルビアの方向から聞こえた音で、アルフレッドは即座に自身の窮地を悟る。

一体いつの間に《角行弓術》を準備していた――!?

「はッ！」

銀将着弾の寸前、シルビアは角行の準備を終えて、発動した。

シルビアは準備が間に合うギリギリのタイミングを見計らって、飛車から角行へと切り替えていたのだ。シルビアの《飛車弓術》を見て焦り、先を読むことばかりを考えていたアルフレッドは、この密《ひそ》かな切り替えを見抜くことができなかった。

「ぐううッ！」

直後、シルビアの左腹部に《銀将弓術》が直撃する。

しかし、放った《角行弓術》は確《しっか》りとアルフレッドへ向かっていく。

アルフレッドには、もはや《飛車弓術》をキャンセルし、新たなスキルを準備して受ける余地などない。強力な貫通効果を持つ《角行弓術》への対応は、同じく貫通を持つスキルでなければ効果が薄いのだ。しかし《香車弓術》では弱い。かと言って《角行弓術》はもう間に合わない。

「くっ……‼」

アルフレッドはそのまま《飛車弓術》を《角行弓術》へとぶつけることで威力を少しでも減衰させようと破れかぶれの対応を考えた。だが、角行の貫通効果は伊達《だて》ではない。アルフレッドの飛車をものともせず貫通し、そのままアルフレッドの右肩を豪速で射貫く。

「――――ッッッ！」

両者、ダウンする。まさに怒涛《どとう》の攻め合い。互いに一歩も退《ひ》かず、痛みなど微塵《みじん》も恐れず、前のめりに踏ん張って、その体へと刃を突き立て合った。

分はシルビアにある。銀将と角行では、後者の方が火力が出るのだ。

二式飛車戦法――無謀に見える二手目の飛車で相手の対応を強制し、本命の角行を捨て身で命中させる定跡。変化は多岐にわたるが……主には、乱戦。互いに肉を斬り合い、最後に立っていた方の勝ち、とでも言うべき、荒々しい力戦調の変化が多い。

これがまさにシルビア向きと言えた。何があろうと自身の正義を貫き通し立ち上がり立ち向かい続ける彼女にこそ、この定跡が相応《ふさわ》しいのだ。誰がそう考え、誰が教えたのかは、言わずもがなであろう。そして、この定跡には、まだ続きがある。

「これは、なかなか、辛いものがあるなッ」

シルビアは脇腹《わきばら》の痛みに顔を歪《ゆが》めながらも、《歩兵弓術》を連打した。

歩兵の連打。決め手とはなり得ないが、これもまた立派な作戦。受けたダメージ差がハッキリとしている現状、これだけでもアルフレッドにとっては厳しい攻め手となった。

「ぐっ！　ぐあっ！　くそっ！」

段々と被弾が増えてくる。アルフレッドの肩の傷は、シルビアの脇腹の傷の比ではない深さ。右腕はもはや自由に動かない。ゆえに、歩兵への対応でさえ満足にできていない。

「………………！」

不意に、アルフレッドは気付いた。

シルビアの《歩兵弓術》を見て躱《かわ》そうとしている自分に。

「……愚かな」

忌々し気に独《ひと》り言《ご》つ。

今になって思えば、三手目の対応もそうだった。シルビアの慮外な《飛車弓術》を見て、アルフレッドは心乱されたのだ。見えなければよかったものが見え、焦ってしまった。

「愚かなッ！」

半年経《た》ち、あの頃と比べ、腕は確かに上がっただろう。しかし、心は……！

「……アルフレッド殿、あとは任せてほしい」

矢が両の腿《もも》に刺さり身動きが取れなくなったアルフレッドへ、シルビアがそう伝えた。

「………………」

無言で応《こた》えた男は、悔しさに脱力し、膝《ひざ》を突《つ》く。

直後、シルビアの弓から《銀将弓術》《桂馬弓術》複合が放たれた。正確無比な高威力の狙撃は、彼女の勝利をより確かなものにせんと、容赦なく空を穿《うが》ちながら彼の胸部へと襲いゆく。

「見事」

アルフレッドは、自身の敗北を受け入れ、瞑目《めいもく》し、薄《うっす》らと微笑《ほほえ》みながら、誰にでもなく呟いた。

「――それまで！　勝者、シルビア・ヴァージニア！」

挑戦者が決定する。

飛・角・銀・桂・歩。【弓術】における攻めの基本スキルはこの五つ。その全てを躍動させる二式飛車戦法は、まさに理想的な攻め。烈火の如《ごと》き最新定跡をその身に刻み込み、生まれ変わったシルビアが挑むは、老練かつ老獪《ろうかい》、悪名高き鬼穿将《きせんしょう》。

いざ、決戦――。

◇◇◇

「随分とやつれたな、エルンテ」

シルビア・ヴァージニアによる鬼穿将エルンテへの挑戦。前回の顛末《てんまつ》を知っている観客たちは、沸きに沸いていた。キャスタル国王が暗に認めたのだ、エルンテは「悪」であると。言わばこれは、正義と悪の戦い。盛り上がらないはずがない。

「散々じゃ」

「何？」

「お主らのせいで散々じゃ」

「……そうか」

エルンテはボサボサの白髪《しらが》を掻《か》きむしり、喉奥《のど》で笑いながらシルビアを睨《にら》む。

「この半年、儂《わし》は酷《ひど》い目に遭うた。名前も知らぬ餓鬼共に石を投げつけられ親の仇《かたき》のように罵詈雑《ばりぞう》言《ごん》を浴びせられた。何処へ行っても人の目が気になる。鬼穿将の威光なぞ見る影もないわい。お主らのせいでじゃ。なあ、こんな老人をいじめて何が楽しい？」

「何が言いたい」

「儂は恨んでおる、儂は憎んでおる……この爺《じい》の生涯を賭《と》して、お主らを許すつもりはない」

「……っ……」

思わず、シルビアはぶるりと体を震わせた。

四百年を生きた老人に敵意を剥《む》き出《だ》しにされるというのは、悍《おぞ》ましい感覚がある。

「お主、まだ儂を怖れておるな？」

片方の眉《まゆ》を上げ、にやりと笑うエルンテ。シルビアは、しばしの沈黙の後、口を開いた。

「確かに、まだ貴様を怖れている」

「ほう！　認めるか」

「だが、今日、それを克服しにやってきた」

「ほっほほ、克服？　お主が？　儂に何もできず負けたお主がか？」

「できる。貴様にはできないが、私にはできる。貴様がセカンド殿への恐怖を拭《ぬぐ》えず、克服しようと思うことさえできていないことを、私は気付いているぞ」

「……好き勝手言いよるわ」

「好き勝手やってきたのは、貴様の方だ。ツケを払い終えるまで、一生孤独に過ごすがいい」

「小娘が、図に乗るなよ」

エルンテは再び、脅すように凄《すご》んだ……が、シルビアは怯《ひる》まない。

「無駄だ。私はもう怖れない。私こそ貴様を許さない。鬼穿将を穢《けが》したこと、出場者の夢を奪ったこと、いくら泣いて詫《わ》びようが許さない……！」

威圧が通用しないとわかったエルンテは、つまらないという風に鼻で笑い、黙々とインベントリから取り出した弓を構えた。

ミスリルコンパウンドボウ――軽量かつ強力、連射も射程も威力も全《すべ》てが優れている滑車付きの弓である。難点と言ったら、本体そのものと、専用の矢が非常に高価ということくらいのもの。

エルンテは、全てをここに賭《か》けているのだ。歪曲《わいきょく》した憎悪による強い復讐心《ふくしゅうしん》から、大枚をはたいて新たに強力な弓と矢を揃え、用意周到にシルビアを迎え撃たんとしていた。

対するシルビアは、相も変わらずロングボウ……かと、思いきや。彼女が取り出したのは、これまた何処の武器屋でも売っているショートボウ。ロングボウに比べて射程と威力は劣るものの、速射には優れている。しかし、エルンテの持つミスリルコンパウンドボウには全てが大幅に劣る。

「ひょっひょっ、然様《さよう》に粗末な弓で――」

「侮るなかれ、だ」

「……ほう？」

そう、これはただのショートボウではない。

「速射特化六段階改造 三間飛車 ショートボウ」――鍛冶師《かじ》ユカリによる六段階の速射特化改造と〝三間飛車〟の効果が付与された秘密兵器である。

射程と威力が格段に落ちる代償として他に類を見ない速射性能を獲得し、更に三間飛車の付与効果で「スキル使用後の硬直時間が０・０１２５秒短縮」されている。弓に埋め込まれている橙色《だいだいいろ》のクリスタルがこの三間飛車の証明だ。加えて、シルビアの装備している靴と手袋とブレスレットにも三間飛車が付与されている。つまり、スキル硬直時間は計０・05秒短縮されるということだ。

そう、ガチ装備である。シルビアは、本気も本気。見ようによっては反則級の弓さえ持ち出し、一切手段を選ばずにエルンテの首を獲《と》ろうとしていた。

「――始め！」

審判による号令によって、ついに決戦が幕を開ける。

「むぅっ⁉」

直後、エルンテは大きく体を仰《の》け反《ぞ》らせ、飛来した矢を躱した。

シルビアの《歩兵弓術》――しかし、あまりにも早く、速過ぎる。エルンテの感覚的には、号令以前から射っていたようにも思えるほどの一撃だった。

そこであえて、シルビアは手を止め、一言だけ口にする。

「見えなかったか？」

もしも自分の技術が通用するならば、言ってやろうと考えていた言葉。

セカンドがエキシビションで口にした言葉と一言一句変わらぬ、挑発の言葉である。

「…………～ッ‼」

エルンテは顔を赤黒くさせて激昂《げきこう》した。そして、正常ではない精神状態で、こう考える。

――虚仮《こけ》にされている。この、絶対王者、鬼穿将の儂が。

何十年も儂が頂点であった。誰一人として儂には逆らえなかった。出場者など儂の意のままにできた。それが、今や、どうだ。たったの半年で、地の底のそのまた底まで落ちたではないか。

こいつらのせいだ。こいつらさえいなければ、儂は今も偉大なまま。

……返せ。返せ、返せ、返せ。儂の、生き甲斐《がい》を、安らぎを、返せ――！

「か、かっ、返せぇええぇ‼」

血走った目で、顔をぶるぶると震わせ、涎《よだれ》をまき散らしながら絶叫する老人。

シルビアは「ついに壊れたか」と眉を顰《ひそ》め、ショートボウを構え直した。

「！」

直後、エルンテから《歩兵弓術》が飛来する。

なるほど……と、シルビアは極めて冷静に、ミスリルコンパウンドボウのその優れた性能に納得しながら、《歩兵弓術》をぶつけて対応した。

「ふむ」

対応して、気付く。シルビアの歩兵はエルンテの歩兵を弾くことに成功したが、ぶつかった瞬間に大きく競り負けていたのだ。どうやら、威力の差はかなりのものがあるらしい。

「はぁっ、はぁっ……返せっ、返せぇっ！」

歩兵の連打。エルンテは息継ぎもなく、弓の性能限界ギリギリで《歩兵弓術》を連打し続ける。

ミスリルコンパウンドボウならば、１・０秒間に二回～三回の速射が可能。速射の上限は十回、速射の判定は１・２秒以内の攻撃。十回速射してしまうと、十一回目の攻撃まで５・０秒間のスキル使用不可のクールタイムが発生してしまうため、九回目で１・２秒以上の息継ぎを入れるのが最も効率の良い連続攻撃方法となる。

しかしエルンテは、そのクールタイムなど考えもせずに、十回射っては叫び、十回射っては喚《わめ》きと、鬼穿将とは思えない行動をひたすら繰り返した。

その全てをシルビアはそつなく対応する。一つ一つの矢に《歩兵弓術》を当てて、丁寧に処理をした。まるで、黒を白で塗り潰《つぶ》すかのように。それが無駄だとわかっていても、丁寧に丁寧に、決して手を抜かずに。

「し、死ねっ……負けろっ……はぁ、はぁっ……負けろっ、死ねっ、死ねっ……！」

……その後、エルンテの滅茶苦茶な攻撃は、二時間近く続いた。

エルンテが息を荒くしてふらふらになる頃《ころ》にはもう、夜の帳《とばり》が下り始めていた。

それでも、憎悪のまま、執念のままに、エルンテは矢を射続ける。

シルビアの直感の通りであった。孤独な老人は、もう随分と前からおかしくなっていたのだ。

「…………」

長い時間の中で、シルビアは色々なことを考えた。そして最後に、こう思う。

――まるで子どもだ、と。エルンテの振る舞いは、自分の思い通りにならないからと癇癪《かんしゃく》を起こす子どもそのものであった。

こうして歩兵を連打しているのも、エキシビションでセカンドにやられたことをシルビアに向けてやることで、仕返しをしようとしているのだ。まさに意地になった子どもである。

しかし、その所業は、子どものように可愛げのあるものとはかけ離れている。根底にあるのは悪意ではない、欲望《い》だ。自身の欲求を何よりも優先する愚かな心。他人のことなど、タイトル戦のことなど、何も考えていない、自分さえよければそれでいい、我《わ》が儘《まま》で欲深な老人。

惨め……という言葉が、シルビアの頭に浮かぶ。

正義感に燃えていたシルビアの熱は、じわじわと冷めていた。

そして同時に、憐憫《れんびん》にも似た冷ややかな不快感が湧《わ》いてくる。

長い時間、矢を受け止めているうち、シルビアはエルンテという男の本性を見抜いたのだ。

この老人は、そうであるがゆえに孤独なのだな……と。

「返せっ、返せっ……負けろ、負けろ、負けろォっ……！」

ああ、かわいそうに――。

「もう、よせ。よしてくれ、エルンテ……とても見ていられない」

「何を言うかぁ！　小娘がっ！　お前の、お前のせいで！　お前のせいで儂は‼」

「エルンテ、貴様にも良心はあるはずだ。自棄《やけ》を起こすな。諦《あきら》めて、きちんと罪を償え」

「くだらん、正義感で、正論を、吐くな、糞餓鬼《くそがき》が！　つまらんことを、ごちゃごちゃごちゃごちゃと！　そんなもの、今更、どうだってよいわッ！」

「……最早、これまでか」

シルビアはエルンテの十連射への対応を九発時点で止めると、最後の一発だけひらりと身を躱《かわ》す。

たったそれだけで、簡単に先後が入れ替わった。

「教えてやろう、エルンテ。速射とは、こうするのだ」

シルビアはクールタイム中のエルンテ目掛け、弓を引き絞る。

瞬間……様々な光景がシルビアの脳裏を駆け巡った。

この半年、シルビアは地獄を見たのだ。まず間違いなく、彼女のこれまでの人生において最も努力した期間と言えた。

何故《なぜ》、そこまでして一生懸命に頑張ったのか。

負けたくないからに決まっている。負けられないからに決まっている。敗北は、痛い。あの痛みは、もう二度と、味わいたくはない。その一心で、頑張った。

——哀れだ。敗北の痛みを知り、それでも克服せんと頑張れなかった者は、ああも哀れになる。

己に打ち克《か》てなかった者は、更なる地獄を見ることになる。

不撓不屈《ふとうふくつ》、如何様《いかよう》な苦難にも屈さぬ強き心を持ち。

克己復礼、如何様な欲望にも負けず己の信念を貫き通し。

破邪顕正、如何様な邪悪であろうと私がこの手で正義を示す。

私を見習え、愚か者が――‼

「⁉」

シルビアは瞬時に三発の矢を射った。エルンテも、観客も、目を見開いて驚く。

何故なら、三本の矢が、殆《ほとん》ど同時に飛んでいったように感じたのだ。

これが速射特化六段階改造ショートボウの強み。《歩兵弓術》秒間五発を可能とする弓の力。

一発一発は大した威力ではない。しかし秒間五発のDPSは並ではない。香車も桂馬も銀将も角行も飛車も、速射改造の恩恵を受け難い特性があり、ここまでDPSを上げることはできない。この弓におけるこの改造においては、歩兵連打が龍馬《りゅうま》接射に次いでDPSの出る攻撃方法なのだ。

「な……なんじゃぁ……っ⁉」

エルンテは恐れ慄《おのの》いた。空から降り注ぐのは、矢の雨。それまでのエルンテの歩兵連射など、比にもならないような密度。まるで延々と《龍馬弓術》を放たれているような弾幕の数であった。

シルビアは約1・8秒で《歩兵弓術》を九発撃ち、1・2秒間移動し、また1・8秒で九発撃ちと、攻撃の手を一切緩めない。

「がっ、があっ、あがああっ」

被弾に次ぐ被弾。見る見るうちに傷を負っていく中、エルンテは思った。

こんなものに勝てるわけがない、と。

……また、負けてしまった。傷だらけの老人は、痛みに顔を歪《ゆが》めながら、静かに覚悟を決めた。

そして――。

「儂《わし》の負けじゃあ‼」

「！」

敗北宣言。エルンテの叫びに、シルビアは矢を射る手を止める。

「――それまで！　勝者、シルビア・ヴァージニア！」

新鬼穿将《きせんしょう》が、誕生した。

「嗚呼《ああ》……素晴らしい腕であった、シルビア・ヴァージニア。歩兵の雨霰《あめあられ》、天晴《あっぱ》れよ。儂は感心した。お主こそ次の鬼穿将に相応《ふさわ》しい」

試合後、何処か吹っ切れたような顔で、エルンテはシルビアへと歩み寄る。

「……貴様、何を考えている」

シルビアは鬼穿将の獲得という悲願の達成を噛《か》み締《し》める間もないまま、警戒を一段階強めた。

エルンテの態度があまりにも不自然に思えたのだ。

「すまなんだ。儂は何処かおかしくなっておった。長い間、な」

「…………」

「お主が言った通りじゃ。儂は多くを望み過ぎていたのかもしれん。諦め、罪を償う。覚悟は決まった。それで儂のこれまでの行いが許されるかはわからんがな……」

「それは本心か？」

「誓おう」

しっかりとシルビアの目を見つめ、エルンテは頷《うなず》いた。

暫しの沈黙の後、シルビアが口を開く。

「ならば……確りと行動で示すことだ」

「わかった」

許したわけではないだろう。しかしシルビアは、それ以上、エルンテに敵意を向けるような態度は取らなかった。罪を償うと誓ったのだ、その決心の邪魔をする必要はない。

「ふぅ。それにしても、この歳《とし》でこの試合時間に加えて、これだけの傷はこたえるわい」

礼をして、退場しようとシルビアが足を踏み出した時、エルンテがそんなことを言い出した。

「勝負だ、仕方がないだろう」

「それもそうじゃが……むぅ、思うように動けん」

どちらか一方に余程の負傷がなければ、出場者は同時に退場する流れになると、シルビアはタイトル戦運営スタッフから聞いていた。ゆえに、律義にエルンテの遅い歩みを待つ。

「失礼、暫し待ってくれ、ここで少し回復させてもらう。退場まで持ちそうにないのでな」

不意に、エルンテはインベントリからポーションを取り出した。

……青い液体の入った、細かい装飾の施されたガラス瓶。

それを手にした瞬間——不思議なことに、空気が凍《い》てついた。

「——ッ‼」

エルンテが小瓶を取り出した瞬間から、凄《すさ》まじいスピードで疾駆し始めた女が一人。義賊R6《リームスマ・シックス》の二代目親分、レンコである。彼女は、その薬の恐ろしさを誰《だれ》よりも知っていた。

兇化剤《きょうかざい》――彼女の敬愛する聖女が調合したバフ・ポーション。使用者の命と引き換えに、十分間そのステータスを二十倍に引き上げる、恐るべき薬。

「くっ……！」

だが、高いAGIを有する彼女でさえ、阻止が間に合いそうにない状況であった。

彼女が観戦していた場所は、闘技場中央まで距離があったのだ。義賊である自分が堂々としていてはなるまいと、隅の方で観戦していたのが凶と出た。

誰か他に気付いている者はと、レンコは走りながら会場を見渡す。

しかし、会場の誰もが、あの青いポーションは危険なものだとは気付けていなかった。頼りのセカンドもラズベリーベルも、まだポーションの存在にさえ気付いていない。何故なら、エルンテは自身が唯一恐れているセカンドに背を向けて、ポーションを隠していたのだ。

「シルビアッ！　ジジイにその青い薬を飲ませるんじゃあないよッ！」

レンコは叫んだ。しかし、新鬼穿将の誕生に盛り上がる歓声にかき消されてしまう。

「クソッ！」

もう、間に合わない。レンコが諦めかけた、次の瞬間。

「ぬぉっ⁉」

突如として、エルンテが吹き飛んだ。一拍遅れて、ぶわり！　と、土煙が線状に舞い上がる。

まるで、とても素早い何かが移動した跡のように。

「――貴方の出番はつい先ほど終わったはずです。これから、明日の最後の試合が終わるまでは、僕たちの出番……違いますか？」

金剛《こんごう》ロックンチェア――レンコたち三人以外に唯一、会場内で兇化剤の存在を知っていた男。

「は、はぁっはっはっは！　馬鹿が！　薬はまだ儂の手の中にあるわい！」

ロックンチェアの《飛車盾術》による突進で十メートル近く弾き飛ばされたエルンテは、しかし、臆《おく》することなく、笑って瓶の蓋《ふた》を開けた。

「問題ありませんよ。これだけ騒げば、彼が気付きますから」

「――うふふふ」

「!?」

刹那《せつな》、エルンテの背後に暗黒の影が現れ、一帯を絶望で支配した。

ロックンチェアも、シルビアでさえ、彼女の姿を見て、思わず肌を粟立《あわだ》たせる。

「嗚呼、なんと可哀想《かわいそう》な生き物。孤独に耐え切れぬとは。どうぞお飲みなさいな」

糸のような目と、優しく微笑《ほほえ》む口元。自然体のまま発せられた言葉は、エルンテの耳にすんなりと入ってくる。だが、その意味合いは、とても理解したくないものであった。

彼女は、至極簡潔に、死ねと言っていたのだ。兇化剤を飲もうが飲むまいが、私には関係ないと。いずれにせよお前など一息で殺せる、と。

「……………」

エルンテの頭の中を思考が駆け巡る。

元鬼穿将であるエルンテのステータスが二十倍されれば、いくらなんでもシルビアやセカンドに一撃以上は喰《く》らわせることができるだろうと。そして、運がよければ殺せるだろうと。

それでも……目の前の女には、何をどうしても、一撃さえ与えられる気がしなかった。

思えば、レストランで一度目にしている。絶対に敵対してはならないと、そう警戒した相手。あのセカンド・ファーステストの仲間。

ここは反省を見せ、再びの隙を狙《ねら》うしかない。

「……参っ」

エルンテが降参しようと、瓶を口元から離した瞬間。

彼の意識は、深い深い暗黒の中へと消失した。

◇◇◇

その日の夜、俺は自宅に数名の関係者を招待し、ささやかなパーティを開いた。

「この度はお招きいただき、誠にありがとうございます」

「光栄に存じます」

まず最初に現れたのは、ミックス姉妹である。驚くべきことに、彼女たちは到着するや否や、非常に礼儀正しく挨拶《あいさつ》をした。半年前では考えられない、敬意ある挨拶だ。

「食事中にいきなり矢を射る女は何処に行った？」

「……お、お恥ずかしい限りです」

「姉さん共々すみません……」

「冗談だ。いらっしゃい」

ディーの荒れっぷりはもはや見る影もない。妹のジェイも、姉にべったりなのは相変わらずだが、きちんと人の目を見て話すようになった。

成長しているのは、どうやら【弓術】だけではないようだ。それもこれも、この男の影響か。

「――すまなかった、セカンド五冠。私は愚かだった」

「何が」

「知らぬうち、私は目に頼ってしまっていた。期待に応《こた》えることができなかった。折角、目を治していただいたというのに……！」

ミックス姉妹の師匠、アルフレッド。彼は彼女たちの後ろから現れた直後、俺に頭を下げて謝罪をした。なるほど、シルビアの挙動を直視し過ぎたと言っているわけか。

「その反省はズレていると思うぞ。お前は聴力が優れているし、視力も元に戻ったのだから、どちらも活用しない手はない。耳にも目にも頼ればいいじゃないか」

少なくとも俺は弓を聞くなんていう芸当、できないからな。その聴力は正直言って羨《うらや》ましい。

「耳にも、目にも……」

「まあ、次頑張れよ。耳と目を同時に使いこなせるようになれたら、もっと楽しいさ」

「……そうか。ああ、そうだ。私は、大切なことを忘れていたようだ」

アルフレッドは「ありがとう」と一拍置いてから、言葉を続けた。

「次こそは、思わず観客席で立ち上がってしまうような、楽しい試合をご覧に入れよう」

うん。それでいい。だが――。

「楽しみだ。ただ、俺が観客席にいるとは限らない」

「！」

やられた！　という顔をするアルフレッドを見て、俺はしてやったりという風に笑った。


「……よもや、王国内にこれほどの豪邸があるとは」

「パパったら遅れてる〜。警ら隊ではめっちゃ有名だよ」

「この周辺だけ異常に治安がよいとな」

次いで現れたのは、ヴァージニア一家。

シルビアの父親ノワールさんを先頭に、姉のクラリスさんと、兄のアレックスさん。順に、真面目《まじめ》を擬人化したような渋い髭《ひげ》のオジサマと、スレンダーで背の高い陽気なショートヘア版シルビアと、中二病を拗《こじ》らせたような雰囲気の男版シルビアの三人である。

「セカンド閣下、この度はご招待賜りましたこと、我らヴァージニア家一同、心より――」

俺と顔を合わせると、ノワールさんが長々しくお堅い挨拶を始めた。

クラリスさんもアレックスさんも、流石《さすが》は騎士と言うべきか、背筋を正してノワールさんの横に並んでいる。そして挨拶が終わると同時に、三人で綺麗《きれい》なお辞儀をした。

「急な夕餉《ゆうげ》の招待ですまなかったが、参じてくれたことを嬉《うれ》しく思う。今宵《こよい》の主役はシルビアゆえ、朕《ちん》のことは気にせず、どうか無礼講で頼みたい」

「はっ！」

久々に「なんか偉い人」の演技をしてみたが、やっぱり恥ずかしい。

しかしノワールさんは未だに騙《だま》されているようで、ビシッと見惚《みと》れるような敬礼をしてくれた。

……クラリスさんは、事実を知っているようだな。口の端をひくひくさせて笑いを堪えている。

アレックスさんは、謎だ。なかなか目を合わせてくれない。でもその様子は、俺が嫌われているというよりは、上手《うま》く表現できないが、なんというか……ムラッティっぽさを感じる。

まあ、そんなこんなで面子《メンツ》は揃《そろ》った。さあ、パーティを始めよう。今日は記念すべき日だ。


「――オレはッ！　シルビアの、あの必殺技の名前をあえて口にする行為、とても良いと思う！」

「だろう！　俺もそう思って、宣言するように教えたんだ」

「うむ！　お前はわかっている！　お前ならシルビアを任せられる！」

「光栄だ！」

「重畳だ！　わははは！」

しばらく一緒に飲んでいて、わかった。アレックスさん、めちゃくちゃ気のいい人だ。最初は互いに探り探り話していたが、酒が回ってきてからはずっとこんな調子である。クラリスさんはそんなアレックスさんの様子を見ながら延々と大笑いしていた。笑い上戸だこの人。

「兄上、飲み過ぎです！」

「構わん！　こんなにめでたい日に酒を飲まずにいられるか！」

「そうだぞシルビア・ヴァージニア鬼穿将《きせんしょう》！　お前、鬼穿将になった自覚はないのか！」

「よく言ったぞセカンド！　オレも丁度そう思っていた！　シルビア、お前は自覚が足りん！」

「鬼穿将になったんだから鬼穿将っぽく振る舞え！　お前に憧《あこが》れる者が憧れをそれ以上にできるよう努めろ！」

「クソッ！　なんだそのイカした台詞《せりふ》は！　素晴らしいぞセカンド！」

「知っている！」

「わはは！」

「なんなのだこいつらは……」

シルビアは面倒くさそうに溜《た》め息《いき》をついた。しかし悪い気はしなかったのか、こっそり「シルビア・ヴァージニア鬼穿将……」とニヤニヤしながら呟《つぶや》く。バッチリ聞こえてるぞ。

「シルビアが、鬼穿将か……あの、小さかった、シルビアが……」

そんなやかましい俺たちから離れ、ソファの隅で黙々と酒を飲む男が一人。ノワールさんである。

ノワールさんは、ソファで丸まってすやすやと眠るエコの頭を優しく撫《な》でながら、シルビアの様子を遠目に見ていた。

「大きくなったなあ……しばらく、見ないうちになあ……く、う、うっ……」

カランと、机に置いたグラスの氷が音をたてる。ノワールさんは静かに泣き出した。またかよ。これで本日五回目である。完全に泣き上戸だ。

「彼らがいつも賑《にぎ》やかなのは知っていたが……いやはや、このような光景だったとは」

「賑やかにも程があるわね」

「五冠なのですから五冠らしく振る舞え、と言ったら怒られるでしょうか」

「ははっ！　言ってご覧、ジェイ。今夜はそういうことが許される場だ。主役はシルビア鬼穿将。彼もよく存じていよう」

「……お師匠様も、そんな風に笑うのね」

「……ええ、私も驚きました」

「些《いささ》か私も飲み過ぎたようだ。さて、そろそろ今日の主役に酌をしてこよう。二人も好きに楽しむといい」

パーティというものは、皆が楽しむために開かれているのだから……と。アルフレッドは噛《か》みしめるように言うと、席を立った。

「楽しむ、ね。ジェイ、今日は楽しかった？」

「ええ、私は。姉さんは？」

「悔しかったけど、楽しかったわ、とてもね。でも……」

「……そうですね」

「うん。次回はもっと、楽しめる気がする」

「ふぅ……やっと行ったか」

午前零時、尽《ことごと》くべろべろになったヴァージニア家の三人を馬車で送還し、ようやく一息つけた。

こんな時間になるまで、ユカリに何も言われなかったということは……明日はそういうことなんだろう。当の彼女はいつも通りの激早就寝時間である。リラックスしきっていた。何も心配することはなさそうだ。

「——セカンド殿」

夜風が気持ち良いバルコニーから遠く去りゆく馬車を見送っていると、背後からシルビアに声をかけられた。

「あぁ」

俺が少し横に退くと、シルビアは俺の隣に並んだ。

「………………」

沈黙が流れる。俺はなかなか言い出せなかった。言うべきことはわかっていたが、なんだか無性にこっ恥ずかしかったのだ。

「ありがとう」

すると、シルビアが先に口を開いた。

「何一つ満足にできていなかった騎士の私を、ここまで育ててくれて、ありがとう」

俺に対する感謝の言葉。それはあまりにも真《ま》っ直《す》ぐで、どうにもむず痒《がゆ》い。そして、何より、シルビアはいつだって誠実なのだ。彼女の心は澄み切っている。俺が、情けなくなるくらいに。

「……これからは防衛が待っている。何人もの猛者《もさ》たちがしのぎを削り合ってお前を蹴落《けお》とそうと仕掛けてくる。お前はそれら全《すべ》てを上回らなければならない。練習量は今までの比ではなくなる。背負うものも日に日に膨れ上がる。想像以上に辛いぞ」

「それでもだ」

「……俺は、お前らを利用しようとしているんだぞ。チームメンバーを育てて、ダンジョン攻略の効率性と安全性を上げているんだ。当然、今後はこれまで以上に危険にさらされることも増える。要求する技術も上がっていくことになる。きっと辛い思いもする。それでも――」

「それでもだ！」

この上なくハッキリとした宣言だった。

それでも「ありがとう」と伝えたい。彼女らしい、頑固な言葉。

……そうか、そうかよ。それでも俺に付いてきてくれるのなら、俺は胸を張ってこう言いたい。

「シルビア、鬼穿将獲得おめでとう。俺はお前を誇りに思う」

「――～っ‼」

意を決して正面から向かい合い、正直な気持ちを伝えると、シルビアは感極まったような顔をしてから、勢い良く抱き着いてきた。

ああ、震えただろう、磨り減っただろう。そして、ほっとしただろう。

何度も言うが、最高だよ、お前は。本当によく頑張った。

こいつの努力が報われて、俺は心の底から嬉しい。決して手を抜かず、決して楽をせず、己と向き合い、己と闘い、己に負けず、毎日を一生懸命に過ごしている様子を、俺はずっと見ていた。そんな凄《すご》いやつが、勝ったんだ。嬉しくないわけがない。

だからこそ、許せないことがあるが……まあ、しばらくはこうして抱き合っていようか。

さて、あのクソジジイ、そろそろゲロった頃《ころ》かな……？

「──シズン小国？」

「せや。カメル神国の西にあった小《ち》っちゃな国やな」

鬼穿将戦終了後から粛々と執行されていたうちのメイドたちによる拷問がついにフィニッシュを迎え、ラズがエルンテの吐いた情報を整理して俺に伝えてくれた。

なんでも、エルンテは「シズン小国に御誂《おあつら》え向《む》きな薬がある」という話を聞き、わざわざ出向いて手に入れたのだとか。

その話をエルンテに伝えた人物は「セラム」と呼ばれている召喚術師の男らしい。

「なんか、聞いたことあるなぁ。なんだったか……」

「センパイ、セラムっちゅうやつのこと知っとるん？」

「ああ。シズン小国の話も、セラムも、どっかで聞いたっぽいんだけどなぁ……」

駄目だ思い出せん。俺がうんうん唸《うな》っていると、ススス～と音もなくウィンフィルドが現れた。

「シズン小国は、カメル神国の、革命の後、マルベル帝国に、侵攻された国。セラムは、バッドゴルドの町で、出くわした、精霊術師で、帝国の諜報員《ちょうほう》って、聞いてたけど」

「うおお、それだ！」

流石《さすが》は我らが軍師。記憶力も軍師だ。外部記憶装置的活躍である。

「あっ、そういえばスチームから聞いた気がするわ。革命直後に帝国から侵攻された小国があるとかなんとか」

「シズン小国は、弱体化した、カメル神国を、見張っておくのに、いい場所だから、とりあえずま あ、ここ取っとこー、って感じかな？」

「いやいやお花見やないんやから……」

「ラズさん、ナイス、ブッコミー」

「ツッコミや。なんやブッコミて。釣りかっ」

見ているか、シャンパーニよ。これが本場のナチュラルツッコミというものだ。

「流石だラズ」

「え、何が？」

「……流石だ」

「だから何がやねん！」

まさに全自動ツッコミ装置。

「よし、ひとまず理解した。つまりマルベル帝国がクソってわけだな」

「うん、そう。間違いなく、クソ」

「じゃあタイトル戦が終わったらいよいよ潰《つぶ》しに行こうか」

「うん、そう、しよー」

そういうことになった。どうやって潰すのかは、ウィンフィルドが全て考えてくれるだろう。丸投げでいいのだ。だって俺は、駒《こま》だからな。

「あ、ところでジジイはどうなったんだ？」

「……聞きたい？」

「………………いや、やめとく」

怖っ。

エピローグ　寝ると記憶起きとるね

お酒でふわふわとした頭のまま、床に就く。手探りで腹にだけタオルケットをかけて、ふぅと一息つくと、すぐに眠気がやってきた。

俺は微睡《まどろ》みながら、ぼんやりとこれからのことを考えた。

きっと、明日は金剛《こんごう》戦だ。エコは【盾術】の最高峰になれるだろうか？　いや、愚問だな、そんなのロックンチェア次第である。

その次は、なんの予定だろうか。依然として予定表を見ていないから、わからない。俺がまだ出ていないのは、【魔術】の叡将《えいしょう》戦、【体術】の闘神位《とうしんい》戦、【糸操術】の天網座《てんもうざ》戦、そして、【抜刀術】の毘沙門《びしゃもん》戦か。はてさて、何から来るか。楽しみで仕方ないな。

……ああ、本当に。楽しかったし、楽しいし、楽しみだ。こんなに幸せなことはない。

こうして目を瞑《つぶ》っていると、瞼《まぶた》の裏にここ数日の記憶が鮮明に映し出される。ラズの三十二手目、ヴォーグの悲惨な顔、グロリアのバケモノを見るような目、シャンパーニの銀将、シルビアの勇姿。どれもこれも素晴らしかった。心からの拍手を贈りたい気分だ。

明日からは、皆のどんな姿が見られるのか。どんな人たちと出会って、どんな試合ができるのか。待ち遠しいったらない。

俺は、再び記憶を呼び覚まし、一人一人に心の中で拍手を贈りながら、眠気に身を任せた。

さあ、俺に、夢の続きを見せてくれ――。

あとがき

皆様こんにちは、『元・世界1位のサブキャラ育成日記』を書いている人、沢村治太郎《さわむらはるたろう》です。この度はお買い上げいただき誠にありがとうございます。早いものでもう八巻、お陰様で発売することができました。とても嬉《うれ》しいです。感謝感謝、感謝の日々でございます。嗚呼《ああ》、幸せ。

さて、皆様はもうご覧になりましたでしょう？　そうです！　まろ先生のイラストです。今回もまた素晴らしい絵を描いていただきました。隅々まで観察してじっくりと味わいながら何十分も見《み》惚《と》れてしまう、まさに言葉を失うような美しさに思います。巻を重ねるごとに素敵になっていきますね。特に口絵の見開きなんて、もう、最高です。はぁー、好き。ほんま、好き……。

といったところで本題は終えまして、皆様お待ちかねの、そうです、釣りの話です。最近の私はどうしたものか多忙でして、なかなか釣りに行けていないのですが、それでも月に一度は必ず船で江《え》の島《しま》や茅《ち》ヶ崎《がさき》の沖に出ております。水深二十メートルくらいから深くとも八十メートルあたりを流して、ジグやタイラバでそこらへんにいる魚をテキトーに狙《ねら》うという感じの釣りをしています。

ジグとは、鉛やタングステンでできたルアーのことで、小魚や甲殻類に見立てたそれをちょいちょいと動かして誘ってやると、なんと魚が騙《だま》されて食いついてくるという画期的な代物です。タイラバとは、鯛《たい》に特効のあるルアーのことで、小さなイカやタコか何か、はたまた小魚などにも見えるのか、いったい何をイミテートしているのかはいまいち謎ですが、とにかくヒラヒラとしたスカートやネクタイと呼ばれるものを括《くく》り付けた針と中通し式の重りを海中へ落としてただ巻きするだけで鯛やら根魚やらがバカスカ釣れてしまうという、これまた大変画期的な仕掛けであります。

　このジグとタイラバという二種類の文明の利器を使って、人間様の偉大さを相模《さがみ》湾の魚たちに見せつけてやろうというわけです。ところがですね、そう上手《うま》くは行きません。向こうは命懸けなわけですから、食事するにも必死です。ちょっとでも違和感があると食わなかったり、頭のいい魚には偽物だとバレていたり、というか食事の時間じゃなかったり、餌が多過ぎて満腹だったり、そもそこに魚がいなかったりと、様々な理由で釣れないことが多々あります。ここで重要な点は、これらの理由は全《すべ》て私の想像に過ぎないということです。答えは魚に聞いてみる以外に知る方法がありません。もっと言うと、その時その場にいるその魚に聞いてみなければ、です。釣れない度に、私は悔しながらに「なんでだろう」と考えます。釣れた時も考えます。そして、「多分こうじゃないか」と予想し、試してみます。ジグやタイラバのサイズや材質や形状、動かし方やリールを巻くスピードなど、様々な要素を少しずつ変えて、その日の海の状況や魚のことを想像して、ある程度の見当をつけて、なんとかして釣れないかと暗中模索を繰り返します。

　本気です。釣れると嬉しいから、本気になれる。とても単純だけれど、とても大切なことだと、私はそう思っています。小説も同じではないかなと思います。皆様を楽しませることができたという手応《てごた》えが、私は物凄《ものすご》く嬉しいのです。そう、好きだから、本気になって取り組んでいます。

　これからも、本気で好きな物事に向き合っていけたなら……嗚呼、これぞ幸せ。

カドカワBOOKS

元《もと》・世界《せかい》1位《い》のサブキャラ育成日記《いくせいにっき》8
～廃《はい》プレイヤー、異世界《いせかい》を攻略中《こうりゃくちゅう》！～

2021年9月10日　初版発行

著者／沢村治太郎《さわむらはるたろう》

発行者／青柳昌行

発行／株式会社KADOKAWA

〒102-8177
東京都千代田区富士見2-13-3
電話／0570-002-301（ナビダイヤル）

編集／カドカワBOOKS編集部

印刷所／暁印刷

製本所／本間製本

Printed in Japan
ISBN 978-4-04-074222-9 C0093

新文芸宣言

かつて「知」と「美」は特権階級の所有物でした。

15世紀、グーテンベルクが発明した活版印刷技術は、特権階級から「知」と「美」を解放し、ルネサンスや宗教改革を導きました。市民革命や産業革命も、大衆に「知」と「美」が広まらなければ起こりえませんでした。人間は、本を読むことにより、自由と平等を獲得していったのです。

21世紀、インターネット技術により、第二の「知」と「美」の解放が起こりました。一部の選ばれた才能を持つ者だけが文章や絵、映像を発表できる時代は終わり、誰もがネット上で自己表現を出来る時代がやってきました。

UGC（ユーザージェネレイテッドコンテンツ）の波は、今世界を席巻しています。UGCから生まれた小説は、一般大衆からの批評を取り込みながら内容を充実させて行きます。受け手と送り手の情報の交換によって、UGCは量的な評価を獲得し、爆発的にその数を増やしているのです。

こうしたUGCから生まれた小説群を、私たちは「新文芸」と名付けました。

新文芸は、インターネットによる新しい「知」と「美」の形です。

2015年10月10日
井上伸一郎

辺境でのんびり……

出来ずに内政無双中!

はやく休ませて!

うみ ill あんべよしろう
転生し公爵として国を発展させた元日本人のヨシュア。しかし、クーデターを起こされ追放されてしまう。

絶望——ではなく嬉々として悠々自適の隠居生活のため辺境へ向かうも、彼を慕う領民が押し寄せてきて……!?

カドカワBOOKS

The exiled reincarnated duke wanted to take it easy on the frontier and work the fields.
追放された転生公爵は、辺境でのんびりと畑を耕したかった
～来るなというのに領民が沢山来るから内政無双をすることに～
少年エースplusにて
コミカライズ
連載中！
漫画：佐藤夕子
シリーズ好評発売中！